浮光集

FU GUANG JI

上

杨宁宁 —— 著

中国文联出版社

图书在版编目（CIP）数据

浮光集：上下册 / 杨宁宁著 . -- 北京：中国文联
出版社，2024.3
ISBN 978 - 7 - 5190 - 5467 - 0

Ⅰ . ①浮… Ⅱ . ①杨… Ⅲ . ①中国文学—当代文学—
作品综合集 Ⅳ . ①I217.2

中国国家版本馆 CIP 数据核字（2024）第 059345 号

著　者	杨宁宁
责任编辑	胡　笋
责任校对	李佳莹
装帧设计	悟阅文化

出版发行　中国文联出版社
地　　址　北京市朝阳区农展馆南里 10 号　　　　邮编　100125
电　　话　010 - 85923025（发行部）　　　　85923091（总编室）
经　　销　全国新华书店等
印　　刷　三河市华东印刷有限公司

开　　本　710 毫米×1000 毫米　　1/16
印　　张　33.5
字　　数　513 千字
版　　次　2024 年 3 月第 1 版第 1 次印刷
定　　价　128.00 元（上下册）

自序一

或许我的诗歌一无是处，但我不在乎。

我在路途上自言自语。

远离人群，走入小径，或飞入空中。

我对轻盈有一种近乎执拗的追求，但这种轻盈远非超脱，而是逃避。像那个骑煤桶的人一样，永远以一副随时逃离的姿态，应对着世界——这必然会被忽视、被斥责，乃至最终被流放。

但轻盈总归是我欣赏的一种姿态，无论如何，它提供给我俯视与回看的可能。

在浮光掠影的途中、在接近终点的途中、在不停流放的途中，我往途中放入生机，也放入决绝；放入痛感，也放入悲悯。

我希望能穿越凛冬，独自飞过茫茫荒野。

2020 年 5 月 8 日

自序二

诗的"形态"

我常常在想诗的形态。"形态"这个词，不是你所想象的那个故作高深的词、不是文体、不是现实主义、不是象征主义、不是隐喻换喻、不是格律。

我在想，假如某一天，诗和我聊起来，对我说："你觉得我是什么样的？"我该怎么说呢？假如就是有这么一天，诗会说话了，我该如何面对它？

其实我这里所指的诗，只是我自己的作品，与别人无关。直到如今我依然确信，我所写下的我所称之为诗的东西，在别人那里是入不了眼的。但我依然称其为诗，因为我暂时找不到更合适的名字，而且它们于我而言，饱含着诗的意义。

所以现在我定义清楚了，我的问题是：假如有一天，我写的诗活了，能够说话了，能够质问我了，我该怎么样面对它，并回答它。我苦思良久，依然云山雾罩，我想我会对它老老实实地说："我只能描述成一种感觉。"

在我的眼里，诗和水一样，有三种形态，不用说你们也会知道：固态、液态和气态。我总感觉，我们祖先的诗歌是当之无愧的液态诗，那种浩荡无垠的感觉我总是在古典诗中才能找到；国外的某些现代诗、象征诗、意象诗，比如兰波、里尔克、叶芝、庞德、艾略特的诗是气态诗，它们薄纱笼罩、漫天飞舞、银光闪烁；所有的民歌、口语诗以及马雅可夫斯基式的诗是固态诗，它们有的是小冰粒，有的是大冰块，但无一例外，都会砸出一个坑。在这三类诗里面，有的人在寻求突破、有的人在墨守成规、有的人潇洒、有的人不甘。但几乎可以肯定的是，三种诗里面，固态诗的地位是最低的。固态诗甚至已不再接近冰，而是石头。液态诗是轻柔或者恣肆的，气态诗是闪烁或者迷幻的，而固态诗则是坚硬甚至暴力的。

不要问我这样划分的根据，我没有任何根据，只有直觉。我也给不出任何一个充足的理由，在我看来，理由就像是盛水的容器，容器什么样，水就什么样。但容器的模样到底也不是水的模样。我想表达的意思是，我相信直觉，至少在这一刻，我是无比相信的，被逻辑与理性禁锢太久了的脑子，需要蛮横的直觉。

我的诗介于三者之间，或者更准确地说，我的诗是融化之际的冰。我想要词的坚硬与锐利，可是流动的液态感、闪烁的气态感却时常来捣乱，所以我的大多数诗都是如此，甚至所有的诗，都是如此。有时候，我想要一堵墙，可是多数时候，却只和成一股稀泥。我的液态感尤为强烈，意识像一条河，河流似的写作最具自然力。可是我仍然向往那些铿锵有声的诗歌。这种坚硬与磊落、晶莹与透明、锋利与暴力，是我想要的诗的特质。只是，我做不到。

我一直是一个绕道而行的人，在很多方面我都感到了强烈的排斥感。我绕过一个又一个城堡，绕过一个又一个湖泊，远离人群，独自远行，有的是我错过了，有的是我躲开了。

我的诗歌单一而又重复，像一条条远离人群的路。

这样的路对于我来说，坚硬一些，其实更好走。

2012 年 10 月 13 日初稿

2020 年 5 月 5 日修改

●●●●●● 目录

内 编

外 编

内　编

辑一·元诗

"唐诗"

在古代

李白捏着酒壶逛来逛去

那时大地上正闹着饥荒

李绅一样的诗人满是泪痕

这是什么样的季节哪？

乐府被他们端在手里

东敲敲　西打打

左右不过是打磨成镜子的模样

一大片一大片的荒原上

跑满了车

吟诗作画　舞风弄月

其实都不算什么

日光洒在长河上

有一群战马自书中来

踏破旖旎油滑的江南小调

你看 哪里有什么诗人！
全是些喝了酒的书生
指着身后的王朝　一脸红光

2010 年 11 月

绝 句

绝句瘦得叮叮当当

就像我的哥哥一样

行走在荒无人烟的草原

绝句一脸严肃，神情紧张

那字字珠玑的脸上

写满生，写满死

如瘦骨嶙峋的凡·高

尸体横陈

在秋高气爽的打麦场上

它那么悲惨

四行汉字就完成了，它的一生

床前明月，西塞山前

了却平生无所怨

绝句老了

就把历史藏在身上

划船而过的李白

骑驴而行的李贺

都在绝句的衣襟里

死而复活

2010 年 6 月

入选《2013 中国高校文学作品排行榜 诗歌卷》

青　诗

过去

到处是上了锁的门

青苔暗长

绕满丰腴的城堡

夕阳微光

反射

有如鸟的双翼

轻盈落地

站在茫茫白雪的中央

2010 年 11 月

（别名：《读卡尔维诺》）

明镜或明净，下午的马

下午三点

镜子上开出一朵淡黄色的花

这个明亮的瞬间

马在光影背面疾驰

北方房屋井然

院子里的苹果树枝叶干瘦

干燥多风的三点一刻

狂奔的马

踏进镜中一条秋天的河

这些碎片 如迟来的眼

黑夜将来前 抓稳残存的时间

下午的马 似乎是一种仪式

光滑 野蛮

明媚地不辨方向

从辋川别业 河西走廊 取道玉溪

直达此刻

镜子里的马 生或者死

沉睡还是醒来

取决于镜子之外的某个时刻

比如沉寂

以及喧哗扑面的瞬间

2011 年 12 月

诗之旅

这么说来，也是很多年了
诗是洁白的吧
跨在肮脏的旅途上
却像在雪里一般
这么长的道路如同时间
拉长了 再揍扁你
压缩在竹篓中
看神色慌张的初冬

诗是个瘸子
又长途跋涉
来来回回地为死呼号
倒在床上 或者河中
你看北方的河流多么美好
流着流着就流尽了感情

2010 年 11 月

无声诗

1

失去了语言的手指
在雪中迷路了
也许是云
或者是雾
只是一刹那的工夫
已找不到来时的路

2

痕迹是手指的家
比诗更像 诗
一直以来 声音已死
躺在雪白墓地里的
不是饱满
如麦粒的字
只是失却了
声音的伤痕

3

听过鱼的喊叫吗？

雪飘的声音？

一幅油墨画的声音？

一本书的声音？

一股情绪的声音？

文字们枯瘦的身体

像上千年的木乃伊一样

干瘪

被锁在雪白的国度里

丧失一切风沙弥漫的吼叫

如今静默得只剩下意义

唯有声音

成了哑巴

2012 年 2 月

诗人一种

动不动就上天了
就走进胡同
回到细雨婆娑的记忆中

动不动就爱提起大地、天空
以渺小和细微之姿表达愤怒

动不动就山南海北
想起或抛弃一帮朋友
在江南或西北
寻找一名死去已久的诗人

动不动就沧桑了
玻璃闪烁 脏话连篇
一头扎进以十年为单位的时间中
以为识尽愁滋味

2014 年 1 月

下　午

许多人开始写下午

毛毛躁躁的正午过后

暧昧又慵懒的下午谨小慎微

人的视距似乎猛然变短

从绳子开始

涉及钉子，晾衣竿，抬着稻草的蚂蚁

墙角的刺猬，和蛛网

蹲在一切灰尘里面

装模作样地滑动双脚

在下午，大部分人短暂告别意识

无法顺利告别的，于是成为诗人

下午的诗人

如此美好的称谓，却又如此恶俗

隐藏在假兮兮的慵懒中

骨子里却暴躁不堪

这些刽子手们满面油光

大腹便便或者饥肠辘辘，都一样

下午
刚开始像一个羞涩腼腆的少女
后来成为风姿绰约的荡妇
与明月、黄昏、凭栏远望和小桥流水，一道
被毫不手软地掐死在路上

2012 年 12 月

辑二 · 故土

我想给母亲写一封像样的信

我已经很多年没再给母亲写过

一封像样的信

我想了想，我应该是从来没给母亲

写过一封像样的信

我的母亲一个字不识

她靠苦力和口算为我们挣来吃饭的钱

我曾经对母亲说，我要给她写一封

长长的信

七八年过去了，我的诺言不知踪影

日落黄昏的时候

我在川流不息的车群中想起这封信

午夜醒来的时候

我在冷得发抖的窗前想起这封信

可是我实在不知道

该说些什么

我空空如也的过去和将来

让我心力交瘁

昨夜狂风暴雨，雨水灌满大大小小的街道

来来往往的小贩卷起裤腿

上面沾满了泥巴和菜叶

我仿佛就看见母亲在这条道路上

推着大大的三轮车

那残阳如血的黄昏啊怎么会

怎么会让我如此的痛彻心扉

我怎么样才能写出这样一封信

当我在这个世界中一路狂奔的时候

我的母亲不说话

母亲就是这样不爱说话

夏天的正午，阳光正毒

我们要面对屋檐下那堆积如山的青菜

那些泛黄的、难以胜数的青菜

阳光就这样默默地看着我们

我的母亲不说话

我们把脏兮兮的蔬菜择洗干净，然后

捆起来，放好

我总是在想，我身体里流的血肯定也是

绿油油的汁液

浓烈、青涩，却永远亲切

我的母亲一个字不识

她几乎连电话号码也不会摁

可是我想给母亲写一封信

这封在我心里滋长又难以抑制的信

让我惭愧又让我难过
我把一筐一筐的蔬菜背上车子
也把一筐一筐的悲伤抱在怀中
我想坐在母亲对面帮她拔出那些
手心里的刺
我想用创可贴，贴满她手上累累的裂痕
我还想念给母亲听，念给她听我终究会写出来的
那封长长的信
我的母亲不爱说话
她会笑眯眯地看看我，然后去做饭

凌晨两点半
我居住的地方漆黑一片
没有蛐蛐也没有青蛙
凌晨两点半，我从梦中醒来
我仿佛听到母亲下床的声音
我仿佛听到菜叶上的水滴落到地面的声音
仿佛听到三百斤重的车轱辘碾过树叶的声音
在远离母亲一千多里地的凌晨
我把信纸展开又合上
亲爱的母亲
在你没有声音的目光面前
我那单薄的信纸上，到底还能再说些什么

2009 年 5 月 24 日

发表于《柏风》2011 年第 1 期

冬

风是空中打碎的玻璃

典雅或者透明　暗含杀机

隐藏着灭不掉的火

这些闪光的碎片 层层叠叠

掠过平原如入无人之境

我不喜欢风

风是割人的利器

在初冬之夜穿透温暖的墙

风是挡不住的流动之民

对整个乡村的人暗怀鬼胎

整整一个腊月

我和失去了温度的湖泊相依为命

我手持冰刃

向贫穷叫战

我用单薄的白纸

糊住呼啸而来的北风

我唯一拥有的
是泥巴下的莲藕
还有为你们所喜爱的玻璃
割破的
母亲的手

2011 年 11 月

一个农民的自挽歌

把口袋装得满满的，装满土

昨晚上风大得很，东仓门被吹歪了

大梧桐树两个人合抱不过来

两只花喜鹊在上面喳喳乱叫

有什么喜事了吧，天真蓝得出奇

锅灶不知被谁刷得干干净净

都这么多年没人用了

觉得高兴，好像要穿戴整齐去赶集了

有一双崭新的鞋袜

闻一闻还有刚买的味道

已经很满意啦！还去求什么呢

老天爷多给我面子

没有下雨也没有阴天

刮刮风也好，让人觉得干净

咱们家风水好，是专门找人看过的

平平安安和和气气，福如东海长流水

还是抓一把土吧，抓一把土觉得踏实

呜呜呀呀也不知道都在哭些什么
饺子我也吃了，小酒我也喝了
哪天我不是一到擦黑就去外边逛荡两圈
只是以后我不回来了
也好，留个念想。逢年过节热热闹闹
你们也能意思一下，喊我回来尝个鲜啦！

都别送啦，又不是走多远
村西口右一拐
咱不是还住在一个村吗？

2009 年 12 月

河　流

1

河水四曲，到故县就静下来
静如针尖，麦花四散
一群羊，或者说一片肮脏的
云
站在故乡里

2

第一次听说有人用盆
硕大的木盆和两块木板
得意地划过去，像鹅
祖母说
那时桥还没建，船也稀罕
在骄阳烈烈的正午
我想象，一大群木盆
从南向北，从北向南
一幅幅木板画定格在水上

3

她穿的鞋有点小，走快了脚疼

后面那位跟着，不紧不慢
从几只羊到几十块钱
她攥着汗津津的布包
挑了几件花衣裳
余下的钱全买了毛裤塞满了包袱
回去的路上路过大河
他不紧不慢地跟着
远方隔着一层雾
好像什么也没发生过

4

秋季河清澈
北望南柳树成行
南望北竹子孱弱
照相馆藏在竹林子里，叶发黄
在春天
老板说要笑一笑
桃花别在了裤腿上

5

我和父亲一起，把爷爷的手抓紧
我们赤身裸体，走进浅滩
夏夜虫鸣起伏
车灯一晃，爷爷就别过脸去

他安静，不说一句话

月光柔和地照着他的白胡子

我给他擦洗过几次身子

在河里，这是唯一的一次

最后一次，是在医院

我和弟弟，一左一右

那时他说不出话来

眼睛里却噙着月下的河

6

北方河流浑浊

荒草在岸上爬行

日光在水中

晒干的蛇和刺猬 在路中央

在故乡最深处

过了河堤就是芋头地

一家人在地里插着地瓜片

时光像穿了旧棉袄

味道老去

温度依然

2016 年 9 月

香 椿

雨后碧绿

椿芽像花骨朵 清脆

刀劈斧砍在暮春的黄昏下

野鸭子成群结队而来

炊烟和羊屎味儿掺在风里

手捧镰刀与青草垛

手端瓷碗 看鸡挠豆腐

在一贫如洗的旧时光

葱管儿绿又清

油渍一丛丛

2017 年 4 月

韭菜花

韭花可食

割断，碾磨，拌料，密封

一罐韭花可装满一个季节

在乡下

就是在韭花漫野的地方

蜂蝶飞舞　　百草丰茂

往南十米是片苹果林

小时候我手抱一只掏空的西瓜

塞满了偷来的青苹果

往北十步是一间茅草屋

四周有五棵笨杨树

暮春或盛夏

就着韭菜花吃煎饼

雨下一夜

羊挤在房前屋后

人困在时光之中

2017 年 4 月

槐　花

云端水滴　凝成

串串香气

骑着春风四处游逛

大街上阳光充足

门框上枝丫横生

奶奶手里的竹竿颤巍巍

我的眼睛颤巍巍

整个春天也颤巍巍

白口袋望花而走

灶台旁槐枝满地

铁锅里花香四溢

2017 年 4 月

路　过

石头从地里长出来

和许多瓜果一样

认真，像午后的阳光

温柔

抚摸着听课的孩子

锄头和铁锹啃着土地

像咬住青草的两头黄牛

光线在宁静中起伏

像一只脚印

在土地中打滚

2019 年 5 月

纪念（一）

在家乡，割破芦苇的伤口

正鲜艳艳地卧在夕阳中

牛羊湿润，啃食着瓶子

你坐在屋顶上

你坐在又高又尖的屋顶上

手握一条碎花床单

花环里绕满了铁块

绿风里群山如马

头颅里清水如火焰

2019 年 3 月 24 日

纪念（二）

死的量词长在树上
一个对应一朵
殷红落在山岗

偶尔会成批，一车，一栋
一家，一城
尸堆里闪耀春光

三十一年的花楸树
碾碎过骨头的花楸树
抱着往生的亡魂，卧在河床

2020 年 3 月 26 日

回　归

残破孤独的桥立在天边
白云牵着夕阳缓缓向南
那些风声过林　鸟声惊起
长河在万物之中穿过

潮湿的道路分割了旷野
霜雾低垂　太阳隐没
黑黢黢的水浪向死而生
野草枯黄又碧绿　碧绿又枯黄

桃花与柳树在古典里相映成趣
水如现代性一般淹没了时间
假使光阴可以由此回溯
我选择在河滩上暴尸三日

2017 年 4 月

辑三 · 情歌

誓　言

假如安静如一条白色的河

假如洁白如一场雪

该多好

风吹过的夜左右摇摆

假如可以安静地望着远方

假如灯光如白鸽子般跃出

假如能安静到老

假如只是守着一株坚韧的树

假如心里长出草来

就拿一把锋利的锄头

砸下去

此后

低头沉睡　永不醒来

2010 年 3 月

青　藤

夜晚我梦见一棵青藤

我抓住它　用结了晶的手

在湿气弥漫的土地上

辗转反侧

我把诗放在锅里煮

我觉得时间纠结难缠

我觉得这里　或者那里

总是不对

穿不过时空的墙

听不到声音

青色的藤条缓缓蔓延

扎根在墙缝里　又匍匐一地

我挣扎又号叫

像发了疯的兽

有一天
一片月光轻轻地丢过来
就像明晃晃的镜子一般

那上面刻满了点点的伤痕
于是我知道我患的病　叫思念

2010 年 7 月

河　南

去年在河北

我路过一群疯疯癫癫的豆苗

它们沿街而走

张开无声的嘴巴

大叫　大叫　可惜无人聆听

破烂的稻草人　迎风而立

我就是这样吧

我可能就是这样

脑袋上拴着夕阳红的布条

眼见一点一滴的死

流进来　而后长大成人

昨天我路过河南

想起了于坚　以及去年

我们都独自游荡在路上
那儿的草真美呵

我把泥巴涂在脸上
我把又脏又厚的泥巴涂在脸上
却不知道 这泥巴里饱含的

是记忆的血

2010 年 8 月

情诗一首

——仿聂鲁达

我思念

并奔波于寥若晨星的山谷

我思念你的额头像夜一般静

你若远若近 有如回声

你像音乐一样透明

你是音乐一般的女子

你在我的手心里 写下看不见的字

你第一次 在人来人往的世界中

把曼妙的回忆唱给我听

我能把你比作什么呢？

你安静有如一只熟睡的蝴蝶

你安静得 像我的妻子一样

你忙忙碌碌 一刻不停

你低垂的眼睑像烟波缭绕的梦

我思念你

就像你如夜晚那般的静

我在夜凉如水的夜里遥望

那些夜凉如水的晨星

我思念你　比这些星还要遥远

我的思念　有如遒劲有力的狂风

2010 年 10 月

无 题

我所想到的夜都不是黑的
春天的柴垛上落满了雪
我所想到的你都不是真的
风声犀利的睫毛上滴满了决绝

我在深秋的夜晚
梦见阳光明媚的海滩
"明媚"
多么亮晶晶的一个词啊
却只是
内心深处那一份孤独的意念

我行走在路上
后来退到草原
我逃到无处可逃的下一个平原

却仍然会梦到你
梦到你忧郁，在深夜里迷离

梦到你沁人肌骨的那些香气

梦到你杀人，无辜，凄凉

还有你站在茫茫白雪中，哭哭啼啼

2010 年 10 月

午睡素描

就这样望着
就这样，在风声秀丽的白云深处
望着你笑靥如花的容颜

就这样一唱三叹，神思郁结
像万里平洋中颠沛流离的孤船

就这样望着
仿佛已在你身旁坐了千年之久
忽然一刻你眉头紧皱
那番忧愁
犹如我在孤冷的小院中
喝下的那口
涩而烈的苦酒

2010 年 11 月

有关爱情

1

我见过一群羊

铺天盖地坐在原野中

它们神态各异

就在我的身后四仰八叉

如果有一天我知道

后天的北方将有寒流扫过

如果我知道

永久的爱情如同神态各异的羊

一样，该有多美妙

我无法描绘我的痛苦

曾经因为一次从北方来的寒流

冻死了所有白色的羊群

就像我无法描述我遇到将来的

爱情，那样绝望，一样

假使就在家乡的炊烟里睡着

假使就不停地跋涉在路上

我都不曾绝望

绝望是疯了的草

我手持竹鞭，却不及四方

2

有一次我告诉别人

我的血里有恶毒的血，和温情的血

对着太阳的时候，额头发亮

那个时候我从清晨刚刚爬起

为什么远离爱情之时

为什么睡意蒙眬之时

总看到一棵长了脚的青藤爬上爬下

如今我坐着

仍然被许多白色的东西

包围，它们不会咩咩叫

它们散活成页，割手嗜血

我坐在这里

像一团骄傲的火

这个时候你就要出现吗？

火，总是火

总是让人来不及遗忘

春天里绿树成荫

我想起去年冬天里穆旦的诗

有什么可以永恒吗

或者只有心死才是唯一的生路

3

这些日子我长锈了

从大腿到双肩都锈迹斑斑

我喜欢坐在地上看将来的你

在那里，或者不在那里

我看下雨前蚂蚁搬家

它们把泥土噙住，东张西望

不知从什么时候开始

内心里有了迷幻的洞

竟然也会想到坐在火炉边的你

东张西望的你

满噙泪水的你

你的眼睛里没有任何卑贱的人

但至少还有那条街道

青色的街道是我的象征

假如象征是生了锈的秤

4

每一分钟都会化开的

比如风从南面而来

这个时候的时间是静止的湖

5

我家门前有一片芦苇

天色朦胧的清早或黄昏

是记忆最慵懒的时刻

放学后

我有很多活计要做

我为了我，养活自己

那时我赤脚，光头

七八岁的光景

在草地里放羊

在村子的最深处帮祖母

推碾，磨麦

这个时候天暗下来

我怀抱一小袋米踉跄走过

如果那也是你的村子

该有多好

你喊我一声，或者骂我一句

或者神气活现地向我耍赖

如同现在这样

那个时候我肯定不再觉得累

那半包米，和那一袋面

以及挤在我的前后左右的晕乎乎的羊

就像我的证人一样，倔强地坐着

倔强地坐着
像一片僵死的云
穿行在你我之间
不论过往或将来
即使相隔数重山。

2011 年 5 月

围

围是个好词

挽着或者坐着

抱着或者站着

像一朵云爱上另一朵云

一团棉花爱上另一团棉花

可以温暖地活着

温暖地坐车，行走

卧着看云

就像看我们自己

2015 年 8 月

七 年

夜雪大概是最美的
绕湖边散步　私语
坚固的蝴蝶忽上忽下
在月光盈雪的黑暗中

那几年像极了几根弦
割破的手掌　声音温雅
雾气糅成棉花糖
糯米　清光　肌肤冰凉

时光有鳞
波纹如鱼一般跳进跳出
刮一刮就掉落一地
掉到陷阱以外
未来以前

我爱你
就如这些贫瘠的鳞一样
在月亮熄灭的时刻
在山光草木之中

2018 年 8 月

植物纪年

躲在树中安睡

在植物丛中打盹

梅花鹿安静地睁着眼睛

一分钟像十万年那么长

多好啊

阳光普照

花藤绕满了篱笆

老家庭院曾有一棵合抱的梧桐树

爷爷奶奶和我

坐在树下吃晚饭

夕阳下的蛛丝是五彩的

杨树挺拔地立在历史中央

许多年前还有过一株无花果树

在五指叶上写信

寄到北方以北

学校里长了许多合欢树

后来又见到樱花和银杏

十几年的时光

柳叶飘扬

遇到一只清澈的小鹿

在天津

花园里有许多桑葚子

夏日采桃果

九月打核桃。

辗转桂乡

春日里采了槐花和枇杷

莲蓬可望不可即

唯香气是不断的

从北到南

又从南到北

世事回望

只是一瞬间的工夫

白丝就落满了眉间

2018 年 10 月

白头吟

一

你可能早已忘了那个木凳

花牡丹摇曳，护城河上撒满了玻璃

口琴声如蛛丝般捆住了我们

你的心思尚在南岸

我抱着你的空壳，让风把你复活

我在一朵空气中为你作画

一座孤寂的海滨小城

初春时飘满了五彩的毛衣

秋天一到就枯叶满地

我们只吃青菜，拒绝海鲜

黄昏来临时把指头绕在一起

当你在木凳上沉思

翠绿的苹果苗从手心钻出

糖分充足

我却泪珠闪烁，我们像

隔河相望的两棵栗子树

微风来，月光清脆

通往木桥的路上铺着青草垛

二

水上漂着一座城市

竹篾编成的筐子挂在四周

雨水是透明的船

是此刻和之前，我们

居住的荒野

绿草茵茵

黑色天鹅从城北游到城南

云彩荡开了青萍

半湿的日光兜住了水波

四年来我们还是像过客

雨季里骨朵绽放

胡桃里神秘莫测

青藤正爬过月亮的肩膀

三

听说这座荒芜的城中

埋藏了很多尸骨

夜里的箫声吹过许多瞬间

诗人们喝醉了

把樱桃点燃

少有的几处岔路

挂满荸荠和枇杷

年迈的祖母跌坐路边

许多青鸟飞而复返

一切寂静

都藏在一个原点

思君让我老

琴声呜咽，抵不过白发斑斑

2019 年 10 月

辑四·万物

春

一摆手，清晨就来了

鬼头鬼脑笑个不停

春天是块沉重的石头

从一条弧线里

被人在深夜丢到脚下

一夜看羊吃草

一夜看梨花开

春天翻几个跟头

该活的就活了

2008 年 4 月

好的雨

最近开始下雨
时间是雨滴
南方是雨季
身在洪流就忘了老之将至

奔跑在时间里的人是幸福的
泡在其中
等炉火点燃
蒸发的雨季比人阴险

2011 年 6 月

蝴　蝶

蝴蝶飞过台阶并非一条直线

在每一个平面上稍作停留

呼扇

勾画出楼梯的形状

它滑行　　翻飞

翅尖与石头

若即若离

周而复始

它轻盈如风

不断撕开空气中的巨型缝隙

蝴蝶飞过

只一秒

庞大的寂静在台阶上

猛然爆开

2018 年 9 月

秋　日

有时想想就可以了
天湛蓝地生出了褶子
又撑开
四面抚平
梅花床单中透出日光

不远处
马路中间坐着一个石榴
花斑小狗绕道而行
气味如玻璃　框住
噙满墨汁的种子和风

去年秋天
和前年　再往前
二十年前
玉米地里金光闪烁
野鸭翅膀鲜亮
野柿子树遍地开放

有时想想就可以了

在某时之中站立片刻

这一分钟

和下一分钟

只是时空的无数重叠

2018 年 10 月

弃 舟

芦苇是扶腰站着的

笑意盎然

笛声从西南经过

衔着吧嗒的湿度

季节刚好用来打滚

碎石野草张扬

又斑斓

一艘船正荒芜地长出来

它芜杂地摆开座椅

芜杂的草色漫飞

远处世界的秩序澄明剔透

杨柳扶风

拱桥对视着它的倒影

云排列得一丝不乱

又怎样

放眼荒野
生机在遗弃里狂奔

2018 年 11 月

冬　天

盐水洒到河里

苹果树被吹歪了

麻雀东躲西藏

斧子一样的冬天

在蓝裙子上打了褶子

蓝色的风

蓝色的月亮

在手腕上晃晃荡荡

拉麦秸的车穿过了雪地

穿过云

穿过枯枝

车辙卧在冰碴儿上

水在冰下哭作一团

火苗被冻住了

在固体里张望

睁大湛蓝的眼睛
自言自语
句子早被拆成铁块
一个一个
掉在了地上

2018 年 12 月

初春散步

雪下来的第二天

月光被冻在东湖里

镜面皎白如霜

刀锋坚硬

只是在某一个黄昏

一缕烟归入暮色

一粒土变得柔软

在毫不起眼的曲线中

事物稍显凌乱

声音从树上落下

从远处跌入草丛

荒芜生长在荒芜里

手指绿中泛黄

出土的陶瓷自远而近

反射如广阔星辰

光色乍起
飞鸟噙住新枝
不见了踪影

2019 年 2 月

花石榴

花石榴，挂在南山下
绿色的围裙泡着太阳
花石榴嘴巴大张
笑容艳丽铺满了院子

外向的姑娘性格急躁
哭泣时长满了翠绿
大笑时走走跳跳
苗条的身形火光闪耀

花石榴，花开时相思
结果时放肆
树荫长成一个硕大的碗
一半盛满霞光
一半盛满寂静

2019 年 5 月

月光泉

漆黑的田埂上垒满了石块

它们围着镜子，席地而坐

我也在其中

在很早以前的某个时刻

我发现光从我的毛孔中射出来

淡黄的光束粗如手指

它们折射，进入镜面

咕嘟咕嘟的声音飘出了香味

那时我们的水早已不能喝了

一开始是碱和盐

后来就是油和漆

咕嘟咕嘟，多美妙的声音

从我的光束里流出来

从镜子的这一面流往那一面

从古流到今

夜半时分马达声自远而近
一群白色的马蹄自远而近
村子像刚醒的绵羊
水在月光里游泳
血在月光中透明

2019 年 5 月

松　鼠

隔着一条悬崖
我们互相凝望
它手里的榛子正要掉落

在将来未来的空隙中
水杉和落叶松打着瞌睡
掉了漆的藤椅席地而卧

远距离的交锋过于漫长
又陷于短暂
蓬松的尾巴直立

寂静的停顿过后
它认真咬住一根油麻绳子
撒满了金亮的盐粒

隔着一把篱木镜子
我正活在幽深的背面
它跳入了云彩的反面

2019 年 6 月

圆

石子落入湖心的一瞬
雪夜里仰望的灯晕

囤满了粮食的尖顶谷仓
碾盘旁连绵的鞋印

摞好了陶泥的转板
跋涉了一分的秒针

幼鸟坠落不忍离去的母亲
爱情里残留的齿痕

树心里的年轮
拥抱时的我们

2019 年 6 月

Z 火车

风雪将来时像一条锁链

困住你，拉着你步入深渊

但多数时候

月牙悬空

像生活里的本来面目

困住一棵稻草是让它繁殖

困住一辆列车是抛弃终点

飞奔是个滑稽词

快与慢

只与恐慌发生联系

像一只行僵的巨兽

它声嘶力竭，闯入云海

奔向下一年和下一个时代

没有什么高尚的目的

——只是惯性使然

2019 年 12 月 31 日

扬州漫

1 街道

水蜿蜒在雨季里

根茎嫩白，清脆

小腿长了鳞

沾了污渍的黑天鹅沿青石路向北

黑红白的伞侧身而行

有马匹站在黄昏

红雨衣遍布，静止中飞驰

拟声词踢踏成丝

湿漉漉的桂花与木芙蓉

在北方盛开

在南方败落

衰草黏于天际

镶了金边的云彩像鱼

女孩蹲在积水的小坑前

伞骨半折

雨靴里的长颈鹿跃跃欲试

2　老宅

枣木门飘出异香

绿苔围成的地图来自扶桑

绕过大半个行省

在瓜州登临入境

从南墙窥视

历史似还在芭蕉里

有黑槐树的影绰

雨夜连江

忽闻去年柴扣从梦中来

月光远去

衔韭叶一枚

3　运河

在肌肤深处

一阵冷似一阵

骨髓露出

秋季桂花妖异

泛着冷光的一群冰糖葫芦

在叫卖的老妇人身上摇坠

她身披蓑衣

深夜暗处的一只

大鸟

在灯影斑驳的河间

打着瞌睡

4　紫藤廊

荷花玉兰数盏

站在枝头

色调在夜间怵然变暖

小径旁细指纤纤

藤蔓拾级上

皓腕凝霜雪

织成透明的网

捕捉一枚窥视的月亮

数丈之外

半塘里的花香

正在紫色的雾气中

打着灯笼

5　虹桥

陡得有些过分

在历史的斜坡中
五颜六色的水
急急忙忙
涂抹了许多个朝代

每一块砖
都长了啰唆的嘴巴
踩一踩
汩汩冒出许多个句子

晃悠悠的月牙
见怪不怪
捏着剔完了牙的指头
顺手
打开了远光灯

2019 年 6 月

辑五·思友

致大学同学

都过去了

这些以往的事

记得初春时节，我们吵吵嚷嚷

要去看樱花

最终也没有去成

只记得春天还挺香

像我们即将到来的离别

过一些年

等孩子们都大了

还有没有可能再有当时的情景

弹指可能五年可能十年可能到老可能到死

老死不相往来

所有的人只是一次偶遇

是一次次笑脸相迎，老谋深算

就像以后某一年

某人会一本正经地端起酒杯，说

都在酒里了

酒就是酒，什么也代表不了
因为无话，所以沉默
世界空虚得犹如幻影
你来我往
真没意思
还不如小时候柱子送我的那些琉璃蛋
光滑，还那么真实

2008 年 9 月

朋　友

有客从南方来
带着二斤米酒
和饥肠辘辘的肚子
说是南山花刚败
说是北方雪依然

南方来的客
雨水绵绵
像长了青草的水牛
到处是反刍的欢愉

是不是还怀念那杯米酒？

去年今日
有个客人从南方来
带着一脸倦容
他说

你们看哪
它们一片一片地掉下来
"梅花就落满了南山。"

2010 年 12 月

赠诗两首

一

诗人

就是在雨天不打伞的人

坐着或者站着

以及匍匐

与水相关

坐拥孤独，直到天明

——送给湿人阿祥

二

连"空"都没有的人

就是

下雪的时候看不到雪

下雨的时候看不到雨

在深夜的最深处

对夜说

你也看不到我

因为我就是这个暗夜

——送给潮人阿韬

2010 年 10 月

打 水

阿祥提着一个壶

阿韬提着一个壶

在不同的时间

沿着相同的路

到同一个水房打水

我常常遇到独自打水的阿祥

我常常遇到独自打水的阿韬

我常常独自遇到不同时段的他们

像是一个孤独　遇到另一个孤独

阿韬的壶是红色的

阿祥的壶是蓝色的

我看到　阿祥提着蓝阿韬提着红

慢慢悠悠地在又空又大的大路上走过

这一对孤独的家伙

是让我骄傲的朋友

孤独时散开　孤独时再聚合

在一天之中的某个时刻
我的两个朋友
走过去留下的巨大虚空
像是看透这个世界的澄明的秋天

2011 年 5 月

门

远远看的时候会嗅到绿色

隔了许多年的时光

有很多朋友

还坐在绿幽幽的森林深处

度过一个个让人艳羡的时节

向里推的门

藏着一整座森林的气息

麦田里昏昏欲睡的阳光

洒在草上

赤着脚的风拂过田野

梳洗过的柳丝坐在水中

向里推的门不迟不早

不缓也不快

只要愿意 就是通往过去的捷径

某些时候一过

疲惫的风就越来越热了

越来越焦躁 在绿意渐浅的时刻

轻轻带上一扇寂寞的门

就到了远离寂静的路上

为着一扇打不开的门心力交瘁

为着一扇已死的门愁意不减

夜里凉风吹起

会偶尔想起向里推的那扇门

那里返了潮的门框

以及门楣 还有门板

扎根抽叶 绿意疯长

假若还能静下来听

应该还会听到青枝暗长的声音吧

安静地坐着 无论何处

悲伤 或是心血来潮

只要沉默不语

就是通往过去的捷径

2012 年 2 月

致友人

其实回头来看

被称为朋友的人

彼此或许并不相识

羞涩的陌生感

像隐私

兴许永远难以启齿

有时加上狐与狗的修饰语

就活了

就不再僵硬

如施了肥水的瓜蔓

就四处游走就生机勃勃

只是喧哗聒噪的背后

仍然抹不掉陌生的石头

又臭又硬的石头

与世隔绝

只有逃离或分别

这些散去的

甚至永不再见的时光

才辨别友为何物

莫名其妙地就想到过去

想到远在他方的朋友

如一个个饱满结实的南瓜

在阳光下泛着金黄

也许只是一秒钟的事

或许更长

但沉默比喧嚣幸福

沉默的距离没有陌生感

想象也是

想象朋友在沙漠中看落日

在院子里种白菜

有人写诗 有人旅游

有人哭着喊着比别人幸福

这些形而上形而下的生活

令人迷乱又清醒

但无比坦诚

正如父亲谈起一个中学同学

他眯起眼睛 眺望远方

他说

“我们三十多年没见了
但我们是朋友”
那时我们身处田野
刮过的风安然又舒适
阳光卧在水中

2013 年 8 月

致小刀

你一句话就把我吓住了

绊倒在犬牙交错的路途中

一场雨一下十年

巷子里积满白色的垃圾

还有满地白光

隔着吹弹即破的时间

这零零碎碎的十年

你离小刀似乎越来越远了

东西南北，四处游荡

满脸胡子像出了圈的公羊

你离小刀又越来越近

沉默不语或唠唠叨叨

成为一个不折不扣的侠客和骚货

如此甚好

在德令哈，就该踩着石头

手邀明月壮怀激烈

踩在虚无的历史上一曲高歌

2014 年 8 月

致 T 先生

我来得晚

夜晚虫鸣起伏

枝丫伸到篮子里

琴声渗进月光

月光跨入你的窗户

你在一本书背后打着盹

你瘦小

安静得像座石像

你像我睡倒在花坛边的爷爷

你像三月里笑容可掬的风

我们搭乘同一辆车

两三站地的样子

你说时光太长了，要长远看

历史像个扶手噢

铁制的，木制的

说不好还是个腐朽的货色

能抓牢的只有自己

你在湛蓝的湖边写作
湛蓝的水就映到你的纸上
你带着面包和干馒头
一直都在路上

我常常踏进你走过的地方
你见过那些天鹅吗
还有白色的塔
你大概想不到我在这里
你是我唯一的支撑
我萤虫夜雪，四面碰壁
风雨交加又算什么呢
你说，往前看
那前方就隐约有了一些生机

2017 年 12 月 26 日

笔　锋

——致穆旦

有时夜雪呼啸而至

辗转流亡的钉子掉在了水中

雪后泥泞的土路火光微起

你瘸着的腿从没有含糊过

刺骨与炙热握手而行

有些时日并非没有可能

静穆在每天的诗丛中

可能长至脚踝的大衣只是幻想？

你长久遥望着北方的普希金

深夜中一盏新生的明灯

困顿永远都是相似的

与颠沛的惨相比起来

那一部分一部分的失去

和那些炙热的掩埋的岩浆

在灵魂最深处却无法再生

你何曾想象过现实中的幻象
其实远比狰狞更加狰狞
"在成群死亡的降临中"
你单枪匹马卧在雪白的土上
咬着牙逼退种种泛着血味的风

其实你一直幼稚得如同孩子
其实你老迈得连自己也陌生
骨头里的韧性撕裂又拉长
日复一日的尘埃只模糊了轮廓
无声无息却又声若洪钟

你纯粹得像一把幻影
在形形色色的街头和田野
在尸骨如山的热带雨林
在昏暗的影绰的无数个雨夜中
你静默一生却正如一颗爆发的火星

2019 年 5 月

围炉夜话

感情有时远大于事件

我们围坐一圈，却只像

一个半圆

另一半在词语们的停顿中

许多密度殷实的句子

稀释了才能脱口而出

另有一些被染了颜料

桃色的、黑色的、绿色的

五彩的丝麻在四周游荡

房间里布满甜味

像一个钟盘，话题沿布盘口

从一到六到十二

从正午到暮色俨然

从地图到烹饪到宫崎市定

热闹沿圆圈的形状不断重复

圆心被小心回避

又蓄满牵制力，偶有渗出

即跌落在喝水的间隙
食物的硬壳里

像童年时刻的游戏
倚肩而坐，遵守
或打破某些规则
隔离的间隙有伙伴们
层层包住
每一处空地上都点燃了炉火

2019 年 6 月

长　途

——赠灿哥

有时我会想到他来时的旅程

从楚到燕，千里迢迢

他穿着运动衫，紧抱一只礼品盒子

妻子斜靠在侧，晚霞映入脸庞

每一年都要奔波在这条路上

无数蛛丝牵扯着他

它们从电话、从文件、从杯盘狼藉的酒桌中

批量而生

如今带着妻子，却像是从缝隙中侧身穿过

一切都散去了

只剩下漫漫长途

寂静从此时开始生长

从此时，荒诞的躯壳原形毕露

洞外的光照了进来

他面露难色，有那么一瞬

痛苦紧紧攫住了窗外的月景

这个抽身而出的片刻

让他想起半生的坎坷，父亲，诗歌

对床的兄弟

他向来笑意盈盈，傻缺，独来独往

如今却孤身一人，呆坐在终点上

许多剪了翅尖的鸟，飞而复返

落在那年的雪中，落在一个谈诗的晚上

他抱着那个盒子

像抱着死去多年的朋友

像一只孤雁，啼鸣在茫茫夜晚

2020 年 5 月

辑六·自语

缄　其

很多人都消失了

融在雪中或红色森林

隔着一条马路

河水载着万物奔腾

转眼打湿了时光

静默得像一副手语

嗒嗒　嗒嗒

或踏踏　踏踏

都是想象中的声音

翠绿得像副梯子

假装双腿直行

集市上风光缭绕

枝藤绕满庄稼

春风三日不绝

2018 年 1 月

无题三首

一

枝丫横生的早晨有雾

雾里声音模糊

潮湿的太阳刚被烘干

又掉进水中

像掉进无数个美好的陷阱

清凉的刀刃发蓝

鸟叫声丢进树丛

渺小的上午和晚上

山楂树想象了一出

秋日的电影

二

草叶晶莹时死去

枯瘦时再生

夜莺暗哑时清唱

高歌时沉默

月光炽热

太阳冷却

石拱桥笔直地通向天际

无数个落雨的清晨

龟裂在茫茫大地上

三

一束稗子在黑石上

一片黑石在墓碑上

湿润的纹路跳进白云

花泥碾碎成一只细小的刺猬

西风羸弱

水点窒窄

一枚活着的原点

站在宇宙里

2018 年 3 月

河的另一岸

在河的另一岸
青色的坛子装在水中
声音叮咚清脆
如简约的修辞一样
如骨朵打着盹

踏上去的一刻有月色
笼罩 山脊削瘦
土粒藏在州府两岸
绿风拂面上

手足退化成藓了
左边长出花楸
右侧流苏满布
芳香遍野啊在沼泽上

沼泽上切断了的

雕花长句

如切断的黑骨骼

在河的另一岸五彩

丛生

2018 年 8 月

杂　想

飞驰

像极了某些东西

闪过的灯和路只占一秒

百鸟振翅

在大雪将来的前一夜

"人如鸿毛，命若野草"

向西

众多诗人头戴草冠

黄水漫过一匹瘦马

然后死了

如盛大节日般荧光照耀

星空被写入史册

冻土已然不巧

光年路过时地球变小了

轨道闪着光

星轨并入

铁轨永生

天气冰凉如初

牙床余温入骨

2018 年 9 月

浮　光

握一握手吧，我们
屋子里炉火正旺
窗外一只麋鹿狂奔而过
简单的生活发蓝
木柴劈开时声音发脆
还有夏天堆在角落的麦垛
就握一握吧
在我门前的暮色中
去年还来过一只，呆头呆脑的鸟
不知记得没有，秋色刚来
它在玻璃的焰火中跳来跳去
它握住过一束光

隔壁的树林是在一夜之间
突然变老的
节奏分明，只是幻想中的事情
以及之前丢过的一幅画
浮光在舟中荡漾

舟在晨雾中消失

偶然是最真实的东西

在框中，在某个粗糙的线条里

我们静坐不动，握着手

像两个瞎子般相依为命

伸出去的时光搭在桥头上

要过去吗，还是再等一等

好多诗人都崩溃了

在画框中失心疯，自言自语

谁也跳不出，这些偶然的边界

刚来的时候，大雾刚散

找到一个入口

上面缠绕着青色的藤蔓

它陷入死地，无人在意

刚来的时候我们建造房屋

生起炉火

大雪飘零

刚来时我大哭了一场

大地上满是枯枝

阿赫玛托娃，帕斯捷尔纳克

诗集在火焰中跳舞

我在麦垛中呆坐

刚来的时候我就迷了路

在那时
一只松鼠刚刚轻盈地跑过

我在距离之外，看着
看雨滴打在雕花的窗户上
在石像旁边寂然凝望
我双手紧扣，直至失去知觉
远处杏花刚开啊，又被雪
掩埋成骨朵
成泥，涂在泥巴的中央
我在距离之外，想象
另一种生活
想象春风拂面，落叶迷人
生与死可以平静地促膝长谈
那时我还年轻
要盼望的，尚在松软的路上
要经历的
远还没有发生

2018 年 12 月 12 日

启　程

树叶烂在泥里，金黄的枷锁还在途中
万物释放得刚刚好，阳光抚摸着清晨
小村端坐，炊烟绕河梁
黑灰色只隐藏在辉煌的尘埃里

我从北方来时，楚国正在打仗
朽木们漂往江南的河中央
容颜俏丽，一树树梅花顺流而下
有人拄杖叩柴门，满园花朵开放
有人隔岸痛哭，酒杯乌漆悬江
我从未见过这些景色，生死绚烂
又交织，料峭寒风与冰凌
被裹进春风里，风里兵刃就浓香四溢
三月柳叶如眉
一切来的都将成灰
所有去的都万劫不复

四月的笑脸铺生意比以往更好

买一副挂上，滑进人群

周围的脸都在嘴角上翘，前仰后合

捧腹，像捧着一株株空荡的灯心草

江边橘树上挂满了风筝

笑声如瓷做的月亮，砸在龙舟之上

酒肆银器闪亮，反着光

在喧哗的花园中间，愤怒与眼泪

成为通往地狱的数枚毒药

驿站旁野草疯长

戴了面具的送行人群终日狂歌

舞动的繁星笑脸相迎

村长送我一匹老马，驮着日后的旅程

一头扎进荒芜的旋涡里

2019 年 3 月

途中古寺

其实所有的寺庙都暗含血丝

打斗，暴躁的人间

锋利的刀口上佛光闪耀

我遇到过很多修行的僧人

他们提电脑，穿布鞋，在喧嚣的闹市

像一枚静悄悄的子弹

寺门两旁脱了漆的金刚

哭了不知几千个日夜

山腰间的佛陀穿着粗布衣服

石塔高矮遍布，松针落下来

压塌了几个灵魂

他们总是面目和善

也有例外

一天我路过一个残破的石窟

一尊菩萨心事重重

她少了一只眼睛，另外一只

眼帘低垂

在她的对面，浩浩伊河翻滚而过

天地间安静得出奇

我的信仰残缺，像块破布

蒙着面走在人世

善与恶生就是一副天然的手铐

铐着我走进大道

在林荫的小路上心怀叵测

我越过漫长、潮湿又狭隘的半生

国土上假象弥漫，欺骗与不公

被声张、被赞颂、被装点

成滴着露珠的红色乐园

救赎变成了最火热的一个词

各种神灵被胁迫，拯救

生死循环的命运和众多刽子手

老马死在路上，没有什么慈悲

漫天风尘掩盖的古寺

像一座孤坟静坐在天地间

马把骨头露出来，露出青草

肋排，一生坎坷，误入的歧途

露出我的无知与无耻

露出我的未竟之途

我把它们碾成粉末

再重新铸出板结的硬壳

淘尽泥沙，死而复生的硬壳

2019 年 11 月

黑　白

黑夜过去

我的眼睛雾气弥漫

湿答答的草籽和向日葵

贴在水面上

黑暗有时能将事物们放大

比如水珠的纹理

风的轨迹，灯光

比如墙壁上的花影

比如某个下落的斑点

比如生死

到白天就模糊不清

日光里蒙着用久的塑料膜

马车拉着柳树四处溜达

叫声杂错

每个人走路时都弓着身子

像是要护住什么珍贵的玩意儿

像歪歪扭扭的街道和柿子树

白日将尽时

我的眼睛失而复得

一只粉红的气球浮在水上

2019 年 5 月

暗

独自坐在黑暗中

泼了墨汁的鸟翅结出了果子

梨子一样的灯泡

回形针一样的声音

黝黯的群山游了过来

水草一般的林木

暗流一般的峰崖

抱住我

宁静如一枚温柔的钉子

生了锈的历史

死去的马

在巨大的旷野中

……站着

2019 年 6 月

覆　盖

把铁锹插深一点

把土磨得更细

远方风里的报纸包着许多绿

水裹着透明的石头

忽然停留在收紧的状态

瓜秧一寸一寸渗入

隔夜的月亮过于锋利

割断了许多脆弱的联系

比如粮食与我

鸡犬不相闻

比如书桌隔开了一片苹果林

井田制盛行

层层裂开的泥巴堆于中央

我在窑里

打造

好了瓷器和农具

2019 年 6 月

理想一种

我无法像针尖那般深刻

也无法如大海那般广博

我回归山岗，清秋，灯芯草

但还是希望

理解抽象如烟的傍晚

扭曲的路标

沉默的荒原

日间反复无常的细小勾连

我渴望弧线升起

曲线映入险恶的湖中

树木发疯

雨后初晴时闲花笼映

我在餐桌的背后

政治对角处的一副椅边

我闲散于丛林深处

高山掩饰的暴力一目即望

花海成片死去

故乡散入云烟

2019 年 6 月

圣 殿

昏暗的笛声越过土丘

几行倒地的笨柳黄绿交错

泥路向西延伸

有些年我漫游在栗树之间

与刚成年的一只刺猬

夏天时我会骑车旅行

熬过一个又一个

信封样式的浅滩

几根柱子轮廓渐显

分不清古典还是现代

浪漫派似乎正确立山头

柏油路笔直，插过河川

随即进入尧的坟地

每一个清晨我逆向而行

朝南方

枯燥的原野上野鸭飞腾

青色房子腰身纤细

来往数年

隐约可看到它的穹顶

少年们谈论政治

在车座上撒把，双手振翅

贫瘠的平原微光四起

许多片杨树林结了种子

秋天一到就哼起歌谣

祖先们跳起怪异的舞蹈

我见过几次河神

死神也是脸熟的模样

有时许多人济济一堂

更多时孤独地走在路中央

南来北往的影子，挂在

孱弱的鸟足上

我曾经困在一片山里

抱着花脸的岩石

从暴雨中走出

想起陈年的往事，静默的森林

一个单元拽着一匹骆驼

轻松的小事塞满房屋

地面上光线凌乱

脚印深浅合适，地下五十米

鼹鼠当过我多年的邻居

我在宫殿的最暗处

在蛛网密布的角落和衣而卧

一只斑马走进走出

湿淋淋的纹路中泪光闪耀

冬日里终夜端坐

初春时晒起衣服

后花园固定了五个条木凳子

有些时空注定要成梦境

在殿堂日隆的时刻，日复一日

松鼠跳跃在花红柳绿间

红色屋顶上圈着许多花篮

哎，那是真正活着的某些瞬间

每一处狭小的缝隙里

发了霉的书香四处飞扬

昏暗的阳光像用久了的灯管

声音披上了暖色，梯子笑意盎然

一个下午我念念不忘

许多古老的照片四处洒落

那些花边框住我

和屈指可数的闪烁星光

青年信誓旦旦，野草横行

中年呆坐，等死，行将就木

回望的天使从不救赎任何事物

瞳仁清澈

风景以倒叙的方式存活

然后在某个支点上轰然倒塌

2019 年 10 月

辑七 · 冷眼

固　体

转过这个拐角

真希望墙缝里、路牙子上

钻出一蓬蓬热闹的花簇

视野宽广，心胸开阔

顺着生了锈的脚手架

青蔓无所畏惧地向上攀爬

一个废弃多年的城堡

长满荆棘和蔷薇

青色的瓦和红色的瓦

在温暖的下午相拥而眠

转过这个街角

什么也没有发生

世界像水泥一样结实

人声鼎沸，车水马龙

世界像晒干的水泥一样结实

一株行将死去的淡绿色的植物

在呐喊声中把自己撕成片片黄沙

2008 年 11 月

怀念乌鸦

这一刻我秋高气爽
高挑地站在那里
一脸秋天的模样

我喜爱东张西望
或者一脸迷茫地穿过大街
我那么小心翼翼
靠着大街的最里边
就是这个时刻
我开始怀念那些邪恶的乌鸦
既然秋天来了
邪恶为何不来
这些黑夜的神是秋的灵魂
我怀念它们，就像怀念
我自己的灵魂一样

这天地涂黑了
所以找不到你们吧

我还是继续站在那里
装作任人宰割的树
我不能像你们一样
可以随意朝渺小又骄傲的人
身上
拉下一坨屎

2010 年 10 月

一年一度

今年举行了很多一年一度的会议

一年一度的条幅　挂满树木和电线杆

一年一度的孩子们　从底下钻过去

像钻过一个个巨大的裤裆

今年又迎来一批一年一度的节日

一年一度的公开亲嘴

一年一度的公开烧纸

一年一度的公开欺骗

"一年一度"

像是长了烂疮的手

在光滑的日子里摸一摸

时间就溃烂了一片

2011 年 5 月

轻，以及其他

过去，没有人是沉重的
尤其是还活着的时候
很多轻盈如羽的大师们
都是在大地一尺以上的距离
贴着飞翔或者闪着泪光
因为比高还要更高一些
因为比苦难更苦
所以这些飞翔的人们
总是温柔地哭着
轻盈地活，目光如炬
假使这个时候是最黑暗的时刻
为了苦难奋起飞翔的人
却使这漆黑变为棕红
那是曙光将来的颜色

现在，没有人是轻盈的
尤其是未死的时候
来来往往　熙熙攘攘　反反复复　蝇营狗苟　偷偷摸摸

以及其他
世界像冬天里的粪便一样重而且质地坚硬材料上等
土地像磁人像铁
假使这个时候是最光明的时刻
聪明的，你告诉我
除了养老保险，你还关心什么

2011 年 9 月

有关摄影

昨晚梦到一只折了腿的相机
这个一只眼的怪物
说
你用我来看世界吧
你想看什么彩头
想看纯情还是骚情
我调试给你

我忽然感到摄影原来
这么下作
镜头外就像一套巨大的积木
仿佛怎么摆弄
都是你说了算

叫阿明的哥们说
摄影，似乎能预见不幸的将来
镜头里充盈着穿越的魔力
谁知道相机原来就像文人的笔
笔的那一端是血淋淋的现实
笔的这一端是香喷喷的回忆

2011 年 11 月

"脸之诗" 二首

捧花素描

起初，窈窕有致

一会儿的工夫便飞扬跋扈

从这里跳到那里

轻盈的燕子一般出没于柳林

管不住自己的脚

关不住嚣张

浑然不知将暮的青春

城府，阴森

衰老，七零八落

安静深邃到死

写一笔，再描一笔

完成

一个容颜散尽的女人之脸

面　孔

到处都是

到　处　都　是

反季的食物和人

人化的植物和狗

跳来跳去

塞满每一个鹅蛋大小的缝隙

在时间和空间的脸上

啊，恶狠狠地踹

再蒙上温暖的人皮

"走吧。"

"到哪里去呢?"

坟已经不在了

整个世界都是一副人的面孔

2013 年 12 月

年终总结

我坐在山上等鸟来
我左顾右盼不见鸟
四面有形态迥异的人
相同地活着

坐在干涸的河床上哭
坐在枯柳下
写丰盛或彩色的年终总结

我插着口袋 四处摇晃
世界中心的人耀武扬威
地处偏远的诗人裸体呐喊

我看着人如鸟一般来回往复

我觉得
和土地被豆剖瓜分一样

有时候星空也会成为私人财物

东一块 西一块

研磨成相互鄙视的遮羞布

2014 年 1 月

胡 言

大概是二十年前吧

风还没有像现在这样紧

林梢的鸟还可以悠闲地振翅远行

我在一条大路上独自走着

来来往往的自行车带着驮筐

青草翠绿，马粪新鲜

小偷，乞丐，横行的皮鞭

油腻的仕宦，褴褛的众生

蚂蚁，蟑螂

共同在阳光下苟且而活

每个人心生怨恨，又布满憧憬

如可笑的马路一般

欢天喜地地迎接新生

如何会想到呢？

二十年后大道平坦，如水泥

如热气腾腾的沥青

僵硬如铁

天地间由灰色转成深黑

深不见底，噬人尸骨

一百年与三十

被健忘地甩入深渊

有人暗怀鬼胎，有人心怀叵测

私欲的吗啡从未

远离过这片土地

埋葬英雄的墓地里，长出的

却是茹毛饮血的蠹物

你爱这片土地吗

你是否爱它如死鸟般深沉？

你欢笑，新生

祈望，飞奔

你常含泪水，热泪盈眶

可是你，可否睁开失明的双目

可否眺望眺望远方的风景？

未来秀丽得一塌糊涂

而此时，此刻，此地

生命短暂如光

历史打马而来

2019 年 1 月

夜游史

霜降时分

大路上尽是披着风衣的猫

它们悄无声息地游行

打翻路障中的鸟蛋

几十面旗帜别在金属扣子上

叮咚声碾碎着重力

嚎声唐突而起时

火药在书包中飞身一跃

暗哑的喉咙传染极快

散遍人群，居所，紧扣的双手

残垣，断肢

火光蔓延如湖水般纯洁

扫掉历史上一切黑色的斑点

祖先换上白袍

白光稀薄又厚重

笔迹平铺在战栗的广场上

白嘴鸦飞过石碑

飞过烈火炎炎的正午

翅尖在现场划下蚀骨一笔

轻盈的风声有血色渗出

啸声穿林过

眼睛上添的一抹油彩

地头上冒出的一把铁锹

被强置于皇帝们的钢轨中

机身沉重

却装不下一根钉子

2019 年 6 月

证　明

出生需要证明

死亡也是

结婚需要证明

离婚也是

清白需要证明

犯罪也是

请证明你是我的儿子

请证明他是你的父亲

证明你爱我

证明你恨我

证明我和这个世界毫无瓜葛

证明你未曾来过

证明你曾经活着

2019 年 11 月

辑八 · 姿态

蹲　着

蹲着好

蹲着瓷实　像一口井

把烟卷起来 猛吸

轻吐

矮了半截的雾

还要更矮一些

矮些好

矮一些稳当　像一座碾

半蹲着的碾

蹲着作为一种姿态

与两种事物有关

一是茅厕　一是田埂

蹲着的姿态生来卑贱

因此无可挽回地走向末路

据说人高尚

透过雾

纵横交错的田野似乎更绿

在蹲着的角度

尤其清晰

这大概是人与土地

最适宜的距离

可惜不是和水泥

也不是和油漆

金缕玉衣的大地

与蹲着无关

他们蓬头垢面地蹲在那里

就在那里

吸一根烟

或吃一碗饭

蹲着作为一种姿态

竟然那么孤单

像一道屏障

蹲着的姿态

像篱笆

在麦地里圈住庄稼

在城市里圈住身份

蹲着作为一个符号
竟然那么悲伤

2012 年 10 月

坐

我看见她的脸成丝

发隙摇摆，阳光散落于眼睑

金黄的南瓜蜷体而睡

时光坐在秤上

她也是

坐下去，再站起来

就老了

我看见她在雨后

眼睑低垂

脚下根系蔓延

肩膀抽叶生枝

手指绿意浓稠

我看见

整个村庄都结了果

四散在金色的都城

服装厂，脚手架，下水道

如苍耳一般卑微成尘土

我看见，她坐在地球的中央

扎紧麻袋，困住韭菜和盐

布谷鸟叫

千里蝉鸣

坐下去，再站起来

就蹒跚成母亲

2015 年 6 月

刨

是从一粒米开始的
东西延展七十五步
锋利入土　不间断翻出
在活着内部寻找恰当的深度

空间粗糙透明
节奏颗粒圆滑
时间穿梭
在骨质与金属间
九十度平原上
泪玻璃倾斜

铲
在光中反射
木质在上层使力
急速下坠
湖面猛然暴涨
涟漪散在土

2015 年 8 月

悬

世界停留在上下
但先从截面开始
光影缤纷
充满镜子的暴力

像丝线上暴晒的鱼

上帝喝着咖啡哼着歌
鱼竿懒散地插入脚底

左右是生的幅度
前后是坠入深渊

假如没有风
就继续做
擦拭着等级的人

2015 年 8 月

外　编

在路上

我开始踏上征程的时候

天色已昏黄

一群又一群灰色的人涌来又离去

有许多大人和孩子

我忽然记起又一个下雨的春天

数不尽的车轮走在这条路上

现在，只有我自己

我自己心里面那一个摇晃的月亮

守着寂静，又守着苍茫

许多辆汽车、卡车和客车

一队队地从北方过来

那些烟尘可以淹没一个世纪的旅途

真的让我悲哀

有一排排的玉米在地里站岗

是枯萎的，带着果实的枯萎

是黄的，带着落寞的枯黄

又一个秋天到来的时候

树叶落了，妈妈说

儿子，去那边拾些杨叶

我奔跑过去，穿起那些叶子

就像穿起我一个又一个丢失的命运

可是，许多年过去了

这个世界我再听不到哗哗的叶子

前面那三个孩子说

放假了，有多高兴

他们不知道，我是在路上

我们都在路上

我遇到隘口而他们没有遇到

一条河从前方流过

没有鸭子，没有树

我对自己说

这真的有些漫长

只是漫长和寂寞我没别的意思

我的意思是说

我只是，在路上

走在路上，有多风光

走在路上，有多渺茫

2003 年 10 月 1 日（记 9 月 30 日）

2004 年 9 月刊于山东师大《陀螺》杂志

我有一只哭泣的罐子

我有一只哭泣的罐子

亮晶晶的陶瓷

把阳光温在里面

还有芳香的泥土

奔跑啊 在这毛茸茸的阳光里

我那亮晶晶的罐子

只懂得哭泣

让一个季节的水从身上流过

那条剩了骨头的鱼

从远方游向远方

从手指钻入水中

一把伞 挡在它的入口

哭泣的罐子和丑陋的鱼

我的 我们的

昨天它们从炉火里跳跃而出

一股脑儿把眼泪和阳光

都装在里面

一个孩子穿着透明的塑料凉鞋

明天的罐子

又该是什么样子

2005 年 4 月

作品第 13 号

一

济南春天的风很大

路上人很少

人都窝在自己的天地里

听春天的猫温柔地呼唤它们的爱情

男人 女人 锅碗瓢盆

琐碎的细节打碎琐碎的生活

形象的拟声词奔涌而来

花开花败

冬天已经远去

雪的安睡也是梦境

风过去　人都不见了

空荡的屋子里只留下空荡

都哪儿去了

空虚的季节只会让人悸动

二

上星期我约一个女孩去看电影

有时春天的事就这样按时发生

可是她生气了

从此以后不再跟我说话

所有的过去都像春天的云一样

丝缕之间并没有联系

许多夜晚就这样飘来荡去

飘来荡去

我给陌生的女人打电话

她真暧昧，忘乎所以

她说，你还不知道啊

济南没有春天，真好笑

济南怎么会有春天呢

那，这么说

这个没有名字的季节里

我们都在骗着自己

城市里的花花草草、植物和动物

其实都在寻找一个繁衍的理由

这个丢失的季节

其实只是一个借口

三

许多年前

我的姐姐拍着我的额头说

瞧这些花，开得傻了吧唧的

这词真好

现在我依然记得

在写信的时候会用上它

我想给所有的人朗诵诗歌

这个流水喧哗的时节

我和花朵一样开始犯傻

我们打电话，发邮件

我和我的朋友

也许再也不会在雪白的纸上

写下诗篇

我是说也许

可是谁又知道

将来又会怎样

将来的将来有多少人是活着还是死了

这些天来

我一个人在风里逛荡

人都走过去了

只剩下风和风和风

真是傻了吧唧的

我说这词真好，不信你试试

2005 年 4 月 7 日

诗篇·怀念

一

多年之前

当太阳尚未发育成熟的时候

太阳的痣也没有长出

这时候我的出生是一个神话

它注定我的死亡

在不久以后与太阳有关

死亡是藏在骨子里的忧郁

披了黑衣服的女人和猫

从天平跳上刑台

在骨头里横冲直撞爱发脾气

这时候我的存在是个神话

杨树林里的毛毛虫一只一只吊在树上

风的奔跑锵然有声

许多红铜色的水果在空中绽放

绿色的木头刀和蓝的血

绿色的木头刀和绿的血

绿色的气息

悬挂在童年的额头上

这些意象 红的坚果 矮脚马

流产的母牛和母骆驼

在一九八五年以后的野草上

在草丛中迎风起舞

二

姑姑们的死像电影

遥不可及 像

故乡芦苇荡里的白糖

没想到不久的将来与自己的联系

死亡的气息在家族中遗传

一代 两代 到我们这里

童年的蓝月亮

童年的光 在秋天 冬天

在北方的村庄

星星的眼睑上

姐姐们的红丝巾在岁月之间

打结 系扣

表达生的含义和死的眷恋

七月的火石榴

含着晶莹剔透的牙齿

向我讲述太阳底下

这个村庄的末世和未来

这个村庄的来往年代 和

这个车轮下碾过的头盖骨里的

鲜红的故事

三

明天我想去打渔

在湖里，在海里

在有水环绕的星球上

都那么干净 没有一丝污迹

我还想变成父亲镰刀下的

一株麦子

含着死亡的欣喜告别世界

绝望而幸福地站在山岗上

等待生的开始和死的结束

等待生的结束和死的开始

四

地上的灰鸽子和天上的白鸽子

灰的 白的

不能说清的羽毛和重量

都落在七月乍冷乍热的土地上

我要失明了

露珠也医不好的眼睛

变得模糊 却更真实

亮晶晶的角膜送给花朵

透明的晶状体送给鸽子

鸽子！鸽子！

带我走吧 带我走吧

童年里的月牙都消失不见

成人的世界用发光的物体

吞噬了它

春天里的小红花早已开过

春天里的毛毛虫都落没了

鸽子你带我走吧

这世界上的油渍和排气管

让我绝望

我们到干净的地方去吧

红的花和绿的草

开放在我们的门前

高高的花芙蓉在阳光里傻笑

我们到干净的地方去吧

夏天的知了和春天的雨 会

让我们安稳地热爱生活

五

水乡的踏板到了城里就成了船

人的鞋子到了雨季也成了船

船的心思 我猜不懂

所以在这个雨季 水从河里流出来

水从心里流出来

水从血管里流出来

水从脖颈和手腕里流出来

流出来 流出来

载着一船又一船的绝望

走向远方

远方的雨季里 鲜花绽放

六

新的王冠用草叶制成

用藤条和花朵

所以美丽在潮湿的夜晚

翩翩起舞

王在高处 王必须在高处

新的王冠在王的顶端

这世界要关闭了

有着漂亮手指的新娘

为他戴上那一顶王冠

然后

在那有雨的夜里

在河边

我们的世界就这样关闭了

我在高处不久以后

我会像鸟一样

永远都在高处

2005 年 7 月 3 日于山师清河畔

短诗两首

1. 风

风从东面吹过来

风从西面吹过来

风从北面吹过来

风从南面吹过来

风从四面八方吹过来

风吹过来

无尽的恐慌向四方涌起

风吹过来

然后世界消失了

2. 兔子

一只兔子在深夜失踪了

在月光下

斑驳的影子蹦蹦跳跳

从河流跳向丛林

最后从文字中跳出来

一只兔子在深夜失踪了

又有更多的兔子不知所终

红色的眼睛开开合合

它们在夜晚的月光下闪闪发光

2005 年 8 月

长诗：王

引　子

王自从出生就只能是个王

不能是凡人，或者精灵

王说，给我鸟的自由

王说，给我土地的深沉

王说，给我一双脚，让我自己去跋涉

王说，我很孤独

王自从出生就只能是个王

不能是凡人，或者精灵

一

王小的时候被称作王

不被称作王子或者其他称谓

王注定了要承担王的一切

王被奴仆和臣民看着长大

起初，他有姆妈

姆妈说，来，王，来穿衣服

她说，来，王，过来用膳

她说，王，你要听话，你是王

王很小，不懂事

不知道战争和杀戮，不知道臣民

只知道玩

王喜欢飞鸟和气球

喜欢一切会飞的东西

王在很小的时候就渴望自由

王小的时候会因为恐惧

而大声哭泣

王会因为一只风筝的失踪而难过

可是，有大臣说

王，请您自重

王的眼泪是不能

随便流的

王很想哭，但是他没有这个权利

王再长大一点的时候知道了忧郁

姆妈无缘无故就失踪了

王很孤独

但对于这些，他只能沉默

王还小，但他开始思索

他已经有了坐在王座上的权力

王俯视着整个帝国的臣民

他俯视着脚下所有的生灵

为什么是我，而不是别人

王有时候在城墙上看飞过的鸟

有时候在窗口前感受刮过的风

王对自己说，对大地说

对天空说

为什么是我，而不是别人

因为你是王，你不是别人

二

帝国在憧憬中变得平静

因为有王在

王是这个国家的象征

王是一个符号，让臣民感到踏实

王没有父母，没有兄弟姐妹

王只能是王，从出生就是

是偶然，也是必然

就像每一个人的出生，王也一样

年轻的王，知道什么是宿命

王一天一天长大

一天一天成为一个英俊的王

一天一天成为一个沉默的王

（王读书，知道什么是阿拉斯亚

什么是咒语，以及菲茨朴思）

王在大地的最中央　不知道

东西南北是否还有一些国家

还有一些命中注定的王来承受孤独

王的披风在黑夜中随风起舞

他越来越拥有一个王的特质

在骨子里拥有的却是质疑与反抗

王曾经在花园里看到一个放风筝的宫女

她的稚气还未脱去，光滑的脚趾

还在清池里荡起涟漪

王用温柔的目光看她

还把她抱上他的马背

女孩一边惊叫一边用胳膊勾住王的脖子

王觉得，有时候，王也很幸福

那一个春天王和女孩游遍了王宫里的

每一个花园

女孩说，王，王！

她的脸因为兴奋而变得嫣红

王不说话，搂着她的肩膀一跃千年

王真的很幸福

可是谁曾想到不久后的一天女孩的尸体会

漂在清池里

她的小脸依然嫣红却已经浮肿

脖子上有勒痕

那是宫女们杀人最常用的一种方法

王站在一大块湛蓝湛蓝的天空下

他是王，却也只能是王

他是王，就必须失掉他心爱的女人

先人们规定，任何一个下贱的女人

都不能与王有肌肤之亲

王不说话，搂住女孩的尸体，跨上马

奔向宫里最隐秘的一座花园

那里挂满了王童年时一只又一只心爱的风筝

而现在，一只只的风筝

已经悄悄离去

三

王想到逃亡是在不久之后

王觉得王宫里的黑暗正一点一点地吞噬他

他必须逃

王选择一个星辰漫天的夜晚

跨上那匹枣红的战马，像所有逃亡的王

一样，风度翩翩

王的披风高高飘起

他穿过灯火通明的大道，穿过了无人把守的宫门

穿过了悄无声息的广场和集市

王的目光闪烁不定，眼神扑朔迷离

天亮的时候，王到达城郊最南端的

一个小村庄

玉米地从南到北，从东到西

布满了整个原野

马的鸣叫穿越整个荒凉的村庄

早起的农民们静静地站在院子里

他们并不知道，他们的王就开始

这样

义无反顾地去亡命天涯

王马不停蹄地跑了三天三夜

第四天早晨，枣红色的战马

已经奄奄一息

王像面对姆妈的死和女孩的死

一样，保持沉默

面对战马的死，王依然沉默

王的脚站在自己王国的土地上

这是四千年前的秋天

几百年几千年后记录王国历史的人说

逃亡的王独自一人继续自己的天涯之路

王的鞋子破了，他赤着脚，踩在荆棘上

血洒一路，花谢满山

王后来就成了一个不断走路的人

他要走，不停地走，他必须走

他不知道到哪里去，他只知道要走，走，走

就这样，王路过了一个又一个小村庄

穿过了一片又一片玉米地

跳过了一个又一个小水坑

王很幸福，像所有逃亡的王一样

王的披风在风里已经不会再高高飘起

但是王觉得很自由

像多年前失去的那些风筝

无限自由

四

王是在清晨的雨后遇到了芘儿

芘儿说，我叫芘儿

露珠洒在她的头上，晶莹闪烁

芘儿说，您是谁？

王望着美丽的芘儿，望着她篮子

里的蘑菇和花朵

疲惫地说，我是你的王，我

是你的王

王？我的王在宫里呢！怎么会

在路上流浪呢

我是王，是王，我在逃亡

哦，那么您真的是王？

王，如果那样，您的路还长，请您保重

芘儿的笑意里充满了怜惜

王说，不，芘儿，遇到了你

我的流浪之路就快到了尽头

芃儿的小脸变得嫣红

王想到很久以前也有这么一个女孩

她还曾在王宫的花园里放过风筝

但是一切都过去了，这又是一个开始

芃儿拉着王的手走回家里

说，妈，我把王带了回来

那是阳光下一个慈祥的女人

因为王的出现而倍感温和

麦子的声音从四面八方奔涌而来

王的恐慌却在不经意间变得明显

总有一把鲜亮的刀影在深夜出现

王知道那是谁

有一天她曾对王说，遇到你是我们的灾难

遇到你，我们的生活即将完结

王再次出走是在深夜，他不想再给

别人造成伤害

为他而死的人已经太多

芃儿说，王，我跟你走，求你，答应我

让我跟你走

又一次的逃亡接踵而至

那位母亲说，都是注定的，谁也改变不了

她在芃儿远去的那天晚上曾经

失声痛哭，这个可怜的女人

多年前曾失去儿子，现在又被女儿遗弃

都是宿命

不是命运对人的嘲弄，实在是人总也

摆脱不了宿命的步伐

当天晚上的暴雨过后是一个漂亮的天气

结束以后是一个新的开始

我们都知道，王知道，芃儿也知道

于是新的一条路又闪将出来

2005 年

锁住一团火

想锁住一团火

用百炼成钢的冰凉的锁链

用粗暴的方式锁住一团火

锁住它的愤怒以及恶毒

在黑暗无人的旷野

无人为我摇旗呐喊

无人为我擦去血斑

这是难以逃过的一劫，以至于宿命

狂躁的火光向每一个人宣战

这个狂热之徒

正以桀骜不驯的姿态放马过来

用铁链宣战

用血和铁宣战

以死亡的代价换回生的一步

2008 年 12 月 17 日

诗

我曾经骑着一匹瘦骨嶙峋的白马

在川流不息的城市间狂奔

在心如刀绞的正午或黄昏

一脸迷茫 无可奈何

我曾经在冬天的傍晚放声歌唱

树林随风摇曳

那个寒冷的冬天诗意绵绵

在冬至写诗

在白雪中写诗

把心灵铸成一把锋利的剑

勇往直前

当春天到来的时候

我的诗歌全部丢弃

我不知道它们去了哪里

我想象不出它们是否在某个明亮的月夜

随风起舞

我所能知道的只有悲伤

我所能知道的

唯有抚过头顶的漫漫时光

2009 年 4 月 27 日

给自己的诗

如今我长途跋涉在风雨交加的北国

就仿佛行走在奔赴历史的黄泥道中

有时夕阳温柔地打在脸上

有时又为了一段迷途悲痛不已

夜莺在黑夜的头顶上四处乱飞

声音清脆又动听

我茫然四顾打量这茫茫的世界

只有风声

从树林中穿过

又从密密的山峰之间夺路而出

这一年总算是长大了，成长在路上

以及河流，草地，茫茫雪原

为一声辛酸的啼叫沉默不语

作为一根沉默的木头而活

或者眼见前面一片柳林鸟语花香

眼见自己的身体发青变绿，高挑无比

只是在春天

背诵一首绿意盎然的唐诗

就活了

北方风沙迎面

多年前曾写诗纪念如音符般跳跃的街道

如今踩在上面踢踏作响

就像走在寂静无人的广场

夕阳扫过河流，扫过高高的纪念塔

我仿佛听见远方有隐约不清的呼唤

至少在风里的那一刻

我作为一根木头，真实地活着

2010 年 3 月 29 日

诗歌·狂草

何必倾城，风声鹤唳？

何必狂笑，在西风古道的途中

何必留恋，滚滚黄沙的漫天飞翔

恳求这世界，放过我

放过一颗颗鲜血淋漓的心脏

我真的累了

我想躺在美丽又深恶痛绝的怀里

狂笑一声

绝尘而去

这晶莹，虚假的表象

2010 年 4 月 21 日

我心里有一个帝国

我心里有一个帝国

以风的名义 越过山岗

这里布满四月的槐花 七月的火石榴

像我的眼睛一样 挂着夕阳

我接受一切表象的朝拜

在生死之间舞文弄墨

冰与火　冰与冰

一次次的短兵相接

这个幅员辽阔的国度

我称之为纯原的国度

依我而建　依心而起

来来往往的戾气抹不开君主的手掌

这儿的每一座山都是微笑的

这里藏着暗流汹涌的河

有一天 如果

如果我悲愤而亡

就把云彩折下来

裹在身上

以风的名义生

以风的名义死

2010 年 7 月 27 日

那年冬天

那年冬天就是我还迷惘的那一年

我走在叫文化路的大街上

白的房子 和绿的瓦

干干净净的风 和人

我又饿又渴

想象自己的双脚变成

如葡萄一样晶莹的马

我喜欢马 喜欢如火的鬃毛

喜欢它们目中无人 纵横驰骋

不知为何

在那个城市我总是 有奔跑的冲动

在人来人往的市区

在风声凛冽的地方

那里的街道很脏啊

可是在冬天 所有被称为污秽的东西

都可以被冻成固体

再被风切割 就像小时候

那些被冻掉的耳朵

于是干净了

在干干净净的冬天

我总是在下午 在那条路上闲逛

现在回想起来

依然还是下午的模样

斜斜的阳光照在身上

我就看见每一个身背回忆的人

走过来 走过去

我看到我们

都在骑着一匹野性难驯的马

我们都那么努力

一寸一寸地接近坟墓里

木头

2010 年 10 月 17 日

白

蓝比白，更洁净

水比雪更冷

泛了蓝的雪像镜子

把天映下来，和它的颜色

白色不是死亡，即是逝去

黑色的雪是雪的遗体

葬礼上哀悼的是雪的灵魂

2010 年 11 月 24 日

清　酒

有时只想守着一坛清酒
做一只不讲理的泼皮地痞
用尽一切下流手段
赶走丰满圆润的月色
不为其他
只为醉里挑灯的一弯凄凉

十年，二十年
托在手中的梦却不曾醒来
羡煞了那些狂客
淋漓的心还能西挂咸阳
今年的雪迟迟不来
我骑在生死之边
还看见那雪从红楼中间的空隙里
飘洒而下，像是中了箭的白鸽
坠入天堂

这么多年

已然过了这么多年

满满的夜还是能听见骨头生长的声音

只是现在

我只想守着一坛清酒

是敌，我送你砒霜

是友，听我劈死这害人不浅的清风朗月

2010 年 12 月 28 日

迟到的诗

　　前夜去喝酒，我们约好，回来一人一篇日志。我是迟到的一个。活着真好，活着喝酒更好，活着和朋友一起喝酒是平生一大乐事。即使眼前所有的一切终将一挥而散，记忆还是在的。很久前的某一天，忽然明白，人活着无非就是制造回忆，制造完，毁掉，或者留存，或者自欺欺人，假如有朋友在，骗骗自己也是不错的。

　　　　　　这两年，我们总说

　　　　　　理想主义是什么？

　　　　　　现实主义呢？

　　　　　　深夜来临

　　　　　　我们杯盘狼藉

　　　　　　将来这条路是坎坷还是扯淡

　　　　　　以及爱情的来来往往

　　　　　　我们描写，并记下来

　　　　　　像一幅清新而浓烈的油画

　　　　　　泛着香味

　　　　　　我们三个

如同复活的希腊雕塑
兴高采烈地谈及未来
以及自己

黑夜很亮
并排坐在那里
想起来无数个明晃晃的白天
这个时候这个世界真好
如果有一天，坐在书里
像坐在沙漠里该有多好
骄傲得像一只燃烧的火
这些犟驴
就是说这些文人
为什么我们总想要那些别人丢掉的东西
这些养家的饭碗，睡眼惺忪的女人

我们三个
喝了一点酒，灌了一点黄汤
2011 年的初夏
别人忙忙碌碌
我们东倒西歪
这世界斜着看一看
为什么反而觉得更正了？

2011 年 5 月 8 日

自　语

死亡是躲避死亡的最好方式

活着是逃脱活着的唯一途径

我是寂静的一张纸

写着满满当当的空白

写与不写都是空白的诗

譬如此刻

在荒野中，想象疾驰的风

能去哪里呢？

走得再快，不如原地等着

坐在这里

等待永不到来的到来

坐在这里

拿沉默的一刻

触碰无聊的永恒

2011 年 5 月 27 日

躲在温暖的草里

躲在温暖的草里

等待一辆列车的来临

从华北到华南

载着无限广阔的清晨与夜晚

在路上颠簸

直至残缺不全

沉默的黑暗中

会长出一块两块

生了苔藓的石头

这些可爱的石头

爱捉迷藏的石头

在夏天和秋天

如此神秘莫测

清晨是风情万种的时刻

我躲在其中

看人来人往

白天里

等不到的慌张会塞满街道
在深夜
逃不掉的空旷又开始嚣张

从来到去　从生到死
从南到北
遍体鳞伤的不仅仅
是飞去多年的绿酒瓶
还有　众多
天南和地北的兄弟们

假如列车疾驰
到出轨的那一天
手握宝珠的石头们
会不会长满萧瑟的褐斑？
这几年的路
像被剪了翅膀的鸟
只有距离　没有高度
一辆列车跑过去
却已相隔数重山

2011 年 6 月 18 日

致远方的朋友

夕阳和天涯
是我最先想到的词

我想象你看着窗外发呆
像油菜花一样晃眼的世界
也有香气吗

2013 年 10 月 31 日

在赣州

我穿着毛衣路过赣州

在十月的月末

树上有弯绕垂下的藤条

在南国，赣江缓缓地穿过

我寻找饭店、厕所和衣服店

路面宽阔，车流横行

数小时后我徒劳无功

只坐在街边看来往的人

2016 年 11 月 28 日

森林漫步

太沉郁了
树荫浓烈安静
大地与世无争
一眨眼步入黑夜
透明的流萤翩翩起舞
树洞里堆满了雪

还是做回两只熊吧
再找合适的山洞和稻草
点起灯
有橘色的晕

漫长的桦树林里走走停停
阳光也冻住了
风声也冻住了
我们在雪地里散步
唯有脚印是真实的
唯有抹去是真实的

2018 年 3 月 20 日

昨 天

昨天走在路上

一只小黑狗走在我前面

我打算超过它

但步子太轻了

快到它跟前时

它惊得跳起来

我们对视一眼

惊讶又害怕

那一眼真复杂

我们都看到了

对方的影子啊

2018 年 8 月 18 日

山中时日

有时候云会变成一块铁块

它驻足，神思悠远

皱纹一样的铁屑纷纷而下

有时树木会向往拥抱

一群枝叶交织成铁做的城堡

我在山中时喜欢坐着

坐在繁复交错的线条之中

坐在青苔的脚边

2019 年 3 月 13 日

万　物

和人一样

植物也有高低贵贱

地域，或者基因

决定长命还是短命，生还是死

有一天阳光照耀

万物和平

然后死的死，活的活

一秒，一万年

唯一不同的

只是等死的长度

2019 年 7 月 3 日

苏州三日

破败的枇杷树横穿街心

瓦楞上雀鸟乱飞

商店的招牌如一片片补丁

缝在正午将近的气流中

园子曲折

折叠了幽景也折叠了乏味

如列队的蚂蚁一般

去看几支新荷，轮流

在一副对联之前赞叹

搓手进入厕所

幽暗处的文物在灯下闪亮

有人游过，不侧一目

有人将眼睛狠狠地扎了上去

有人估摸着市场价

有人倚坐在台阶上
梦到一次兴趣盎然的旅行

伍子胥修筑的城墙塌了
唯有河水还在
匆匆地过去
再匆匆地回来
夜晚的灯光修饰的
不过是一个个空洞的花边

7 月 4—6 日苏州纪行

2019 年 7 月 11 日

凤　凰

西山云彩漫飞，数团

光影朝往落日方向

一只凤凰击水

长途上洒满梧桐

阴暗隐藏

在耀眼的撞击之后

在白昼的最后一刻

复生的丹鸟

飞往次日的东方

2019 年 8 月 21 日

河流纪年

一　小河沟

一泓清泉反射了许久

浣洗的衣服蜷成小兽

麦苗抽得正旺 清风掠过

脚踝叮当响

河里的星光也叮当响

偶尔几只"无事忙"掉入水中

像长了鱼鳞的蚯蚓

从这头钻入

再出来时已是半个夏天

二　电站沟

据说它通向一个断崖

巨大的落差会带来光亮

但在它的上游

花红的棉衣正泡在水中

泡得发白的脚趾们互相踩踏

从淤沙里到岸边上

臭皮草摇摇摆摆打着瞌睡

垂钓的小子们眼皮打架

猛然间叫声四起

一只绣了花的布鞋

像船

布篷大开，舵风平稳

姿态优雅地飘向了春天

2019 年 9 月 11 日

变软的镜子

可能缘于某一天夏日妖娆
阳光透过凸透镜汇集锋芒
也许身处一个通红的土窑
热量已显示出波浪的形状

一面镜子里盛着河水茫茫
从液体的影变成影的液体
群山绒毛柔软在风中滑翔
坚硬的界面融化在角膜里

边界中尘封着永恒的记忆

2019 年 10 月 11 日

登 高

秋风大作之后，天高得不成样子

野猿嚎叫，悲凄落满山谷

白沙的小岛，水面清莹

鸟儿活在天地间，来了又去，去了又返

那远处，望不到边际的木枯叶

正在漫天盈野的风声中，飘飘而下

永无尽头的长江

以挟卷万物的气魄奔涌而来

在这方辽阔的秋天下，我愁思郁结

无望的羁旅上，只做了一枚卑微的浮萍

暮年已到哟，我拖着病弱的残体

孤独，站在这时空不复的高台上

一切难的，和一切苦的

像秋夜的霜，凝聚在我的鬓头

潦倒了一生，本该是借酒浇下的时刻

我却只想把哀愁灌在风里

改写杜甫《登高》，2019 年 12 月 8 日

韬

他回信给我说，眼见那个被重新描过的字
像是我在跟前叫了他一声
像是这许多年从未经过
许多花草也从未疯长
许多支离破碎的日子还是洁白一片

还是太久远了
他在地球另一端所待过的日夜
枯燥悠长，却也是眨眼的工夫
那些日子在黑夜中端坐不动
各个方向锁住了我

他大概能看到我的表情
在那个字传出声响的时刻
一切过去和将来都汇于一秒
他不会知道，由一个字音
牵连出起伏绵延的山坡

我趴在床上泪眼婆娑

在雨中握不住一根稻草

或者我们都知道一切挣扎都是徒劳

空心的日子与草秆无异

唯能活在泥巴里

水和成的泥巴里

用尽一垛粮食，两吨过去，三把好梦

多美啊

我们都在活着

2020 年 9 月 11 日

一　天

我走过时大道笔直

太阳安静得像一只篮子

春天的风声

冬天的雨

画布上窗户鼓着嘴巴

我路过一只瓶子

装满绿色的原野

焦灼的乌鸫与画眉鸟

卧在世界的中央

巨大的羽毛覆盖

我走过时大道笔直

太阳安静得像一只熟睡的篮子

2020 年 12 月 10 日

风　里

坐在风里

一群未来的群山默不作声

我想象过一颗山梨

一株草，想象之外的大片荒岭

时间化成了月海的样子

稀薄的盐分撒入半空

我踏入过许多梦中之地

许多雨声淅沥

雪迹清凛如云

和着你的足音穿越南方

仿佛一群光

泥泞根本算不上

岔路无数

我在竹檐下失神

在将来的消失的某一处光阴里

我坐在风中听一声低鸣

2022 年 1 月 20 日

致小鹿：情歌三十二首

诗之一

有一天忽然就病了
从睁开眼睛的那一刹那
到沉入梦乡

看到天上的雾是紫色的
梦到纵深跳下一汪青紫的沼泽
看到莫名其妙的紫色街灯
听到呼呼而过的紫色风声

自己仿佛正要变成一串成熟的葡萄
生根、发芽、抽叶……

有一天忽然就病了
再也说不出一句话

2010 年 3 月 13 日

诗之二

假如可以选择再活一次

我愿意成为你院子里的一棵梧桐

不会因为刻在身上的名字伤悲

也不会遭受撕心裂肺的折磨

在时间深处看着你长大

看你成长的一点一滴，一幕一幕

看你惹了祸躲在角落里不敢出来

看你第一次伤心地大声哭泣

眼见你个头越来越高

眼见你蝴蝶结换了一个又一个

眼见你长成一个活蹦乱跳的漂亮丫头

时间太长又太短

时间太短又太长

一分一秒，我把它们刻成一圈一圈的年轮

藏在身上

作为一棵空心的梧桐

我要隐藏太多的东西

因为爱你，所以倔强地生长

因为爱你，所以多么想

看到你手里握住一份幸福

如果有来生

多么想在生命的清晨就早早地遇到你

哪怕只能做一棵不能说话的树

哪怕只能在下雨天偷偷哭泣

春天到来的时候

就努力为你绽放出满树的桐花

2010 年 3 月 15 日

诗之三

一回身的工夫，时间就没有了

我们都在好好活着

或者等待对方死

有时候逃回去

逃回去又挣扎而出

岁月长了白色的胡子

以及满院的荒草

我，和你，一起搭了童话的王国

有一天，积木塌了

我在废墟的背后，痛哭不止

你说

好了，收拾一下

我们回家吃饭吧

你看，春天又来

一眨眼，就到了离别的年头

2010 年 3 月 30 日

诗之四

丫头，我们多养几只鸽子吧

在我们所能找到的地方

在我们的阁楼上，或者模模糊糊的

远方

我真想在清晨的第一缕阳光下

看到那只白底红花的蓝翅鹁鸪

落在我们的窗前，如梦初醒

如果有一天你哭了

就寻找我们美丽的鸽子吧

至少在你抬头的那一刹那

忘掉所有的悲伤

因为它们的眼睛里有我为你流下的泪水

我告诉它们那温暖的家的方向

在那里我刀耕火种，又玉树临风

丫头我们多养几只鸽子吧

在尚未成形的初春

许下一千个愿望

如果有一天，你真的再也走不动

就跟着那些鸽子，来到我的湖边——

那因泪而成的湖边

但是现在

我只想说

丫头，让我为你再多养几只美丽的鸽子吧……

2010 年 3 月 31 日

诗之五

我曾经遇到过一只受了伤的小鹿

在我同样身负重伤的夜晚

我遇到这只如月光般美丽的小鹿

我心疼它身上的伤口

因为我知道这伤口有多么疼

如果我们不说话

如果我们只是这样互相看着

心疼的泪水还会不会如此汹涌地奔流而出？

可我们最终越走越近，最终抱在一起

我想用我的全部，治好它身上所有的伤

我萤虫夜雪，我四处奔波

用心在茫茫雪原上寻找

每一朵

可以治病的莲花

我在每一个深夜，把心液榨干

把所有的心血制成药丸

那么辛苦，却那么快乐

在我医治小鹿的时候，自己的伤口也会

结痂、脱落

疤痕虽深，却不再那么痛苦

但我们都不知道这是对还是错

在我的药里是不是真的埋下了另外一种毒？

在我们相互拥抱的那一刹那

在我拥它入怀的每一个瞬间

我听到我骨头断裂的声音

心脏破碎的声音

因为我终于知道

这只受了伤的小鹿，最终还是要回去

小鹿会用哀伤的眼神看我

但那眸子的深处却藏不住它挚爱的主人

它爱他胜过一切神圣的诗

与它相比，我像一个嬉皮笑脸的孩子

我像一个微不足道的玩笑

但是我仍然牵挂着我的小鹿

那只在森林里独自啜泣的小鹿
让我留恋，也让我悔恨
我们跨过的每一条河，走过的每一条路
都洒满了月光的影子

我把小鹿送回过去
因为有的伤口我永远也帮它治愈不了
就像最终我要把所有的伤口撕开一样
被痛包围着
其实也可以活
我只是希望它能得到想要的幸福
不再受伤，不再难过
不会被人跨在身下
也不会被鞭策着飞奔向前……

风又刮起来了
在我们相遇的林子里
我曾许下愿望
这愿望为你而生，也为我而生
如果你懂得，请听我说
如果能抓得住幸福的手
请千万不要回头看我
请千万不要再遇到我
风烟弥漫的世界里

我们的伤口都会承受不起

假如有一天你在远方的树林里
又想起从前
就抱着身边的大树唱一支歌

我把我身上所有的纯洁都留给你
月光下的小鹿啊
再见了

2010 年 4 月 5 日

诗之六

我还能再说些什么呢
我是不是还能把头低得更低一些？

不知道每一个夜晚到底有多深
那么模糊，又那么遥远
就像小时候在村口看到的那些炊烟
可如今，我再也找不到回家的路

我丢了一串金灿灿的钥匙
在放羊的途中，夕阳照在脸上
一切光亮的都丢了
然后是铺天盖地的暗淡无光

四爷爷曾对我说

他说，所有的事和物都有定数

就像我放的这些羊

有的被宰掉，有的被剥皮

有的被一个城里的小孩拿去当作宝贝养

他说，你小子也一样

我这个老不死的也一样

四爷爷死去多年

四爷爷告诉我这些的时候

我还听不懂他说的话

然后时光又拽又拧地让我长大

在失去我最最宝贵的泪水的时候

我发现自己正走在四爷爷所说的那条路上

我发现满路的风霜雪雨

我发现满地的荒草荆棘

我发现我所能做的

就是让我心里的那片湖

变冷变硬，永不澄清

2010 年 4 月 11 日

诗之七

真的难以想象

我所守护的这片黑森林

何时才能醒来

我把门关上

在树洞里冬眠

在下雪的晚上独自散步

天上的云是黑的

天上的阳光是黑的

那些脚印不知道通向哪里

黑色又冷又硬

砸在每一个下雨的夜里

我想唱歌给你听

我真想在阳光灿烂的下午

痛痛快快地大喊一声

可是亲爱的小鹿

你在远方，能听得到吗？

2010 年 4 月 13 日

诗之八

有一年我骑着白马路过草原
那些清冷的寒秋与明月
都让我想起你
想起我们拥有的空旷
想起你在月光下晶莹剔透的
鼻子和嘴唇

我为什么要像一个骑手一样奔驰四方？
为什么风声紧跟我不停？
我为什么在寂静无人的深夜
守着思念，燃起篝火？
我为什么要哭？
像五千年悲伤的红土

我眼看着一片片葱葱的绿色向天际蔓延
也在我心里，横冲直撞
我搂住发抖的马儿
抓住它如缨的发鬐，然后纵横驰骋

只是思念，只是因为思念
我在绝望的旅途中
一遍一遍地，呼唤她的名字

2010 年 4 月 28 日

诗之九

我觉得

心里被系了一条线

它一拉，我就疼

我解不开，也剪不断

问题是

我不想解开，也不想剪断

天总是那么蓝，看不到尽头的蓝啊

我就四处奔走，不停地走

整个世界只剩下她的影子

我觉得，天涯海角也不过如此

2010 年 5 月 7 日

诗之十

你不觉得吗？

有时候一天像一年一样遥远

我们快乐，然后那么痛苦

觉得夕阳就像一粒红红的樱桃

我就是想瞅瞅你的影子

躲在神不知鬼不觉的湖边

看你翩翩起舞

看你振翅欲飞

看你一脸不屑地飞向天边

我只看到夕阳

在树林的前后左右，柔光四射

可我总是那么低，那么低

在你的目光下说不出一句话

我真想变成一只黑天鹅

被你注视着

被猎人打中，流血而死

如果只是这样

如果就这样止住

我为你铺的那条路

就可以无限延长地伸到天上

2010 年 5 月 11 日

诗之十一

三年五载

也澄清不了一个世界

黄昏时分，雨从南方涌过来

像操场上会后散开的孩子

假如就是这样，风停雨静

我守在这一刻，又有何不可

一年，又过了一年

我走在这条道上

仿佛走过了一个又一个死去的日子

2010 年 7 月 4 日

诗之十二

有一刻你是最美的

在熙熙攘攘的马路边上

你是我一个人的天使

过去的事情

有些说散就散了

与长度无关，与深度无关

忘不掉的只剩下碎片

就像那一刻

我们相依而坐

像是走过一生的老夫老妻

喧嚣里长出一朵花

月光下我忘不掉

你哀伤又孤独的眼睛

2010 年 7 月 27 日

诗之十三

西山荒凉得很

曹雪芹死在这里

因此整个贾家都死在这里

西山天又蓝，风又大

满满当当的人走在干干净净的路上

发着高烧的夕阳

落在这个拥挤又荒凉的地方

一边是熙熙攘攘的世界

一边是不盈一握的凄凉

假如我说活着真好

你能想象那些流着血的伤吗？

2010 年 10 月 3 日

诗之十四

心里有一团火

无门而出

缠绕在枯枝层层的旷野

火的舌头像狂颠的马

奔驰在即，无人驾驭

你可以视而不见

视而不见啊

那些已经炭化的忧愁

那些漆黑的忧愁

在火里狂舞，死而复活

它们骑着那些马朝我奔袭

你看你

你为什么不感到自由？

至少这一场火

这场火因你而起

又烧到了天涯的尽头

2010 年 10 月 7 日

诗之十五

我叫你小刺猬

你别不高兴

你不知道那一层夕阳洒在你身上

就像金黄的小刺猬

噙住了阳光

那时候我心里真疼啊
我想把这只淘气的刺猬
抱在怀里
我不怕你乱动，不怕被刺伤
我想看到你温柔的眼睛里
那闪闪发光的我

你知道么
被你扎的每一次
我都是幸福的
因为在我的肉里
我感到了阳光的生长

2010 年 10 月 13 日

诗之十六

钉子

一只钉子穿过手掌
穿过的不仅是血肉和骨头，
还有鲜血漓淋的心

这枚锈迹斑斑的钉子
在显露光泽的时刻，不是选择生

而是选择死

在光晕灼人的正午

以自杀的形式，从高空坠落

它有惊人的光泽和力度

就像要唤起新生一般

就像迷幻的梦

它穿过来

用这种疼痛难忍的方式

告诉你，以及我

我穿过你的时候

其实

就是我消亡的开始

2010 年 10 月 31 日

诗之十七

我是坐在绿荫交叉的树丛里

是在下了雪的灌木丛中，遇到的

我两手交叉着，神情紧张

我怎么样也找不到我自己

在这个阔大的院子里走走停停

走得近了就看到过去

走得远了就抑郁成疾

我觉得你就是我的镜子
你这温暖又捣蛋的小鹿
我每天都是忧伤的
在荒无人烟的大地上，找不到出口

哪怕是这个长了草的冬天
你活蹦乱跳的小手
能抓住我稍纵即逝的黄昏吗？

2010 年 11 月 10 日

诗之十八

你会不会哭倒一片墙呢
我的意象抓不住你
在寒冷又透明的十七点钟
我只能听到你，由远而近
脚步分明
你踏着的每一个笛声
都是我的梦
你悲伤吗？
就如我的悲伤一样
雪白的记忆散在水中
你的哭声也是白色的

流在我的脸上只有苦涩的清香

这段路，我们停了又走

走了又停

你说你像一阵风

可你是否真的知道

真正的风，它柔韧又坚强

只有遇到另一阵风

才能生根抽叶

你从南方来，我从北方来

如果我们有了孩子

她应该有亮晶晶的双眸

我希望，她永不识哀愁

就像春天里的你，栽满芬芳

2010 年 11 月 19 日

诗之十九

在你的影子里

我找不到任何清脆的地方

我藏在那里

辛酸又彷徨

你像一座泛着春光的城堡

泛着月光的大理石墙

2010 年 11 月 26 日

诗之二十

差不多整整一年了

从这个路口走到那个路口

我们在喧嚣里过活

在湖边开始，又是一年

烟花又要散开

我曾经想象到各种动物

比如刺猬

你要去南方了

那是个乌烟瘴气的地方

我还待在风沙弥漫的北方

这是我将要终老的地方

我经历各种滑稽的表演

暗藏着凶光毕露的感情

那些无数熟悉的路啊

踩在上面为什么咚咚作响

来来往往的天桥

载着数不清的寒风

这一年，冰雪不再

春暖花开

于是我轻轻拍打自己的脑袋

在北方

我们开始一切

我们了结一切

静静地看过往已去，不必在意

2011 年 1 月 18 日

诗之二十一

寂静如青藤

你坐在那里，像神一样

你端庄而温馨

你一脸倦容

这一刻我是悲伤的

因为你的目光里写满伤痕

我总是把雪

想象成受了伤的大鸟

今天它们又遍布山岗

你在雪里

就是我的神

在某一个世界中

你是万物之主

我想向你坦白

我曾经迷恋一切色彩斑斓

在清晨与黄昏

写诗，为那些跳跃的街道

以及爱情，发了疯的湖泊

经过大大小小的路口

如今我站在这里

如今我站在这里

你可明白么？

这世界不是我的

这黄昏不是我的

我只想要那个属于我的神

下雪天，她说

我们堆雪人吧

我们就俯下身子

堆出一个雪人

只要

这一刻

我的可爱的小女神

她是快乐的

2011 年 2 月 27 日

诗之二十二

那时候走在街道上

会想起来来往往的四季

两个人的四季

色彩斑斓

树木林立的小路

蜿蜒在时间的长河里

我在左，你在右

熙熙攘攘的世界中

我们握住的是宁静

我想把你抱上我的战马

那匹永不衰老的枣红的马

我想为你而跑

跑到白云深处

看你笑意嫣然的神色

这是我想要的生活

我抓在手里的蓝图

永不凋零

如同傲雪而来的花

那时候奔跑在街道上

我们要停下来看看对方

你的翘翘的小鼻子

你的红通通的脸颊

假若风声永不停息地从树林中穿过

不要害怕，我的小鹿

假如世界总是不那么美好

假若世事无常，风雨难测

就埋在我怀中睡一睡

我会跨上战马为你而战

挡住来来往往的狂躁的风

2011 年 12 月 19 日

诗之二十三

我是不会写情诗的

直到如今

我给你写下的

更像一首首没有曲调的歌

你眉头紧皱的时候

我的歌就缓缓而出

我的胸怀不宽广

歌声也不嘹亮

我拥有的唯有离了曲谱的字

充斥着有朝一日你会读懂的词

有时候，路仿佛越走越远了

尽头也越来越长

我们站在每一个与世隔绝的孤岛上

在河里，在海上

漫无目的地走

每个人都是在远方

就是这样

很多想滑向另一个人的人

有的淹死在水里

有的冰冻在河中

假使爱情什么都做不了

就让它安静地坐着吧

我们的爱情

也是这样

这不是求生的工具

只是取暖

我们遥遥相望的时节

也可以温暖地依偎在一起

我的爱情在你那里

你的爱情在我这里

假使他人都是地狱

那爱情无疑可以砸开一面孤独的墙

我相信我们的爱情

它在我们彼此的对岸

我们手里的爱情就从对岸开始

从对岸开始

生长出心里的字

2011 年 12 月 21 日

诗之二十四

旅程

从此刻开始

直至将来

有透明的城邦隐约看见

那里有来往的车

按部就班的人

写字楼像盛满硫黄的火柴匣

一样脆弱

从此刻开始

看见一步一步走向坟墓的忧愁

为什么浑浊的水中

一切未发生的，都如此清澈

像一个揭晓了谜底的迷宫

缠绕着目标明确的空洞

从此刻开始，行走

行走江湖或逍遥度日

不必悲伤，也不必虚度

得到爱情的人是幸福的

因为常带牵挂之心的旅程

还保留着甜蜜的未知

诗之二十五

我喜欢偷偷看你
在不经意的瞬间看你的侧脸
你那么傲慢
一脸小小的倔强烧着火焰
这个时候的阳光是最温暖的
踢踏而起的树叶也曼妙绝伦
就是这种时候
我喜欢看你不经意的小模样
你这只懒散的小动物
你那么美，又那么暴躁
可是洒下的影子里却饱含忧伤

你是能融化冰雪的小仙
至少在我眼前的刹那
我别无他念
我要做的，是躲在黝黑的树荫里
看着你优雅地走过去
再走回来

你看

我就这样一天天

把你的脾气惯出来

我筑的城堡里

如果有你对我呼来喝去

我该怎么说呢

亲爱的

即使死去千万次

你对我说的每一句话

也都是最美妙的歌曲

2012 年 2 月 13 日

诗之二十六

最近我似乎走得有些远了

躲回自己的山洞里

现在正经历冬天

至少在此刻，我离春天还有段距离

春天与冬天

都是邻居之间的事

眨眼，或漫长，都不在话下

我们牵着手走在一起

在一起，爱情就是暖烘烘的炉火

你微翘的鼻子，是我的

你红红的小手，是我的

我的战马永不衰老

你指到的那里，我看得见

也可以抵达

如此看来，春天只是一抬手的事

比如爱情，如此甜蜜

2012 年 11 月 6 日

诗之二十七

有时候的爱情像一场雨

有时候像落日

空中的盐，融化的水

你听过的，或者我们见过的

甚至是，我们用手心捧过的

都不过如此

我从来没对你说过

我最爱的爱情是四月时节

杂花生树

有黄色和紫色的蝴蝶飞舞

我遇到你，在第一天

原来春天长得是如此模样

有一撮骄傲的刘海儿

被抹到额头之上

原来春天它迟迟而来

为的只是让我看到

我的一生才刚刚开始

雕刻——

雕刻这一寸一寸，明媚的时光

2013 年 5 月 31 日

诗之二十八

假如有一天，我不再年轻了

假如有一天，我不再年轻了

我坚信

我会成为一只被雨淋湿的流浪猫

也许是迷路

或许眼瞎、耳聋

更或许是装傻，得过且过

很多事物都不会活在当下

幻想中，以及所谓人生规划

很多事物都藏不住

美好的，悲伤的，稍纵即逝

只剩硬邦邦的麻木

在飘雨的傍晚，悄悄溜走

不失为一个好的对策

用左手牵着右手

从声音清脆的石板上走过

逃离一切幸福名义下的屠杀

早些时候

我读不懂那些疯掉的、得了癫痫的诗人

我不懂好好的托翁死在异乡

如今看

都是老了

老不老，与年龄无关

唯一有关的，只是心

2013 年 8 月 16 日

诗之二十九

我常常走着走着就忘了自己

忘了自己的温度，和退路

可是我不会忘记

我的手里牵着你

忧伤的你，黄昏里的你

泪水打湿睫毛，打湿秋天和冬天的你

我牵着你这只脑袋低垂的小鹿

从来就没有伤心过

我笑呵呵地看着你难过

我坏坏地惹你生气

都不是真的

你看一看吧，亲爱的小刺猬

你看看流着鼻涕的你是多么可爱

你噘着嘴

泪珠一颗一颗挂在睫毛上

比所有的公主都要好看

为什么要伤心呢？

一切不顺心的事只是瞬间闪过的泡影

当我们老了

谁还会记得

当时那些微不足道的小忧郁呢

只有牵在一起的手

才是我们活着的、活过的温度呀

2013 年 10 月 27 日

诗之三十

诗两首

一

我开始老气横秋了

照镜子的时候，觉得日渐苍老

前几天你帮我拔白头发的时候

我就想

要是我们真的老了该有多好

人潮人海，迎来送往

我们可以坐在大大的玻璃窗前

看这些滑稽，或者悲伤的时间风景

我愿意一寸一寸地矮下去

我愿意从现在开始

进入垂暮之年

我想知道我能不能像你说的那样

变成一个精神矍铄的白发老头

牵着你的手，走在街上

是的

我愿意变老

因为我有一个值得让我变老的人

因为我的小鹿，一脸恬静

老与不老，丑与不丑

我们超越了许多虚无缥缈的玩意儿

我们安静地相爱，水乳交融

我想在你的指缝里长命百岁

二

有时候我常常想起那两条鱼

那两条躺在水洼里吐口水的鱼

它们被人耻笑

被当作凄惨的典型

并被演化成一个个抉择的借口

一起死，与分开活

死里面满满的都是生命

活里面鼓鼓的都是死亡

我们是生死不离的两条鱼……

2014 年 6 月 15 日

诗之三十一

时　空

白云落定之后我到达山顶

此时你正在讲授中国文学史

风的爪子握在我的手里

你窗外的池塘绿水涟涟

走过的路上一簇簇青草竭尽全力

你把声音洒在朦朦夕阳

我把身体融入青稞和麻薯

一时一刻埋在此时此刻

我想听你唤我的名字

在山谷，在校园深处

在转身到来的所有时空中

2018 年 9 月 7 日

诗之三十二

时　光

小鹿和我拉着手走在路上

是在路上

绿油油的松针和沿阶草

探出来又关上

我们背着花书包

明亮的大街还在打着盹

春天路过的那群蜀葵

似乎还在路边腼腆地站着

染了色的原野满是芳香
一枝又一枝
别在斜阳的肩头上

到处都在反光呀
我们的脸蛋红扑扑
幸福得像麦垛
温暖干燥灰尘四起
在路上了啊
亲爱的
可以目送我到云朵上吗？

2018 年 10 月 29 日

古诗词十六首

论诗绝句五首

赠船山先生

风雷不定花满城，遥旨青冥赋三更。
料知此世无永好，思慕千载寄残生。

2010 年 1 月 28 日

赠柳宗元

清辞苦句总为邻，秋作清真雪作音。
三山万里樽前冷，只为乘舟寂寞吟。

赠李商隐

黯淡无心石榴红，赋辞三弄各西东。
一片愁痕惊艳语，莫名身后杜声中。

赠杜牧

放浪江天度春风，萧萧十里下扬城。

251

暮霭那堪寄史笔，权以前曲作心声。

2011 年 3 月 3 日

赠李贺

紫电青冥上九天，香兰走马入黄泉。

呕心拂落人间冷，不作幽云鬼中仙。

2011 年 3 月 4 日

去岁咏怀

去岁昔时待晓歇，夕阳泣洒卧长河。

青冥卷月霜风紧，紫陌拂云露雨多。

电掣经年积宿曲，风驰累月忘离歌。

无言只作杯中阙，两顾斯人泪婆娑。

2011 年 3 月 18 日

咏初恋（代人作）

犹思陌上柳花稀，尺素纷回暗许期。

雨打梨白湿浅屪，云遮远碧映罗衣。

同心易见芭蕉展，异客难闻凤尾衰。

莫道春山行未远，花开异日总依依。

2013 年 5 月 7 日

江城子·金陵怀古

东南紫气望神州，倚龙丘，握沧流，铁马金戈，几度立王侯。

画角连营斜照里，箛鼓咽，忆吴钩。

长安不见使人愁，景阳楼，秣陵秋，回望迢迢，千里遍荒丘。故垒台城风摆柳，空照水，水悠悠。

2013 年 5 月 7 日

临江仙

夜来暖月温酒，别枝袅袅朦胧。一腮还似半腮红。三月春来雪，一缕桃花风。

娇语滴滴婉转，皓光默默无声。如烟如梦不分明。扣指云飞度，秋山又几重？

2013 年 11 月 17 日

故 园

故国遥望紫云间，惊风泣雨蔽平原。

黄沙万里忧思愤，走马川行山雪前。

2014 年 5 月 10 日

听雨读书

秋雨纷纭纸笔寒，缓敲轻叩入阑珊。

对烛那堪添红袖，各自书山各自怜。

2015 年 8 月 21 日

扬州慢·校歌比赛

绿杨城郭，瘦西湖畔，三秋海内相逢。纵迢迢千里，俱朗朗书声。集太守挥毫之气，人文俊秀，笔舞生风。恰少年，百尺竿头，更进一层。

抱书雪前，更不忘、母校深情。继百年沧桑，筚路蓝缕，玉汝于成。六校聚合历历，述往昔、来绩无穷。尽吾人之力，建大业于寰中。

2017 年 9 月 13 日

雪中即景

一树梨花海，转入渣滓台。片甲纷纷落，车轮滚滚来。
往日经难报，今生善易裁。清平绷踪迹，打马近蓬莱。

2018 年 1 月 4 日

冬厢随记

纸上京华满洛尘，青枝难掩旧时身。
曾为绿罗春色近，何以金烬石榴存。
斜雾经宵千野坻，思意连城万古门。
尝言执子同偕老，台柳扶阶共此痕。

2019 年 2 月 12 日

武陵春

尝宿清风天过午，日暮泛舟行。漫卷春花两岸青，低树水云明。
怅望残生途已半，经梦过离亭，此去箫声忆落英，香彻绕东城。

2020 年 4 月 26 日

摊破浣溪沙

终日春山对画阑，江南花尽北江寒。独坐人间迟暮里，已斑斑。

此生常寻风物好，未道青梦步云烟。流水落花春去远，雨潺潺。

2020 年 4 月 26 日

杨宁宁 —— 著

浮光集

FU
GUANG
JI

下

集

中国文联出版社

序　漫游者札记

　　很久以前，我一口气读完了张炜的许多部作品，这是一个可以令我感到时光混淆的作家，在我仔细去回顾这段时光的时候，我发现，我已经记不起我当时的状态，我的脑子里出现的只是小说中的某个人物。当我机缘巧合又碰到那些作品的时候，我反而又莫名其妙地在其中看到了我的影子。那个在鲁东半岛游荡的人物附着在我的身上，让我在恍惚之间，看到了过去，也在过去的镜像中看到了自己。

　　我喜欢那个四处奔走的少年或青年，因为曾经有一段时光，我同样向往一种无所拘束的"路上"状态，那时我十三四岁吧，我时常沿着村南的一条河往下游走，走到泥泞不堪、芦苇疯长、杂草丛生的滩涂，偶尔会有一两个放羊的人路过，对我做惊吓状，我也就装装样子拿石头砸他们的羊。也时常有几只吵吵嚷嚷的花喜鹊掠过，运气好还会碰到几只野鸭。我忘记了我为什么要那么游荡，很多时候我都是在早上天刚蒙蒙亮的时候上路的，走到累了的时候就折回去，回家去，有时路过村里的菜地，会有熟人对我说，"大早上的就偷懒，你娘找你呢，快去地里帮忙"。

　　我没有走过太远的路，一般也就八九里地，最多十几里。我只去我没去过的地方，我好像是为了寻找什么，但其实什么也没找到。记得有一次我从外面又溜达回来，回到自家地里，那时我家还种着麦子，麦苗快要抽穗了，绿油油的很可爱。我远远地看到父亲和母亲站在这片绿油油的海里，感到难以言状的幸福和温暖。

　　十多年以后，我离开故乡，会常常想起村子里那些绿油油的树，河岸上那些纤细的芦苇，还有那些站在地里的人们。我才明白，我当初要寻找的是不是某种痕迹呢？我是不是在想像录像机一样把曾经能看到的家乡记录下来？也许当时我不是那样想的，也许我只是向往远方和未知。可是现在看来，我所走过的那片区域，仅仅是一小部分而已。我记住的不是新奇和刺激，只是土地的香味、草的香味，以及上过粪后的臭味。

在我的脑海中，总有那么一个人走走停停。我无法记起当年是怎样碰到张炜的作品的，但可以肯定的是，在我遇到他之后，我脑中那个走走停停的形象落实下来，这里面有主人公，也有我，这种模糊不清尤其让我感到亲切，就像在黄昏时分远远望到自己的村庄，鸡鸣狗跳，炊烟袅袅，那种归属感，竟如此真实。

我总算明白了大地究竟是怎样的含意。

然后我开始真正的漫游生活，从一条条铺了油漆或石灰的公路开始，走向远方，走走停停，但终究只是前往一个未知的地方。我有了无可挑剔的借口，有了人人信服的理由，在外面颠沛流离，仿佛多么风光，多么令人神往。只是，漫游者成了流浪者，从这段油漆走向那一段油漆，从这一层水泥走到那一层水泥。

我看不见土。

阳光明媚的时节，它们高贵地待在花坛中；阴雨绵绵的时候，它们卑下地待在下水道里。

我也看不见河。

它们流淌在铺了水泥的渠道中任人宰割。渗不下，也溢不出，乖乖地流向它们该去的地方。

在这一次的漫游中，我，或者我们——从土地里走出来的人，没有分别，只是在徒然地走，徒然地奔，我们不知道要找些什么，而且我相信，等我们日渐沧桑，日渐深沉，逐渐老去，逐渐死亡，我们仍然找不到任何意义。

作为一个漫游者，我们失去的何止是青春呢？

阿木

2012 年 9 月 22 日

目录

小说集

那果的村庄（长篇或短篇集）

童话集

散文集

小说集

小贩的村庄

我不能走出这个村子，就像我不能走出自己一样。

阳光下漫步的尘埃每时都在跌落，金黄的麦垛却总在闪耀一种无辜的人文关怀。我想，这是我的村子，也是我无法克制的思想的土壤，什么时候离去，没有人知道，况且我还不能离去。

这里孕育的——一排排杨树，宽大的叶子"哗哗"作响，掉了皮的老屋半裸着黄泥的身子晒着太阳，飞鸟，跳蚤，人，奔跑的猪，田野，歪脖子树，出了村看到的一群群野鸭，飞翔、逝去。这里的一切我默默地观察与亲近。天空是蓝的，永远都是晶莹剔透。所有起伏的麦子都开始跳动，像我的手指，像我的思想，活跃却毫无规律地欢快跳动。

我的出现永远停留在某个下午，阳光的流淌让我感到触手可及的质感与形象。黄昏的街口上站着小贩，在他擦去汗水的那一刹那，所有的幻想与记忆突然相遇，定格在一只滴着汗水的手指上，然后无缘无故地泛滥开来。我以一个八岁孩童的眼光来观察世界，却发现我只是一个卖完了肉该收摊回家的小贩。我找不到自己刚刚踩到狗屎上的脚印，虽然我认为我是个孩子，但我只有一个强烈的念头闪动：我要回家吃饭了，没有人在等我，这个世界上没有人等我。我为什么要走，我不知道。

我开始拉着肉摊独自在这个村子里游荡，那时候我想不起自己的姐姐，他们都离我太远。我的叫卖声此起彼伏地回旋在每一道土墙的院子里，女人们一个一个地跑出来，对我说："小贩，我们称肉。"我的目光突然婆娑起来，我"砰砰"地砍着猪肉，到了最后，他们都走了，我看了看涂满猪油的双手，收起散在地上的钱袋。

其实我就是这样游逛着生活，我要时刻留意这个村子里喂着的公猪和母猪，有一天就会将其买下来，然后再去叫卖。我是小贩，倒卖猪肉的小贩，每个人都认识我，这是我所有也是唯一的快乐。

每一天的黄昏，我穿过树林，在麦田里随地大小便，然后拉着我的肉摊独自前进。终于有一次我迷了路，在这个小小的村子里我迷了路，我用嘶哑的喉咙喊叫：小贩在卖肉，新鲜的猪肉。但是没有人出现，所有的土墙围成的小巷突然寂静下来，女人们没有了，孩子也没有了，而以前他们总是会围着我，和我一起叫卖，那些孩子的笑容比百合还要美丽。"没有人了"，我开始意识到时间的流逝，所有的房子都长了荒草，我一个人走在小巷里，连接起一个一个荒芜的院落，到了后来我开始感到累，因为所有的猪都没有了，我不能再继续我的事业，我很快就要死了。

这个时候我开始想起我的姐姐，她说，好孩子，一切都会过去的。

我努力地狂奔起来，一切都会过去的，后来我听到了狗吠和孩子们的笑声。我刚刚只不过做了个梦，但是我知道，迟早有一天我会死在我的梦里。

乌鸦才刚刚飞到树上去，还不算太晚，我感到了活着的幸福和喧嚣的快乐。

每一天的晚上我在卖完肉的车摊上铺一层纸袋，那就是我的床铺，每当我躺在上面仰望星空时，母亲的脸颊会映现出来，比所有的星星都要明亮，但是现在我离开了她，我不知道她现在在哪里，在哪里思念着我，但我不能离开这个村子，因为我不知道为什么要离开，就像当初我不知道为什么要来这里一样。

我的母亲很爱我，我很爱这个小小的村子。我们注定了不能相遇。

而实际上我并不知道，在那一个落叶飘荡的秋季，我的故事才刚有起色。每一个早上我在阳光下醒来，看到周围青黄的草，滑落下来的土粒和露珠。接下来的时光我就开始漫无目的地走，但是不论我走到村子里的哪个角落，我的猪肉都会被人买走。他们认识我，我是小贩。

我是小贩，我卖猪肉给人们吃，但是没人关心我在冬季里怎么过，我的梦境里总是充斥着满目的白雪，没有脚印。到后来我没日没夜地工作，我用霜雪凝结猪的血液，切成一块一块卖给别人吃，我用冰来制作蹄花，它们像蓝色莲花一样，晶莹剔透，充满光泽。人们说，"小贩，你的蹄花真好吃"。我像一个傻子一样，笑呵呵地看着别人吃，看他们嘴角流下的唾液。我从来没吃过我的猪肉，因为我对我的猪们说过："猪，你们死吧，你们生来就是为了死，你们死了才能体现生的价值，你们比人更纯洁，更简明，更接近本质，这样，有多美好。"我的猪从来都是毫无怨言，死的时候，不会发出一点儿声音，当我银白的刀子变成红色的时候，它们闭上眼，默默死去。默默死去，像一个个沉睡的孩子。

我觉得我像一个教父，超脱猪的灵魂。

但即使这样，我在冬天的时候，仍然会感到冷，我没有被子，我只有雪和草地。我希望能有个人收留我，傍晚的时候，我一家一家地敲门，请求人们的帮助。他们——男人、女人和孩子，就会问："你是谁呀？"我说："我是小贩呀，你们不认识我了？"人们就说："你是小贩吗？那你的猪肉摊在哪里？你的猪血和蹄花在哪里？"我说："我的肉还有血还有蹄花都卖给你们了呀！"人们回答："那你的东西已经卖完了，你就不是小贩了，你不是小贩，我们怎么会认识你呢？"我张着嘴，说不出话来，我站在那里，不知道说什么，不知道向哪儿走。

这个时候我开始想起我的姐姐，她说，好孩子，一切都会过去的。

一切都会过去的。我收起我的肉摊，我拉着它穿过树林、穿过麦田、穿过最后一缕阳光、穿过漫无止境的寒冷和孤独，来到河边。这是我沉思的地方，也是我思念的地方，流光溢彩，无可替代。

中午的时候，积雪开始融化，那些雪水永不停歇地流向河里，河水一点一点地涨起来，但是没有人发现，它悄悄漫过河岸、漫过土墙、漫过屋顶和树梢。但是人们都若无其事，他们正常呼吸，正常吃饭，对这些毫不理睬。我惊讶地看着这一切，河流开始把上游的树冲下来，夹杂着不知名的东西。我看到一只灰色的母猪在水里挣扎，我用铁钩把它救上来，它被钩得鲜血淋漓，伤痕累累，可是我不想杀死它，它在我的车摊上低声啜泣，我回过头看它的时候，才发现它已经开始腐烂，散发出撩人的香气，撩人，却绝望的香气。

我知道，这是在宣告我的结束。我低着头，我拉我的车摊——上面有一架母猪的白骨，一步一步地走向村口。

在村口，我见到了一个流着鼻涕的小孩，一棵歪脖子老树，和一堆踩了脚印的狗屎。

猛然间我发现我比一只狗高不了多少，我胖乎乎的手指上滴下一颗又大又圆的汗珠。然后我的妈妈从后面走过来，扯着我的胳膊就走。

我牵着妈妈的手回家吃饭，脚踩在自己的影子上，无限欢喜，无限迷茫。

木头

完成于 2004 年上半年

原载《陀螺》2004 年 9 月

蝴 蝶

你说，得感谢这一场雨，不然我们还不认识呢。

我说，是啊，是啊。你在我的眼睛里，穿着溅有污泥的白色长裙，我们刚刚才认识不到 20 分钟，你就开始掏出绣着蝴蝶的手帕，替我擦去浑身上下的那一群雨水。

你其实并不知道，我今天站在这里，没有打伞，就是为了让一群奔跑在途中的雨降落在我的身上。你还不会知道，我刚刚经历了一件让人忘不掉抹不去的伤心事。我以前认识的女孩都喜欢打伞，她们打红黄相间或者粉色的伞，她们觉得春天就是一个打伞的季节。她们有的不喜欢穿鞋，有的喜欢化妆，没人会像你一样穿这种傻得可爱的衣服。她们高声地叫嚷，小心地喝酒，会跳各种各样我叫不上名字的舞，而且她们都还说过会永远爱我，可是现在我依然独自在这座剧院的门口，等待开场和散场。我不知道演的什么，也不想知道。我独自沉思的时候会看到来来往往的花伞，迅速组成一个五光十色的图案，凑巧的时候还能看见图案上几句让人心动的话，我没想到，那些令人生厌的广告语还有如此魔力。可是仅仅有几分钟，几分钟之后它们又散去，然后有新的图案，新的词句补充进来，这是我一个人的电影，我不想和人分享。直到那些花伞中有一把白色的异彩加入，你的出现，其实就是我的结束。

你说你看到我的第一眼就有抚摸我的冲动。我对你说，我不小了，不是个孩子，我已经是一个年轻而瘦弱的男人。你笑了。

你对我的衣服评头论足，你说我没有品位，不会穿衣服，甚至在春天还穿着冬天的丝绵外套。你的长辫子在我眼前摇来晃去，那是一条让人留恋的传统的小辫子，消失了很多年，又在你的后脑勺上找到了，那一朵白色的蝴蝶一直在那丛黑色的森林里上下飞舞。

你想知道我的秘密、我的过去。你擦去我鞋子上的最后一点污泥时就站起了身，一脸稚气地抬起头等待我的答案。我不明白，我真的不明白，这个下雨的夜晚我从来没想过会给任何人一个答案。有时候我能从眼前的脚印上找到发生在它主人身上的故事，那些猫猫狗狗、花草树木，那些被人遗弃的橘子和女人，都让我觉得世界可爱。现在你问我，我却不知所措，你和我以前接触的女孩子一点也不一样，你总是这么一身无比传统的打扮，传统得好像这个世界并不曾属于你，或者说，你活在这个世界上，是个奇迹。

原谅我，现在我只能沉默。我想起多年前一个诗人的意象，绿色的啤酒瓶在夜里歌唱，它被无数路过的脚踢过，它从一个遥远的地方来到眼前的这个位置，它从来都不哭，不像我一样没出息。现在又有一只手，粗糙的或者细腻的，修长的或者粗短的手，把它高高地抛起。那些远处的花伞欢快地接住它，腾起又落下，直到永远也看不见，直到永远也想不起。

后来我说话了，我们的生活才刚刚开始。无论是花伞，还是瓶子，无论我们看到什么，我们确实是刚刚开始，你的小辫子让我感到活着的生活确实很有乐趣。你还在等，嘟着小嘴似乎要生气。别这样好吗？我们都要开始。过去的事其实都是奇迹，发生的事正在变成奇迹。如果你愿意跟我回去，我会送你一只白色的哈巴狗，我不会让你做饭、洗衣服，但我也不会让你再穿起这件不食人间烟火的衣服，你的白蝴蝶不能再飞来飞去。你要是跟我回去，就必须回到这个剧院门口以外的地方。

你还是像刚来的时候一样，从上到下拍打我的衣服，然后，后退两步背起小手，微笑着看我。你说，走吧。

我们就这样一路不停地走回去。其实我比你明白，你确实不属于这个世界，你是一只白蝴蝶，在每个有雨的夜里翩翩而起。

那时候你的眼神对我说，回去吧，面对这个世界。

这些扑面而来的，那些万劫不复的！

木头
2004 年下半年

碎　碎

一

我在街上走的时候，一只狗不知从哪儿蹿了出来，我踢它一脚，想对它喊，去！可是那只狗太听话，它卧在我脚边，收起了刚才露出的牙齿，喉咙里还轰隆轰隆的。

可是我还得走啊。我挑着满满一担子水，忽悠忽悠地往前走，没理它。我走到石桥的时候还在想，这狗怎么没声呢？我回头看，才发现刚才那只刺毛狗已经没有了，它刚才趴过的地方有一片湿漉漉的水渍。我再转过头时，连人带水磕到了路阶上。

我狼狈地站起来，裤脚上还滴着水。我心想，怎么那么像那条狗呢？

这时候就有人笑我了："傻，这是第几次了？瞧刚才那只狗都已经被你浇过好几遍了，那只狗算是怕了你了！"

我挠了挠脑袋，我怎么不记得呢？

"傻，快回去吧，你姐在家等着你呢！"

"噢。"我应一声，挑着两只空桶下了桥。

我怎么不记得呢？我边走边对自己说。我看到路上有一小道零零碎碎的水渍，蜿蜒着往桥北去了。

回到家里时，大姐在烧锅做晚饭，看见我回来，就说："傻，让你挑水怎么又挑了一天哪！是不是又遇到那只狗啦？"

"咦，你怎么知道？"

"哎呀，爹！"二姐朝屋里喊起来，"爹，傻他又来了，他老这样，早晚会把我们弄疯的。"

"由他去吧，"爹在屋里说，"他傻，你别跟他计较。"

大姐又翻了一遍锅里的烙饼，悄悄走到我身边说："傻，碎碎今天来过了。"

"她咋了？"

"不知道，眼圈子是红的，哭过。她让你一会儿吃完饭到桥上找她，你去不去？"

"嗯，去。"

大姐把脸扭到另一边偷笑，我问："姐，你笑啥？"

大姐说："吃饭了，吃饭了。"

二姐在吃饭时老是踩我的脚，她心眼子比大姐坏，一双眼睛老盯着我的盘子。我说："你刚才嚷嚷什么，欠揍啊你！"二姐当时就跳了起来："你个小屁孩，还学会顶嘴了你！"然后又冷笑了一声，恶狠狠地说："告诉你吧，刚才碎碎来过了。""我知道，大姐都告诉我了。"二姐撇了撇嘴："她告诉你，她告诉你啥了？碎碎要走了你知不知道？"

我搁下碗，挑起两只空桶就跑出去了。

大姐在后面喊："傻，你上哪儿去？"

"去挑水。"我说。

二

我到桥上的时候，天刚蒙蒙黑，两只空桶在我身前身后"咣当咣当"响个不停。我扭着头看了一圈，没看见人，就喊："碎碎，碎碎，你在哪儿呀？"

碎碎不知从哪儿一下就蹿了出来，两只眼睛映着刚刚浮起的月光，一闪一闪的，头顶上歪歪扭扭地扎了两只小辫。

我说："碎碎，你又扎辫子了，你不都说不扎了吗？"

碎碎嘟了嘟嘴："天热嘛，傻子哥。"

我挠了挠头，忘了二姐给我说啥了，却还惦记着那只狗，一下子兴奋起来，说："碎碎，我今天看见一只狗。"

"看见狗咋了？"

"你猜不到，那只狗一看见我就卧在我脚跟底下，哼都不哼一声，还跟我一样，浑身湿漉漉的，嘿嘿。"

"那它为啥湿漉漉的？"碎碎用手拨弄着垂到脸上的头发，一脸笑眯眯地问我。

"不知道，哎，我想起来了，它可能掉水里去了，它怎么没被淹死呢，碎碎？"

碎碎说："一会儿你就知道了，走，我带你去游水。"

她把身子靠在桥墩上，伸了脑袋往下看，下面的水也是一闪一闪的，然后又转过身子对我说："来，从这儿跳下去。"

我把两只空桶放稳，慢慢靠过去。

"我不敢。"我说。

"怕什么，我先跳，你再跳。"

碎碎利索地挽起自己的头发，不知从哪里弄来的木棍，一插就完事了，然后双手撩起衫角，一翻就露出了白白滑滑的小背脊。

我说："碎碎你真要跳啊？"

碎碎扭过头来："傻子哥，没事。""扑通"一声，碎碎就没影了。

三

我是在让水呛了一下时才清醒过来的，我的怀里正搂着碎碎滑溜溜的身体。碎碎抱着我的脖子，我感到有一种说不出的香气从她头发里飘出来。

"我死了吗，碎碎？"

"没死，你让水呛着了。"

"那我怎么跑到水里来的，你把我拉下来的吧？"

"嘻，"碎碎撇了撇嘴，"谁拉你了，是你跟着我下来的，你想抱我吧傻子哥，呵呵，可是我还小呢。"

"谁抱你，谁抱你了！"我用力掰着碎碎的手，可是她的两只胳膊像蛇一样，死死地箍住了我的脖子。

碎碎把头埋在我肩头的时候，我听到了桥上一阵恍恍惚惚的叫喊声。

一群白花花的羊正在月光下慢慢地往河边走。

我说："碎碎，那不是你的羊吗？它们这是往哪儿走啊？这大半夜的，让人掳走了就找不回来了，那样的话，你爹会打死你的。"

"不要了，不要了，都不要了。"碎碎哭了，我能感觉得出来，她的肩膀在我怀里像一只受了惊的兔子，一耸一耸的。

碎碎说："我爹把我的羊全卖了，大花、小白、三咩子，还有绵绵，都让我爹给卖了。我爹说，下一个就是我了。"

我明白，碎碎的爹又赌输了。

"我要走了，傻子哥，我要走，我都13岁了。"

"你到哪儿去呀？"

"出去！去哪儿都行，哪儿都比这里强，我已经没有羊了，我什么都没有了，傻子哥，你要不是傻子多好，你就能带我走了。"

我站在水里，怀里抱着泣不成声的碎碎，那时候月亮已经升起来了，又大又圆的，能看见远处的羊群在一个隘口一闪而过。它们翻过山去了。

"我带你走。"我对碎碎说，那是我有生以来说得最豪迈的一句话。可是碎碎在第二天就从我身边溜走了，她消失了，像那群翻过山去的羊一样。也许，我这辈子也见不到她了。

四

我在这个村子里受到歧视，我从生下来那些人就喊我"傻"。我不知道那些人为什么觉得我傻，我只是有些迟钝，有些健忘，除此以外，我的身体和大脑都在以一种普通人的速度向外延伸。我遇到碎碎那年，她6岁，我10岁，当时我正赶着一只黑毛公猪经过野地，我看见了蹲在草丛下哭鼻子的碎碎，她的两只羊角辫倔强地屹立在头顶上，像两只站立的稻草人，愤怒地凝视着整个田野。

我走过去的时候，碎碎并没有察觉，我想我当时的样子一定傻极了，灰头土脸，鼻子下还能看出刚刚揩过的痕迹。

"你丢羊了吧？"我盯着她的羊角辫说。

碎碎吓了一跳，她认识我："你是傻？"

"嗯，你丢羊了是吗？"

"你怎么知道？是你偷去的！"她的眼睛忽然变得愤怒。

"我没偷，我是猜的，我是傻，但不偷东西。"

碎碎不说话了，依旧蹲下来，抽打她面前的那棵草。

"我姐说，每一只羊都是有魂魄的，它们每天都在想着逃走，只有给它们取一个好名字，才能把它们的魂儿拴住。"

碎碎显然是信了。"取名字？"她的脑袋瓜歪在肩膀上，"你帮我取吗？"

我看着那片飘在草地上的羊群，很干脆地点了点头。

"喏，那只领头的叫大花，还有那只，那只母羊叫小白，最小的那个叫淘淘，它后面那只叫绵绵……"

我看见碎碎的脸一下子绽放了，她奔到她的羊群里："那这只呢？还有这只。"这小姑娘已经全然忘了丢羊的事，那一个下午我们就这样认识了。可是谁又会想到，碎碎会在13岁的时候突然离开呢！

五

我挑水的时候仍然会看到那只狗，它已经老了，露出牙齿来也并不吓人，倒让人可怜起它来。那只狗总会从河边一直跟着我，到了石桥，它会知趣地躲到一边去。我挑着水，晃晃悠悠地走过石桥。

那只狗总是坐在离石桥五六米以外的大道上，前腿挺直，眼神恍惚，嗓子里会发出一声隆隆的哀嚎。我很奇怪，我能从它的眼睛里看到碎碎的影子。

碎碎的眼睛闪亮如天上的星星。我看到她坐在一辆黄木的驴车上，手里挽着一个胀鼓鼓的包袱，像出了嫁回娘家的新媳妇一样。我看见碎碎的小辫子依然挺立，细碎的花上衣罩住她瘦弱娇小的身体。

碎碎说："我要走了，傻子哥。"

那辆驴车像着了魔一样越走越快，车轮子轧在石子路上咯咯作响。

我去追却追不上，我挑着两桶满满的水去追碎碎，嘴里却发不出一点声响。碎碎端坐在车上，微笑着看我。她像新娘子一样端坐在车上，不说话。那两只飞动的轮子磕在石子上，对我说，咯咯，回去吧！咯咯，回去吧！

回去吧！

大姐拉开灯，走到我屋里摸了摸我的头。

"傻，又做梦了吧！"

我忽然想起来，那只尾随我挑水的狗，今天它坐在我身后的大道上，眼睛里竟然涌动着泪花。

六

我认识碎碎的那一年，她才6岁。6岁的小丫头像缠人的蝴蝶，整天在我身边飘来飘去。碎碎离开的时候我才想起，那些有了名字的羊是如何地换了一茬又一茬。领头羊"大花"们都被卖给了屠夫，它们的命运是那么相似，开膛破肚，羊头高挂，长长的脊椎挂在颅下，双眼圆睁地望着来来往往的食客。"小白"们，那些漂漂亮亮、嗲声嗲气的小母羊，则几乎都被另一些庄户买走了，它们都还年轻，是好养的。淘淘和绵绵却永远也长不大，跟在它们的母亲后面，咩咩地叫个没完没了，等到失踪的命运降临在它们头上时，它们就沿着一条歪歪扭扭的小路跑出去，再也找不到。碎碎那时候问我："为什么它们有了那么好的名字还要跑呢？"我说："可能它们不喜欢自己的名字吧！"碎碎说："我喜欢。"于是羊群里的淘淘和绵绵就连续不断地跑出去，可是新的淘淘和绵绵又不断地生出来。我觉得那就像一个神话，可是我说出来，没有人信我。最后一批羊群似乎是预感到了自己的命运，它们扔掉了自己的名字，在那个月色笼罩的夜晚，匆匆踏上了失踪的路途。那一天晚上，碎碎搂着我的脖子对我说："傻子哥，我要走了。"

直到这时我还没有提到，碎碎放羊的时候，有一只黄毛笨狗在羊群里，这只狗的职责是帮忙赶羊，可是它整天混在羊群里，学会了咩咩叫，始终以为自己也是一只羊。那时候我给羊群取名字，把它也算了进去。我给它的名字是三咩子。它身边的羊换了一只又一只，只有它没有换，可是它已经老了，过了很多年，最后一批羊群逃走的时候，并没有把它带上。

三咩子就是我在桥上遇到的那只狗。

我向它挥一挥手，它就跟了过来。后来我发现，三咩子只能从喉咙深处发出不像狗叫的轰隆声。它踩着地上洒下的零零碎碎的水渍，到了我家门口。

我说："进来吧！"那狗抬起头，叫一声，"轰！"

七

二姐出嫁那天，是夏至。她是个老姑娘了，脾气倒是没长。二姐蒙上盖头前的最后一句话是："傻，家里就你自己了，有什么难处就去南庄找我。大姐嫁得太远，爹又死得早，你不找我找谁呀？"

我说："嗯，知道了，二姐，我还有三三呢！"

那辆披了红彩的汽车就像多年前碎碎坐的那辆驴车一样，叫了一声，就往前奔去，时不时有一颗小石子从轮子下飞出来。

我身边的三三焦躁不安地叫了两声。这只小母狗还不到五个月，皮得很。我踢了它一脚，这家伙就抱起前爪趴在地上，尾巴不停地摇来摆去。

我是在挑着两只水桶踏上石桥上最后一级台阶时，看到那个女孩的。她穿着很少的衣服，染着黄头发，一扭一扭地走上石桥。背着阳光时，我看到她的眼睛忽闪忽闪的。

我站在桥顶上，看了她一会儿，又迈开步子往河里去了，两只空桶倒扣在河面上，发出"哐哐"的声音。

错身时，那女孩头发里的香气让我恍惚，我觉得好像又回到了许多年前。

三三在我身后湿淋淋地站起来。水桶又空了，在我身前身后"咣当咣当"响个不停。

"你每天都在这儿吗？"

"嗯。"

"是为了挑水吗？"

"等人。"

"等谁呀？"

"碎碎。"

"她还会回来吗？"

"不知道，也许永远都不回来了。"

"那也要等吗？"

"也许明天就回来呢？"

木头

2005 年 3 月 25 日（曾以"弋多"为笔名发表于豆瓣）

星期二

星期二那天稀松平常，没有人在乎，趴在桌子上与躺在桌子上的人都不在乎。这就是星期二上午上课的情况，老师没来，春天里的睡意不知不觉从墙缝里流了出来，个别精神的人也都在对着窗户谈情说爱。

就剩下窗户外边的一排上体育课的女生，拿着排球做一些怪异的动作。

嗯，星期二，如果真这样慵懒下去，也实在没什么特别。花红柳绿的，慵懒一下也未尝不可。

小五向我讲述那天发生的事时，我一点也没注意他的表情，我现在想想，应该叫哭诉吧！如果他告诉我的都是真话的话，那一天就真有可能有那么一点怪异，有那么一点不对劲。小五耷拉着眼皮向我哭诉他的遭遇，那时的事就这样发生了。

小五说："我没去上课，一大清早我就被锁在宿舍里了。"

我满不在乎地拨弄吉他，听他说。

"我总觉得醒不过来，"小五开始有些愤怒，"我像被什么东西拉住了一样，醒不过来，是查宿舍的老头把我喊起来的。"

"那你下午不是上课去了吗？我看见你了，你拿着一瓶水，抱着一摞书，还真像那么回事。"

"对，问题就出在这里！今天上午我爬起来就出了学校，一直到了晚上七点多钟才回来，也就是说星期二下午我压根就没在学校，我怎么可能去上课呢。可是我醉意蒙眬地回来时，竟然没有一个人问我去了哪儿。"

"你觉得应该有人问你才对，人家对你怎么就那么大兴趣啊？"

"可是，可是"，小五的脸涨鼓鼓地红了起来，"我确实没在呀！"

"你知道吗？我去了百花广场，去了百园路，下午五点多钟我还爬了独凤山。我站在山顶上时觉得像飞一样，觉得这个世界如裙裾一般拂过我的脸。可是我一想起晚上那些倒来倒去的车，就一点兴致也没了。我赶忙下来，乖乖地去等那些可恶的公交车。

"我七点二十分跨进宿舍门，我记得特清楚，当时我的表从裤兜里滑了出来，我顺势看了一眼，没错，是七点二十分。只有老六在侍弄那只黄色的猫，当时他抬起头问了我一句话，'你不是上自习去了吗？怎么又回来了？'

"自习？我有点摸不着头脑，以为他搞错了，也没多问。我问他下午的课上得怎么样，做笔记了没有，让我抄抄。

"老六说：'你脑子进水了，下午的课你又不是没上，抄我的干嘛？'

"然后我发现了床上凌乱的书和扎眼的面包渣，我生气地问：'谁干的？'老六说：'你呀！刚出去这么一会儿就忘了？'"

小五的眼神恍惚迷离地从我脸上滑过，像一个被冤枉了的无辜的孩子。我觉得他再多说一句话肯定就要哭出来了。

然后我开始对着他弹那首被唱烂了的《丁香花》，一个个别扭的音符从我的指间蹦出来，小五的表情渐趋平静。

透过窗户我能清晰地看到我们班的小Ｖ从食堂打饭回来。

我不会猜到，二十分钟之后，小Ｖ的话让小五再次面临崩溃。

但说实话，我同情小五，但不相信他。

晚上九点四十分，小五从自习室一脸疲惫地归来，在我对面坐下，开始说话。

"我送了小Ｖ一本书，她没要。"小五有点懊丧。"今天我出去似乎就是为了买这么一本书，我递给她时，她说，不是说都不要了嘛，不想要。天，我发誓，在这之前，绝没有给她看过。"

我无奈地看着小五的脸，它哭丧着，了无生气。

我突然想起一件事，问他："你说你出门了，有没有熟人看见你，你有没有遇到什么不寻常的事？比如说车祸，比如说抢劫等等，那些让人记住的事。"

小五低着的头忽然抬起："我记得朝山街修路的时候，一辆车撞到了脚手架上，没有死人，那司机被人骂了一顿。"

噢。我应着，把吉他收起来，准备睡觉。

以后的事在隔了一天之后发生，也就是说已经不是星期二了，可是谈论的却还是星期二的事，姑且不算跑题吧！

在这之前的晚报上，有一则花边新闻已经报道了小五向我说起的那起小小的意外。

我想小五可能是对的。

可是星期四晚上小五来找我的时候，我惊异地发现了一个不敢承认的错觉，小五已经完全判若两人。

那天小五焦躁地坐在我的对面。

他说："你还记得星期二那天吗？星期二，对，是星期二，我一整天都待在学校里，可是竟然有人对我说在百花广场上看到了我，你说怪不怪？那天我拿了一瓶水，抱着一摞书，你应该记得，我碰到你了，你想想，是不是？"

我的吉他仍然乖乖地待在我的手里，寂静得稍显落寞。我突然意识到我竟然不知说什么好。我说："小五，你还记得送小V的那本书吗？"

"记得，她没要，她说不想要，到晚上的时候，她又突然莫名其妙地打电话给我，说我有病。"

"我说，那本书你从哪里弄来的？"

"买的呗！就那天早上，我从学校小书摊上买的，正版的，而且打折。"

"哦，我应着，那你知不知道前天有一辆车撞到了工地的脚手架上？"

"是吗？这些怪事每天都在发生，谁知道呢？"

小五的眼睛仍然充溢着那种无辜的神色，我盯着看了一会儿，开始觉得茫然不知所以。

那时我还看到小五的笔记本上塞满了歪歪扭扭的字体，似乎正想告诉我点什么，但现在我也清楚地知道，我对面的小五并没有对我撒谎。

我抱着那把木色的吉他坐在那里，手指抚摸六根琴弦横亘的散音孔，忽然想到这世界是不是在小五的身上有了什么漏洞？

可能是这样吧！可能每个星期二的慵懒背后都藏着什么。隔了一个星期的周二上午，我坐在宿舍窗前拨弄我的吉他，熟能生巧，这话一点也不假，我的琴技日渐飞长。

我看到背着红书包的小 V 又从我窗前闪了过去，忽然觉得有些事是不是发生了太久。

小五在我面前坐下的时候，天色已经暗了下来，我打电话把他喊来就想再谈谈以前的事。

我说："小五。"

"什么？"

"有个星期二你被搞得很糊涂，你坐在我身边谈了很久，记得吗？你说，你说……"我突然说不出话来，我意识到，对于眼前的小五，我根本分不清他是哪一个，是前一个还是后一个。

"我说什么了啊？"

"那天你还记得都做了什么吗？"

"天，搞搞清楚，这么久远的事了，我怎么记得！"

"哦，忘了。忘了最好。"

我开始回想这个奇怪的事件，当事人已经忘记，而我却觉得历历在目，怎么会这样呢？

我漫不经心地拨我的吉他，瞥见桌子上那面镜子，你猜得到，那镜子面向我。我看见另一个我在银白的镜框里木然地看着自己，那种表情让我想起两个星期前的小五。

我忽然感到一种说不清的分裂感漫布全身。

中指勾起第二根弦的时候，声音尖锐刺耳，"啪"的一声，最后一个音符落在地上，那根弦无力地跌落在我的脚下。

这就是结束，然后是另一个开始。

我把吉他收起来，感到无边的睡意如潮水一般，疯狂扑来。

木头

2005 年 4 月 27 日

落英的婚事

1

晌午，落英要到南滩割草。

要跨出门的时候，娘在屋里喊：多割点猫爪藤、牛筋草，兔子爱吃。

落英应了一声，轻轻带上门。

南滩，南滩，落英走着走着，觉得身子越来越轻，脸颊也越来越红。在落英心里，南滩的草快成她的媒人了。

日头正毒，落英站在南河的岸上，四下张望，看不到一个人影。草都蔫吧了，一片一片，斜斜地趴在地上。落英怅怅地站了一会儿，把草帽戴上，放下背篓，拿起镰刀，利索地割起来。

"落英，大晌午的又来割草呀！"

不知从哪里冒出来一句人声，落英吓了一跳。猛地回头看，一个手持竹鞭、须发皆白的小老头站在身后，他笑呵呵的，慈眉善目。落英笑着点一点头，从竹篓里拿出个小包裹递到老头跟前。老头接过来，急不可耐地闻了闻，"嗯，好丫头，真讲信用咧！"四爷爷这下可不着急没烟叶子抽了。

四爷爷掏出烟袋，把新烟叶点上，"吧嗒吧嗒"，心满意足地吸起来。

"要我说啊，这个事还是早点捅明的好"，四爷爷有一搭没一搭地说起来，"你这孩子太善，总为别人想，你弟你妹要你照应，你自己也得找个人照应才对。"

落英揉了揉眼，望着远处的南河。野鸭子在河里忽上忽下，河水像是掺了弟弟的蓝墨水一样，蓝得透亮。

四爷爷说："我看简生就不错，会疼人咧！"

落英呵呵笑出声来，半晌，又指了指自己的嘴。

20

"我看这不算啥，简生可不像你们村里的那些人，他稀罕着你咧！连这个我老头子还看不出来？人哪，要是真能看对眼，别说你不能说话，就是你走路不利索也不耽搁他惦记。想当年，你四奶奶就是被我疼过来的！"

落英高兴地点点头。

长河里一只小木船慢慢地靠上岸来，落英觉得脸一下子就烧起来了，手不知道放哪儿好。

眨眼的工夫，一个憨头憨脑的小伙子就跑了过来，夹带着一股腥腥的水草味，手里还提着两尾鱼。

简生说："四爷爷，这是今天打的鱼，我专门留了两条，孝敬您和四奶奶。"

四爷爷高兴地接过去，嘴里还嘟囔："不该要，不该要，不过你四奶奶的清蒸鱼那真是天下一绝啊，可好下酒，可好下酒！话说回来，你小子也该孝敬孝敬你丈母娘才对，哪能这么小气？"

"不是，不是"，简生挠挠他的脑袋，"这不是落英不让送嘛，她不让家里人知道正在和我处，想是有她的难处。"

落英"啊啊"了几声，摆出翻书的样子。

四爷爷说："哦，难不成你想把弟妹供到高中、中专再结婚？"

简生说："我都听落英的。"

四爷爷把烟袋锅子朝鞋底上敲了敲："两个傻娃子，你们俩成家了，也不耽搁落霞、落辉上学咧！出了门子你就不管你弟妹了不成？况且简生爹妈过世早，没负担，有了他，还能再帮衬你家一把，两全其美嘛！"

落英半晌不吱声。

"说错啦？"四爷爷问。

"不是"，简生说，"落英倔得很，她的意思好像是怕连累了我呢。按她的想法，好歹就四五年的事，弟妹出去了，她就省了一桩心事，到那时再定哪！"

"唉，我就说，这娃心太善，从不为自己想一点。简生啊，这么好的媳妇儿你可得守住！"

简生说："一定一定，四爷爷，您老给我们当媒人吧？"

四爷爷说："我看这事赶早不赶晚。"

落英在一边只低着头笑。

2

入秋的时候，娘对落英说："娃呀，光养兔子和羊挣不了几个钱，要不过两天让凤云带你一起去制管厂绕铁丝吧，好歹每天有个进项。割草耙地的活儿就让落霞、落辉去干。"

落英顿了顿，像是有话哽在了喉咙里，末了还是点了点头。娘看看她，叹了口气，娘知道，落英不只喉咙里有一句，她是有太多话都闷在肚子里了。

刚吃过晚饭，四爷爷倒背着手到落英家里来了。娘很高兴，说："老寿星怎么得空来啦？"四爷爷瞅了一眼落英，说："嗯，落英娘，我来找你商议个事。"

落英知道四爷爷要说啥，忽然觉得找不着地方躲，就拉起弟弟妹妹往偏房走，手里还比画着写字学习的样子。

一进偏房，落霞就问："姐，四爷爷来做啥？"

落英摇摇头。

落辉鬼得很，挤到落英身边，挤鼻子弄眼的："我看大姐八成是要出门子了，嘻嘻。"

落英狠狠地在弟弟的腿上拧了一把，疼得落辉嗷嗷乱叫，边叫还边乐，哈，猜中啦，猜中啦！

约莫两盏茶的工夫，四爷爷走了，娘在外面喊："落英，过来，娘给你织了双手套。"

落英慢吞吞地挨过去。

"坐这儿，坐娘身边。"娘拍了拍炕沿儿。落英挨着娘坐下。

"娘说，落英啊，你今年也19岁了，你看跟你一样大的姑娘都有婆家了，连凤云那个小矮兔都快订下了呢！"

落英"啊啊"地叫了几声，脸红扑扑的。

娘说："你四爷爷都跟我说了，你还臊个啥！娘为你高兴呢！咱家不图富贵，不图财，就看人，只要人对你好，那爹娘都为你高兴哪！"

落英红着脸说："嗯，嗯。"

娘说："过一阵子你让简生到咱家来一趟，认认门。等过年时，你爹从外面打工回来了，就把亲事订下，过个两三年，就结婚，你看咋样？"

落英半晌不出声，指了指偏房。

娘叹了口气："你爹上过几年学，就指望着你姐弟几个给他争争气，落霞、落辉要是有心上学，就让他们上下去，要是不想上，就下来求活计。你爹你娘都年轻着呢，不能因为这耽搁了你婚事。"

娘拿出来两双手套："喏，这是给你的，这是给凤云的，绕铁丝可是扎手呢，戴上这个好赖管点用，以后你挣的钱都存着，以后好用它置办嫁妆。"

落英抱住娘，"呜呜"地哭起来。

娘说："这傻丫头，哭个啥，这还早着呢！我还指望你给我管着那两个淘气包哪！落辉那个熊玩意儿，就听你的话。"

3

简生到落英家的时候，紧张得大气不敢出。

落英看到他那副手足无措的样儿，一个劲儿地笑。简生就不停地找活儿干，到处都是女人干的活儿，简生哪会呀！他笨手笨脚地打碎了一只碗、两只汤勺。最后终于找到一个活儿，他爬到房顶上补新瓦去了。

娘对落英说："简生人实在，像咱们家的人，对你那真是可劲儿疼啊！"

落辉在一边插话："娘，生哥为我姐，专门跑去制管厂当水泥工呢！"

落霞说："就是怕我姐在厂里受了委屈。"

娘点点头，说："落英真没看错人。"

饭桌上，简生和大家熟络多了，话也多了，他说："咱乡下人在城里真待不惯，我打渔那会儿，看着咱田里的景儿就高兴，上班下班自己说了算，多自在。在厂里就不行了，有监工，有时间点，规矩多，真让人不自在。我想着，等以后有本钱了，咱还是回来在村里包块鱼塘、菜地是正理，不信过不富。"

落辉说："我给你当助手。"

简生说:"那热烈欢迎啊,高薪聘请落霞、落辉教授做顾问。"

落英和娘看说得热闹,也跟着笑。

娘说:"简生是个好孩子,虽说打碎了一只碗,可脑瓜子还是挺好使的咧!"

说得一屋子人都捂着肚子笑。

落霞说:"没见过这么夸人的!"

4

四爷爷家就在南河北岸。凤云也时常赖在那里,她是四爷爷的孙女。落英娘给凤云起了不少诨号,小矮兔、咕咕鸟、长不高都是。凤云不生气,她从小没娘,把落英娘当亲娘看。凤云比落英小一岁,比落霞大三岁。落英娘常说,也不知道怎么就把老二托生到他四爷爷家去了。凤云听了就高兴,箍扭在落英娘身上,拽也拽不下来。

简生家住河对岸,下了班,他喜欢用船把落英摇到北岸来,不喜欢走桥。这个时候凤云就要骑自行车自己走,她嘴噘起老高,轻蔑地说:"傻样,还不知道你们到那芦苇荡子里忙活啥呢!"简生说:"你想啥呢丫头片子,我就是想和你落英姐多说会儿话。"凤云就撇嘴:"偏你有?我明天就找长林去。"落英听了就用手指头刮鼻子,笑她不害羞。

简生带着落英在芦苇丛里找野鸭子蛋,一个窝里有四个就拿俩,有五个就拿仨,简生说,总不至于让野鸭子绝了种。落英把这些蛋收起来,攒得差不多了就拿到城里去卖。城里人娇贵,说喜欢天然无毒害的,像这种野鸭子蛋能卖不少钱,差不多够落霞、落辉半个月的开销了。

秋天气凉,简生把落英搂在怀里的时候,落英的脸就红得像刚染了色的鸭蛋。简生说:"只要有你在,我这辈子还有什么不知足的呢?有你,有船,有把子力气,我是最富的大财主咧!"

5

入了冬,农闲了。落英娘吃过晚饭就去四爷爷家打趸。说是打趸,其实是想和四爷爷四奶奶商量商量落英的婚事。一则,两位老人向来明事理;二则，身边也没个请教的长辈；三则，四爷爷还是落英的媒人。落英娘觉得，婚姻大事还是得有老人帮衬。

四爷爷点起烟袋锅子，四奶奶沏好茶水。

落英娘说："我有个主意，不知妥不妥呢？"

四爷爷说："嗯，你说你说。"

落英娘说："这次订亲呢咱就破个例，简生家里没人了，就在咱这边办啦！可是您看咱这儿的风俗是各家管各家，一家比一家排场，一家比一家讲究，咱家也没那么多钱。我寻思着咱这次就把落英和凤云的亲一起订了吧，不单省了开销，还热闹，多好！"

四爷爷还没等落英娘说完就磕了磕烟锅站起来，说："这个主意好，等落英他爹和凤云他爹都从外面回来，咱就具体再合计合计，我看行。"

落英娘说："都是穷逼的，觉得不太妥当，这才来请教老人家呀。"

四奶奶也说："真是个好主意。俺只听过城里人有什么集合婚礼的，一对一对好多新娘子新郎官呢，如今咱也用用。"

四爷爷说："老婆子，那叫集体婚礼哪，你以为咱们民兵当年集合打仗呢，还集合婚礼！"

"是，是，老糊涂了我，四奶奶笑得合不拢嘴。"

四爷爷说："要我说啊，咱就在这河滩上多扎几个帐篷，地界敞亮，还通风透气，庄稼人壮着咧，不怕冷，多准备好酒好菜，让亲戚街坊们都来看看咱们的'集体婚礼'！"

落英娘说："是集体订亲仪式，这几个娃子还没到婚龄呢。"

"对，过个三两年，咱再办它一次。"

四爷爷觉得，这十几年来头一次感到这么神清气爽。

6

腊月二十二那天，简生带着落英进城买衣服。简生说："可着劲儿买吧，落英，今天可是咱俩的好日子！"

落英也不吱声，拉着简生一溜小跑进了服装店。她挑了一件粉色的棉旗袍，然后用手比画了半天，"啊啊"地说个不停。简生猜了半天，一把把未来的媳妇儿抱在怀里。

落英是说，这么好的衣服，买着太贵，租一天就好了，余下的钱还能给弟弟妹妹当学费。

两个人倒是买了不少鲜红的秋衣裤，落英觉得这东西实用，多买几套全家人都能穿，还喜庆。

过了河，简生和落英就看到滩地上挂起了一张红红的横幅，几个大大的帐篷威武地立在那里，人们进进出出，一派喜庆。爹和娘在不停地张罗，落霞、落辉端着盘子跑来跑去，四爷爷四奶奶陪着客人高谈阔论，还有漂漂亮亮的凤云和长林在那里等着他们呢。

不管生活怎么苦，至少在这一刻，落英觉得，总还有些甜甜的味道是藏在风里的。

木

2011 年 9 月 20 日

原载《唐山文学》2015 年第 4 期

上学记

一

傍晚的天空有一朵云飘过来。

文一先生这时会用拐棍儿敲着地板朝我喊："这是冥雨云，冥雨云你懂不懂？你这孩子怎么这么倔！"

我就问："什么是冥雨云啊？"

阿呆在这时也会扯上一嗓子。他被文一先生关在了柴房里，文一先生是他爷爷。

阿呆说："那果，你别听他说，他有臆想症，我爷爷有臆想症。什么冥雨云！老师说有积雨云，从来没听说有什么冥雨云！"

阿呆上初二，学过地理。我不知道说什么好了，只好站着，继续看那朵飘过来的云。

起风了。

文一先生喜欢敲着拐棍儿教训我，文一先生说："你这孩子怎么这么倔！跟阿呆一样倔！"

我心想我要是真和阿呆一样就好了。昨天下午我看到阿呆骑着一条狗在街上狂奔，后来又成了一头羊，最后我看到他骑着的是一个马不像马驴不像驴的东西，这让我大惑不解。

我问阿呆："你是魔法师吗？"

阿呆像大人一样一挥手，然后说："你不行，你太幼稚！这叫诗歌，小孩子怎么能懂？因为这个情景我曾经向你朗诵过，'我骑着藏羚羊跨过山冈'，你太不行，没见过你就瞎想，怎么能是一条狗？"

"后来又变成了羊和驴"，我说。

"行啦",阿呆粗鲁地打断我,"明天到我家里去吧,我发现我爷爷有了臆想症。"

我于是想起文一先生的模样,这个我一点也不奇怪,我早就发现他有病了。文一先生是个留着山羊胡的怪老头。

可惜今天阿呆被关在了柴房里。我走到阿呆家门口时就听到了文一先生的声音,他说话慢条斯理的。

他说:"阿呆,你这孩子怎么能说我有乱想病呢?学校没有教育好你。父为子纲你还懂吧?况且我还是你老子的爹,你老子都听我的。世上哪里有孙子和爷爷顶嘴的道理!"

文一先生说的冥雨云过去之后我偷偷溜到了柴房后窗下面,文一先生咳嗽着回屋去了。

我冲着后窗喊:"阿呆阿呆,你爷爷是不是真的得了神经病啦?"

阿呆说:"你爹才得了神经病!"

我二话没说捡起一块石头从后窗里扔了进去,听到一声叫。

过了一会儿,柴房里没声了,我费力地爬到窗台上去,发现门板被撬下来一块,阿呆跑出去了。

我爹出门打工好几年了,只有过年才回来,我都忘了他长啥样。阿呆骂我爹,我决定以后不理阿呆了。

我好像听到文一先生在远处喊,咳嗽着喊:"你这孩子怎么这么倔,跟阿呆一样倔!"

我撇了撇嘴。天上那朵云走得远了,从后面看,像一个人骑着羊爬过山坡。

二

我决定做一件大事,我沿着河堤边走边骂。和我想的一样,我妈正在河边拿棒子捶衣服,洗完的衣服堆在盆子里,黑黢黢的一团。

我说:"妈,你知道什么是藏羚羊吗?"

我妈回头瞪了我一眼:"你又疯哪儿去了?家里鸭子没人放,也不知道你脑袋里天天装的个啥!"

隔了半天又说："你要放羊吗？卖了这些鸭子就让你放羊去！"

我挠了挠头皮："妈，我要上学。"

我妈没反应，她拧干最后一件衣服，在裤子上擦了擦手。

我说："妈，我想上学，我都8岁了，阿呆说，学校里老师什么都懂。"

我妈把我拉过去揩了揩我的鼻涕："上学行，以后好好放鸭子，卖了给你当学费。"

我妈不喜欢阿呆，她老说跟那孩子学不出好来。

我说阿呆有文化。

我妈说："你懂个屁，他那也叫文化！等你上了学让老师教教你，看看啥叫有文化。"

"那冥雨云你知道吗？是文一先生说的，文一先生总该有文化吧？"

"文一先生是个老古董，浑身都长锈啦！"我妈说。

晚上吃饭的时候阿呆来找我，我装作没看见。

我妈问："阿呆，吃了吗？"

阿呆说："吃过了，婶儿。我来找那果说点事。"

我妈说："我就奇了怪了，你都上初中了，怎么不和二牛他们玩，还老爱跟那果混，你不嫌他烦哪？"

我气愤地敲碗抗议。

我妈说："再敲我把你扔出去。"

阿呆冲我伸了伸舌头，我扭过脸去装作擤鼻涕。

我妈说："听说你在你们学校还挺那啥，那叫啥？风里人？就是牛气哄哄的那种。前天二牛他妈告诉我的。"

阿呆说："叫风云人物。"

我妈说："是这个词儿。你这个风啊雨啊的，能当饭吃吗？不好好念书，仔细你爹娘回来收拾你。"

阿呆一脸激动："我用他们管？我死了他们也不会管。我现在要独立！"

我妈像看怪物一样看着阿呆，半晌，扭过头对我说："那果，好生吃你的饭！然后起身到外面烧水去了。"

阿呆对着我讨好地笑。我说："阿呆你骂我爹，我不和你说话！"

阿呆愣了愣："我骂你爹了吗？我怎么不知道。"

"你别装傻，你说我爹是神经病。"

"哦，你小子还记仇。"阿呆又笑，"是你先骂的我爷爷吧，我都不和你计较。你什么都不懂，我爷爷是臆想症，不是神经病，这俩病不一样。神经病多难听啊。"

阿呆顿了顿，压低了声音说："那果，我现在有个新计划，你能不能帮我一把？"

我说："你有什么难处，你那么大，都上学了，还是风里人，有什么难处？"

阿呆心事重重地说："我爸写信来了，说外面的钱越来越不好挣，挣的不够花的。操持家用已经不够用了，还要供我和我姐上学。我看我爸要泄气，迟早把我拉下来去打工。我爷爷现在又确实有点不对劲，他没事就背小时候念过的书，还动不动就把我关起来。我心想这个情况可不妙，就想了个主意。"

我怔怔地看着阿呆。

阿呆说："我打算这个暑假想法子挣点钱。你给我打下手吧！"

"你要干嘛？我娘说了，不能干坏事！"

"干哪门子坏事！挣了钱我给你买大白兔奶糖吃，还能帮你把集上的木头枪买下来！够意思吧？"

我说："我不要木头枪，把我的学费也挣了吧！"

阿呆说："你还学会讨价还价了啊。后天就放暑假，你去找我吧，把苗苗妮儿喊上也行。"

我敲着碗说："快想快想，我也要上学！"

我妈在外面朝我喊："那果，你再敲碗，下次一粒米也不给你吃！"

三

我和苗苗是在第二天河边上遇到的。她是隔壁二友子家的丫头。

这小妮儿竟然瞅都不瞅我一眼，昂着头甩着手就从我跟前走过去了，她也赶了一大群鸭子，她家的鸭子都被染成了红帽头，傻啦吧唧的。

我家的鸭子都被我赶到了河里，自己找食去吧，找不着就饿死。

我妈嘱咐我说："你要是老把鸭子往河里撵，看我打折你的腿。"

苗苗走过去了一会儿，忽然转过头来冲我喊："我要告诉你妈，说你把鸭子都撵河里去了，你在这偷懒，嘿嘿。"

说完她撒丫子就跑，就像我多想追她似的。

屁！我烦死这丫头了。她比我小一岁，竟然秋天就要去上学了。

骂完我忽然想起了阿呆，我妈说我跟他学坏了，不知道骂人算不算。可是我妈也骂人呀，她骂的有时比阿呆还难听。我觉得我妈太霸道。

我又看了看苗苗一点一点变小的背影，觉得特别不平衡，二友子虽然是个瘸子，但好赖是个爹呀，他在家，苗苗想上学就能上学去了，我忽然意识到，上不上学这件事不但跟学费有关，好像跟爹也有莫大的关系。阿呆虽然没有爹，但至少有个爷爷，这个怪老头比阿呆他爹牛多啦。

我胡思乱想了一会儿，觉得上学这件事看来不是妈说了算的，怪不得她老让我放鸭子。河里那些鸭子正游得自在。我没好气地往鸭群里扔了块石头，鸭子们惊恐地扑扇了起来。我发现其中一只长得特别像文一先生。

我心想，可惜老头得了什么乱想病，阿呆现在也不能上学了！

我发觉苗苗不知啥时候又偷偷跑到我身后。我猛地一转身，倒把她吓一跳。

苗苗说："你要死啊，那果！"

我说："你放鸭子也是为了挣学费吗？"

"咦，你咋知道？我爹说，我如果把这些鸭子养肥了，卖个好价钱，就让我高高兴兴地去上学。要是凑不够学费，就甭去了。"

"你爹哄你呢，就骗你多干活。"

"切！"苗苗很不屑，把嘴都噘天上去了。

我说："过两天我和阿呆要去挣钱，你去不去？"

苗苗说："我还要放鸭子，我没空。"

我没好气地说："要是后悔了可别再找我。"

苗苗歪着脑袋想了想，说："那要不，就带上我吧。不过我得赶着我的鸭子。"

四

文一先生像是忘了把阿呆关起来这件事了。我和苗苗站在他家院子里的时候，他正在修理柴房的门板。文一先生说："那果，是不是我养的那只大山羊撞破了门跑你家去了？"

我说："你家没养大山羊！"

"没养吗？我怎么记得养了一只。那怎么好端端的门给撞坏了？"

我刚想说话，阿呆不知从哪儿冒出来抢着说："昨天风大，把门刮坏了！"

文一先生嘴里嘟囔着："是吗？"边说边把一颗钉子砸歪了。文一先生的木匠活儿是出了名的烂。

阿呆说："爷爷，你快回屋吧，我来修就是。你快回去吧，你的《三国演义》才看到第二十八回。"文一先生一副猛然醒悟的样子，"对对对，我还有正经事要办。阿呆，不许偷懒啊！"

文一先生慢吞吞地回屋了。阿呆清了清嗓子，说："从现在开始，我是队长。那果，你和苗苗是我的手下。现在我们要成立偷蛋，不对，是拾蛋小分队。"

我说："真难听，拾什么蛋啊？拾鸭蛋啊！"

"回答正确。经过我长时间的观察，我发现南河中间的小岛是野鸭子的重要栖息地，那里肯定有很多野鸭子蛋。从今天起，你们要充分利用放鸭子的优势靠近那座小岛。然后找机会上岛拾蛋。"

苗苗说："是要我们赶着鸭子去吗？"

阿呆说："是。"

我说："在河中心我们怎么去？我又不是鸭子，我又不会浮水。"

"我早想好了"，他用手指了指墙边的一大排竹管，"我造了架小竹筏。有了这个就行了。昨天我去河里试了试，载三个大人都没问题，别说你们两个小屁孩了。"

下午两点多，我跟我妈说，要和苗苗一起去放鸭。我妈说，今天怎么开窍了，去吧去吧，不过不准只洗澡不管鸭！少一只鸭子，回来就得挨揍。

我走到河边的时候，阿呆已经把竹筏子漂到水里了，苗苗家的红帽鸭满河岸都是。阿呆说："那果，你太磨叽了，快到筏子上来。把你的鸭子也赶河里来。"

我说："苗苗怎么不把鸭子赶下来？"

阿呆说："分工不一样。苗苗在河岸上放哨，有什么可疑情况就向我们喊一声。你和我去拾蛋。你的鸭子打掩护，别人问我们在干嘛，我们就说是放鸭子的。"

"为啥？"

"傻呀，别人都知道了，蛋还有我们捡的吗？"

我扛着拴有红布条的竹竿跳上船。阿呆用长竹篙一撑，我们就离岸了。

鸭子们很自在地在河里游，有伸长脖子傻乎乎乱叫的，有探到水里找食吃的。不过还算听话，看到我举着的竹竿，都老老实实跟着。

河很宽，风一吹，水面就像长了鳞一样，还哆嗦个不停。我看到岸上的苗苗托着腮坐在石头上，巴巴地望着我们。俩小辫很神气地冲天挺立。

阿呆撑着篙说："那果，待会儿捡完鸭蛋我给你朗诵诗歌。"

"就是藏羚羊什么的吗？"

"那叫想象！你小子想象力挺丰富，但是你又狗屁不懂。啥时候你识字了，我就能把我姐寄给我的杂志给你看了。"

阿呆这么一说我就想起萌萌姐来了。这可是个闻名我们全村的人物，我妈动不动就对我说："多学学你萌萌姐，以后到了学校也弄个全县第一回来。别天天跟着阿呆瞎混。"真是稀罕，一个娘肚子出来的，怎么这么不一样！

萌萌从小学到初中，没有一次不是第一。永远都是第一第一第一。可是她最后只上了个省里的师范。阿呆说，师范的学生不用交学费，毕了业就可以赚钱养家了，他以后要帮姐姐实现理想。至于是啥理想我就不知道了。

萌萌每个月都给阿呆寄一本薄薄的小册子。阿呆拿着像宝贝一样，没事就翻来覆去看个没完。有时候他会给我朗诵"我骑着藏羚羊跨过山冈"，有时候又会问我知不知道什么叫"对牛弹琴"。

我猜摸着萌萌姐最近又给阿呆寄薄本本了。

竹筏子离小岛越来越近了，但是走近了才会发现，这个小岛不是一整个的，而是一个个露出水面的小小岛，周围长满了茂密的芦苇，中间最大的岛上长着一棵孤零零的半大柳树，阿呆说可能是上次发水泄洪时从上游冲下来的，阴差阳错就长这儿了。

阿呆若有所思地看了半天，说："这些岛没法上人，咱的小竹筏也划不进去。那果，这下得靠你了！"

我说："靠我？干吗？"

阿呆坏笑着对我说："我早预备好了。"他掀开船尾的一个竹筐，下面竟然是一只大洗衣盆。阿呆说，"那果，你身子骨小，坐盆里一点事也没有。你就划拉着大盆往芦苇丛子里去吧，那里面肯定有野鸭子蛋。"

"那你干吗？"

"我帮你看鸭子！"

阿呆帮我把盆放水里，又扶着我坐进去。我一脚没踩稳，差点掉进去。我家的鸭子被我吓得嘎嘎大叫。还有几只野鸭扑棱棱从芦苇丛子里飞了出去。

阿呆说："那果，别把鸭蛋全兜怀里了，每个窝留俩，不然野鸭子就不会来这下蛋了！"

我心想，我还要再折几根壮芦苇，铁匠铺的老卢最会做芦笛了。晚上乘凉的时候我可以吹着芦笛学蚊子叫。

五

三个人连着拾了一星期野鸭蛋。

苗苗也偶尔坐到大盆里去芦苇丛里转一圈。不过这丫头片子心软，动不动就说，野鸭子蛋都拿走了，那小野鸭就没有了呀。苗苗从芦苇丛出来时最多拿到五六个蛋，手里却抱着一大束臭乎乎的棒槌和臭皮草。

这时候阿呆就说："这玩意儿能卖钱吗？"

苗苗说："我不卖，我要留着自己玩。"她能用臭皮草编出各种稀奇古怪的玩意儿来。苗苗说，"用狗尾巴草我能编得更多。"

按阿呆的话说，那果拾野鸭子蛋更像回事。可是不知怎的，我拿回的蛋，总有很多磕碎碰碎的。我坐的大洗衣盆里也总是堆满了长短粗细不一的芦苇棒。

阿呆说："你们这两个小混蛋，卖不出钱来我看你们怎么上学！"

话说回来，野鸭子蛋的价钱还是很不错的。逢着城里大集，阿呆就会去支个摊位卖鸭蛋，旁边立个牌子，上写：天然野鸭蛋，每天吃一颗，赛过活神仙。卖了两次，我们赚了50多块钱了。

可惜好事到此为止了。

第八天的时候，村西头的徐有富忽然找到我们，说我们偷了他家的野鸭子蛋。

徐有富说："那块河里的滩地是我从村委会承包的，我出去卖了几天菜，你们几个兔崽子怎么就敢偷我家的鸭蛋？"

阿呆说："野鸭子也是你们家的吗？"

"野鸭子，还有野鸭蛋，在我地盘上就是我的！"

这时候，拄着拐棍的文一先生不知从哪儿冒出来了。他说："阿呆，你是不是又闯祸了？你怎么又惹到徐大棒槌了？"

徐有富说："文一老，你说谁，你说谁是徐大棒槌！不准说我爹！"

"哦，看我这记性，你是徐大棒槌家的坏小子吧。你爹当年送你进学堂，你可是吓得都尿裤子了哩。"

徐有富又羞又急，急忙说："文一老，你怎么老糊涂了，可不准乱说！"

文一先生慢悠悠道："我记着你哩，你上学时考试就没一次及格过。"

徐有富转身就要逃，边走边回头说："阿呆，这次我不跟你们计较，以后不许再去采野鸭子蛋了！你们不晓得，村长当初交代了，说这些野鸭子是什么级别的什么物，不许杀也不许吃的。要是能卖钱我不早卖了吗？"

徐有富急匆匆地走了。

文一先生瞪着眼说："你们仨，都跟我到家里柴房去。不给你们点颜色瞧瞧是不行了！"

六

进了柴房才发现，歪门烂窗的屋子里竟然被收拾得干干净净。阿呆说："爷爷，这几天你就鼓捣着收拾柴房了啊？怪不得我见你天天往这屋跑。"

文一先生说："那果他娘前几天找到我，让我给那果、苗苗开几堂学前课哩。你也跟着学！再出去惹祸，看我打断你的腿。"

阿呆一脸恼怒，又憋着说不出。

苗苗说："文一爷爷，阿呆带我们挣钱呢，我们要挣够学费。"

文一先生说："昨天我还遇到你爹，他早就给你预备好学费了，苗丫头，你跟着瞎掺和啥！"

苗苗嘟着嘴："真的吗，那我爹怎么不跟我说？"

"你个小屁孩，这些事轮得着你操心哪？"

文一先生转身从一个大布包里掏出一个大信封。他拿着向我们晃了晃，"娃娃们，别担心，我这里可是攒了一大笔钱哩，你们仨的学费都够用，谁有困难只管问我要！阿呆，你爹娘寄回来的钱我都给你留着一份呢，还有前天萌萌从省城寄回来的家教钱，你看，哪能不够用？"

文一先生说："那果，你别学阿呆的倔脾气。跟着我好好念书，等到九月初学校正式开了学，你就不会发怵了。"

我心想："我妈不是说文一先生是老古董吗？她怎么又让我跟着文一先生上学前课？"我挠着头皮，看着文一先生的山羊胡，搞不懂是咋回事。

晚上吃饭时，我妈说："那果，你别以为你们仨这几天偷偷摸摸干啥事我不知道！"

我说："那你咋不早说？"

"你们也不想想，要是野鸭子蛋能拾，那人家不都去拾啦，轮得着你们几个去？早晚被徐有富发现了，挨顿骂，你们就长记性了！"

我说："妈，那我们也挣了一点钱呢，徐有富没有要回去。"

"那是村长嘱咐的，不追究你们几个。你以为别人都看不见你们去偷蛋呀？"

我把白米饭扒拉到嘴里，笑嘻嘻地对我妈说："妈，那我真的能上学啦？"

"傻孩子，你妈啥时候不让你上学啦！都是阿呆撺掇的，说得我跟个晚娘似的！"

我说："那你咋又让我跟着文一先生学认字了，你上次还说他浑身长锈呢!"

"长锈归长锈,你跟着他学学认字,总比到处胡逛好吧?过几天,咱家的鸭子卖了,就再买几只羊给你放,不放羊的时候你就老老实实地去学字。"

我妈说:"你看我多疼你,让苗苗和你一起学,连媳妇都提早给你订下了呢!"

我说:"我不要我不要,苗苗这几天浑身都有一股臭皮草味儿,难闻死了!"

我妈说:"呦,乖儿子,还挑上啦?你看苗苗多好看,眼睛又大又亮,头发又黑又密,还有俩酒窝儿。"

我想了想,说:"她要愿意陪我放羊,我就跟她好。"

我妈"扑哧"一声,笑得快岔过气去了。

七

萌萌果真给阿呆寄薄本本了。

阿呆说:"我说过多少次了,这个叫杂志,那果,你怎么没记性!"

我说:"这东西好看吗,里面又没有糖!"

苗苗在一边也不说话,专心致志地摆弄着她手里的棒槌和臭皮草。

这次我们仨又撑着竹筏到小岛附近的芦苇丛里去了。苗苗一直嚷嚷着要再去一次,说那里的臭皮草长得好。我说那里的芦苇棒也结实,做成芦笛很好听。不过老卢给我做的芦笛都被晒干巴了,我含在嘴里,吹出来的声音都像羊叫。

阿呆说:"那果、苗苗,现在我要朗诵诗歌,你们听好了啊!"

我说:"还是藏羚羊吗?"

阿呆说:"不准插嘴!"

他把竹篙放下,捧着薄本本,清了清喉咙就开始念:

芦花丛中

村庄是一只白色的船

苗苗说:"不好不好,还不如文一先生昨天教给我们那一首好呢!"

阿呆说:"哪一首?"

我和苗苗摇头晃脑地背起来：

　　一去二三里，烟村四五家。亭台六七座，八九十枝花。

太阳就要落山了。我们仁的影子映在红彤彤的河面上，一摇一摆，闪闪发亮。远处村庄里的炊烟正弥散开来。我和苗苗争着去认自家的烟囱。

阿呆却在一边傻乎乎地自言自语，果然是好诗！

木

2012 年 3 月 31 日

凉州词

我常常想起桨哥在黄河岸上独自畅饮的场景。

"其实都是个屁。"

说这话时他早已从兰州来到了京城。我们手握酒瓶对饮，无果无菜，在清贫的研究生宿舍里唯有往事可下酒。

"西北人喝酒是干喝，没下酒菜的，"桨哥说的时候一脸严肃，"手拎啤酒和黄河对饮，喝多了就尿在河里面。"

我听得目瞪口呆，无话可说，唯一能做的，就是想象桨哥壮硕的身躯挺立在西风里，酾酒临河，又尿洒一身。

其实那时我已经越来越认清楚一件事——读书人都是很屁的，读书人喝酒也是很屁的。即使在喝酒的时候，嘴巴的功能也是以"说"为大。上可九天揽月，下可五洋捉鳖。还有什么是一张嘴办不到的呢。所以当我意识到一个黄河边上真正的灌酒勇士站在我跟前的时候，我很激动。

几瓶酒下肚，我舌头开始打结，桨哥却兴致盎然。

"曾经有一个姑娘陪着我在黄河边喝过酒。"桨哥说。

我一听就来兴致了："她也喝吗？还是只是看着你喝？长得美不美？"

桨哥大手一挥，又在胸前捧了捧，动作古怪。我感觉他眼里闪闪发光："纤腰爆乳，肌肤胜雪。你自己想去吧。"

我大概是吞了吞口水。

"俩人不说话，并排坐在黄河边，一人喝掉了五瓶啤酒。"

"喝完她就哭了。她趴在我肩膀上哭，起伏不定，头发里淡淡的香味钻到了我的鼻子里。"说完这句话，桨哥猛地灌了一瓶酒，眼神呆滞良久。

那是我第一次听桨哥提起他的爱情往事。在此之前，他一向以西北大汉的粗硬形象示人。生活不拘小节，说话声若洪钟。有一次我和他一起搭公交去上课，桨哥一路猛侃，整个车厢里就只听得见他说话的声音。怂包如我，不停地暗示他小声些，毕竟身边的老爷爷老奶奶都是一副要揍人的模样。桨哥完全视而不见，说到高兴处更是仰天大笑，气魄惊人。桨哥爱读《庄子》，诵《离骚》，大口饮酒，大口吃肉，锦心绣口，出口成章，一副典型的名士做派。我此生遇到的称得上纯粹的人不多，桨哥在其中绝对是佼佼者。他不懂人情客套，更不会溜须拍马。他高兴便笑，愤怒便骂。他热爱鲁迅，尤爱《野草》，迅哥之只言片语，他每每能指出其出处。又爱嵇康，刚烈洒脱，无拘无束。

就是这样的桨哥，遇到爱情后显然进入了另外一种状况。

或者说，桨哥一直将他的爱情世界以及状态隐藏得很好，别人很难窥探。直到酒入愁肠，才能一露端倪。

桨哥说："她不是我的女人。"

我愣了愣："那是谁的？"

"我哥儿们的，"桨哥说，"我帮他写情书追到的她，但他对姑娘不好，就这。"

我张了张嘴，竟然不知说什么好。一方面这情节太过熟悉，电视上多有这桥段。另一方面又惊讶于他如此简洁地论述，听起来似乎波澜不惊。

桨哥一声长叹："爱情啊，总是迷人又充满折磨。"

说完他就倒头大睡了。

我与桨哥的交集其实很少。多数时候只是在宿舍里碰到，其他时间都是各自在外面瞎忙。那时节我正忙着和萨义德、霍米巴巴、韦努蒂等乱七八糟的人物打交道，每到夜晚就云里雾里，脑子迷糊。我回到宿舍，猛然见到桨哥那硕大的脑袋和根根直立的头发，立马就感受到迎面吹来了一股彪悍的西北风，瞬间就醒了。

桨哥的桌上常备啤酒，照例还是无下酒菜。西北风呼啸的晚上，桨哥和我聊起兰大。

"那真是个鸟不拉屎的地方，可是我们都爱它，它像个没落的贵族。当然，所有人都想着逃离它。"

"去哪？"我问。

"去长三角，珠三角，哪里肥沃去哪里，"桨哥眯着眼说，"你想象不到这地方有多辽阔，又有多贫瘠。"

"我的姑娘也走了，一去就没了踪影。"沉默了一会儿，桨哥继续说，"我问了和她早已分手的哥儿们，打听了很多人，我甚至找到了她的老家。可惜甚至连她的父母也不知道她去了哪里。"

"到现在也不知道？"我问。

桨哥沉默，递给我一瓶酒。

楼外狂风忽作，几只乌鸦围着树冠呱呱乱叫，很久才停歇下来。我晕乎乎的脑子里隐约出现了一个女孩的身影，她独自拉着行李箱，走在一处荒原上，天空澄澈，黄草无垠。她的红围巾一直飘啊飘，又似乎不断在拉长，不断在生长，一瞬间的工夫，整个荒原被她的红围巾整整齐齐地分割成了上下两块。一块雪花漫飞，一块沙尘满地。

我感觉我可能是喝废了，八瓶啤酒下肚，我的大脑开始模糊，不听使唤，浮想联翩。

那时节我也刚刚爱上一个姑娘，个子不高，眼睛不大，走在人群里十分的不显眼，但她温婉又迷离，像梅雨时的阳光一样稀罕。为了这个姑娘，我开始陷在时间的旋涡里爬不出来，等我慢慢醒来的时候，已是一年之后的光景了。

在这一年里，我来去匆匆，无精打采，很多事情都不再留意。我像一艘远离地球的飞船，漂泊在茫茫太空中，忽然之间远离了一切事物。

在我醒来的那一刹那，我正坐在桨哥的桌子旁，和他对饮。似乎这一年的光景未曾丢失，它只是泡在了一瓶瓶泛着香味的酒沫里。我曾经醉去，又最终醒来。

在这一年当中，我隐隐约约记得，不少花容月貌的女孩们给桨哥投递了玫瑰，但都被他挡回去了。

桨哥说："喝酒当如满月，怎可月缺无情。"

又说："上穷碧落下黄泉，饮酒茫茫皆不见。"

他拍拍我的肩膀："兄弟，我们终于喝到了第三个层次。"

"第三层次？还要加什么东西吗？"

"不，"他摆摆手，"这是天外飞仙的层次，是太白泼墨的层次，怎可再添俗物。"

"那应该?"

"我们要打电话。每人打一通，给你最心爱的人打，打不通也要打!"

我意识到桨哥喝多了，想扶他上床。

转眼间他竟然老泪纵横:"她失踪两年了，我想找到她。可我去哪里找到她呢?"

此后的两三个月，我们都在忙论文、忙答辩、找工作，云里雾里，无暇他顾。有一天，我回宿舍取书，发现桨哥的床铺都收拾干净了，他的破电脑上留了字条:果兄，电脑留你，可自行处置。与兄相谈甚欢，来日再会。

桨哥去了江南一所小城的中学任教。这选择出乎所有人的意料，但从做法上看，却是典型的桨哥做派，果断、迅猛、毫不犹疑。此后一年我才领悟到，这正是幸福忽至的节奏啊!

有一次，桨哥在电话里告诉了我:"果兄，你可知? 就是那晚的一通电话!"原来，多次尝试之后，桨哥终于拨通了那个关机已久的号码。完全是机缘巧合，那时姑娘正在泰山顶上，一边喝着啤酒，一边等着日出。

姑娘说:"要来陪我吗? 就着太阳下酒，应该和黄河不一样。"

桨哥飞驰而去。

如今他们在那座小城里进入了人间烟火。

我常打算去看看他，带着我温婉的姑娘，去那个千里莺啼之地，看他们如何把遒劲有力的西北风灌注到生活里面。但最终没有去，在将近十年的时间里，他们构成了我对兰州的所有想象。

我打算先去兰州、去莽莽苍苍的山里、去惊涛拍岸的河边、去荒野、去敦煌、去那片广阔无垠的宇宙中。

我打算告诉桨哥，作为我平生所仅见的一位豪客，他的酒量与心胸远大过这些开阔的事物，与他这种纯粹之人的相遇，也远大过这些，我们那些看似毫无意义的虚无对话，也远大过这些。

我打算去凉州。

此去一为别，孤蓬万里征。

木

2018 年 12 月 27 日

寻找兰花

1

我从来没想过，有一天兰花会离我而去。

我站在夜里空空荡荡的大街上，把手圈成个喇叭状，我嘟着嘴喊，兰花你在哪？兰花你到底在哪？

很多次我回过头来想，我在那一刻大概是没有想到兰花会走的，我出着洋相，喊着兰花，我想象王粗、赵细，都在四周看我，我想象他们可能会说，哟，碰瓷也很男人嘛，碰瓷这货还是很硬的嘛。我觉得天地广阔，大道流行，我在这个舞台上有无数的观众。我想的只是，兰花她可能只是补妆去了吧。我得把一个孤独的男人，演好。

兰花把烙好的烧饼放在冰箱里，锅碗洗净。被罩床单上，洗衣粉混着一股香皂味儿，安静地飘着。我心想这娘儿们是越来越利索了啊。

四处无声。

我坐在房间里，像是打了个盹儿。一周的时光就这么溜过去了。我期待的电话没等到，我想打的电话也打不通。

我一个人从早晨坐到下一个夜晚，我忽然想起来，这娘儿们可能是真走了啊。

我觉得有点慌了。

桌子上、抽屉里，各种银行卡都放得好好的，房间里没有留下只言片语。

我连续三天三夜游荡在大街上，我四处喊着兰花的名字，我到警察局报了案，我贴了许许多多的寻人启事。

一无所获。

　　我仔细回想我们一起度过的这八年，实在想不出她有什么反常的地方，也想不出她有什么可去的地方。我们都没有家人，一些远亲也四散零落，毫无往来。她唯一有过联系的一个表姐似乎住在一座深山里。

　　或者也可以这样说，其实我从来也没弄清过兰花的身世。当她的车撞倒我的时候，我也从来没敢想过，这个花枝招展的女人会成为我的老婆。

　　当时我托了医院的关系，开了一张假证明：我的腿断了。

　　"我说你看着办吧。现在我丧失了劳动能力。你看你能补偿多少？"

　　那女人说："我把我补偿给你吧。"

　　我说："你这话是啥意思？"

　　"我挣钱养你，你要是愿意，可以娶了我。"

　　我心想这女人是疯了吧。我说："那你在哪工作？现在一个月多少工资？"

　　女人说："这个你不用管，我养得起你。"

　　我思考了片刻："那就这么定了。"

　　"好，那就这么定了。"女人说。

　　我是一个无赖，大学毕业后我找过很多工作，但没有一个能做长久的。后来我在赌场上认识了王粗和赵细。这两个猴精的家伙让我入伙，在赌桌上用各种小手段赚了不少钱。我们三人团伙解散的时候，王粗建议我说："你在赌桌上没天赋。不是这块料。我看你可以去试试碰瓷，去大街上躺那装死，说不定撞上大运。"

　　我说："这也太简单粗暴了，一点技术含量都没有。"

　　赵细说："怎么没技术含量？搞不好就撞死了。"

　　王粗说："你还看不懂他？他天天活得跟僵尸似的，死了不是最合他的意？"

　　赵细连连点头，这话说得在理。"那我们以后就叫你碰瓷吧！碰瓷老弟，祝你开张大吉。"

　　开张果然是大吉的。

　　我和女人领证的第二天，王粗和赵细来我家庆贺。

　　女人说："客人请坐，我叫兰花。二位哥哥以前对我家碰瓷多有照顾，非常感谢。但以后碰瓷就改邪归正了，二位哥哥以后就不要再登门了吧。"

王粗看看兰花，又看看我。赵细看看我，又看看兰花。

俩人对视一眼，哈哈大笑起来，竟然头也不回地就走了。

2

二月天一过，兰花就迫不及待地把被子拿出来晒。

几只猫恬不知耻地蹲在了我家被子上。

我拿本书坐在窗前。

兰花说："你能动动手把那些猫赶走吗？"

我说："你过来一下。"

兰花说："你有屁快放。"

我说："你到我跟前来我才说。"

兰花拿着鞋刷过来了。

我一把把她拉到我腿上，顺手扯下了她的裤子。

兰花说："你这是疯了吧。外面那些猫看得一清二楚。"

我说："你是怕被猫看见，还是怕被人看见？"

兰花不说话。

我一只手伸进她的上衣里，抓住了她柔软的乳房。

我说："我不喜欢猫，我更喜欢肥一点的白鸽子。"

兰花拿鞋刷敲了敲我的头，说："那你养群鸽子玩去吧。"

我们住的城市里总有鸽子飞来飞去。

兰花说："我小时候养过鸽子。在我家的阁楼上，有一只鸽笼。总共七只，太阳刚出我就放它们出去，黄昏时它们再飞回来。"

兰花说："那时就我和我爷爷两个人。爷爷出去工作挣钱，我就一个人在家里待着。那些鸽子在天上飞来飞去，可好看呢！"

我们住的地方，花花草草长得十分茂盛。这是兰花的房产，据她说，这是有人欠她钱，抵给她的。

我就在这房子里天天和兰花厮混。

她有时连续七八个月不出门，有时则一出门就一两个月不回家。

　　有一天，差不多是兰花出差后的第三个月，一个长相猥琐的男人出现在了我家门口。

　　他问我："你是兰花的男人吗？"

　　我说："你有什么事？"

　　男人说："你女人兰花欠我们50万元。这是她的借条。拿这房子抵押的。现在她跑掉了，我们要把这房子收回来。"

　　我一脸懵逼。

　　我说："这样吧，我们先去派出所。"

　　男人说："我们最好私了，不要大动干戈。你女人不是什么好鸟，这事捅大了，对她对你，都没有好处。"

　　我说："那我心里有底了。你先等一等，我让人把房产证送过来。我去年赌博，也把房产证抵押给人了。现在算来，截止日期也差不多快到了。见了面，你们也好商量商量。"

　　男人显然是生气了："你这是什么意思？你以为我们好欺负吗？"

　　"呀，"我把眼睛瞪大，"我欺负你了吗？"

　　我给王粗打了个电话。"我说你把你家房产证拿来我用用。"

　　过不一会儿，王粗来了。见了男人就是一拳。

　　然后指着我的鼻子骂："小子，你欠我280万元，你老婆还不让我上门，我忍你到今天。你倒是给解释解释，这个拉不出屎的鸟人哪里来的？"

　　男人掏出借条挥舞着："怎么还？怎么还打人？"

　　王粗说："兄弟，等他还完了我的，再来操心你的，如何？你那50万元的小零头，我还能贪了你的不成？你听我的，先让我打你两拳出出气，然后咱再说后面的事。"

　　男人拿起包，骂骂咧咧地跑了。

3

　　我问王粗："我说，粗哥，你俩帮我摸清兰花的底细了吗？老有人来讹钱，也不是事啊！"

　　王粗没好气地说："你的老婆，你自己都搞不懂，问别人有甚鸟用？"

我把嘴里的烟扔在脚底下踩了踩，看着王粗不说话。

天上一群白鸽子又在飞来飞去。像一群长了翅膀的乳房，看得人眼晕。

王粗说："是，你大概也猜出来了。我和赵细，早就认识她。她出道可比我俩还早。她有多少钱，谁都搞不清楚。她欠多少债，也没人知道。有一天她找到我们，说看到我们和一个愣不啦叽的傻瓜在一块，就让我俩把你介绍给她。她说你这样的适合当老公，至少适合当她的老公。"

"哪里适合？"我问。

"也可能是脑子慢一点，话少一点，给她少添麻烦。"王粗又严肃地补充。

"她是什么子出身吗？"

王粗摊摊手："不说了吗，没人搞得清。"

"兄弟，你老婆不是一般人。你知道这个就行了。剩下的，就少想，多享福。以我的经验来看，兰花绝对是个靠得住的财主。你这个瓷，碰得值啊！"

兰花回来的那个晚上下了雨。

她拉着超大的行李箱，进门时不小心绊了一跤，她骂了一句，然后看到了躺在地板上的我。

兰花踢了我一脚："厌货，你怎么躺地上？"

我一把把她拉下来，她趴在了我的脸上。

我说："兰花，我想吃鸽子肉。"

兰花的衣服是湿透的，头发上滴着水。脸上的浓妆被雨水洗得黑一块白一块，像一个落魄的妖艳女鬼一样骑在我的身上。

兰花湿得更厉害了，她全身的水似乎都在咕嘟咕嘟地往外冒。我一把把她掀在身下。外面的雨下得更大，雨声淅沥又缠绵，像是从无处不在的孔洞流进了屋里。软绵绵的兰花像极了一片鲜艳又香气四溢的海，我是一只风雨飘摇的船。我狠狠地抓住她，抓住她身上所有柔软的部分。在狂风之中，我愿意为她粉身碎骨。

从始至终，兰花没有说一句囫囵话。她的嗓子是哑的。但我忘记了她是进门时就这样，还是刚刚喊破了喉咙。

兰花赤身裸体地蹲在箱子旁，里面装满了乱七八糟的东西。

"喏"，她扔给我一条围巾，"这是表姐给你织的围巾，说怕你冻着。"

我说："我在三伏天里会觉得冷吗？"

"表姐觉得你会冷。"

"你是去山里了吗？"我问她。

兰花回头直勾勾地看了我几眼："你一定要问吗？"

我说："你要是愿意说，我就问。"

兰花说："你还是不知道的好。"

她把箱子合上，拍了拍手，光溜溜地穿上围裙。"我去给你做饭。"她说。

我看着她挺翘浑圆的屁股，一会儿落下，一会儿又升起。还是忍不住对她说："前两天又来了个讨债的，说你欠他50万元。"

兰花右手拿着菜刀，顿了顿："你这不都习以为常了吗？难道被人吓着了？"

"你总得给我个解释吧！"

兰花把切好的菜倒进了锅里，油烟瞬间就升了起来，抽油烟机一开，四面八方混合着煎炒声和"嗡嗡嗡"的噪音。

兰花扯着嗓子喊："听不见，先滚蛋，一会儿再说。"

我看着她把烙好的饼一个一个码在筐子里，又小心翼翼地把炒好的菜盛到盘子里。

"你先吃，我要洗个澡。"她说。

4

只要有兰花在，我们每天都在吃烙饼。两面酥黄，大小均匀，不知为何它们总能那么圆。不知道从哪一天开始，兰花出差前，也会给我烙21张饼放冰箱里，再多就要放坏了。她对我说："这些正好够你吃一个星期。"我问她："那一星期之后呢？"兰花说："第七天我会给你打电话，然后每隔一周打一个，告诉你家里的钱藏在哪里，你可以出去买着吃。要是我一个星期还没联系你，那我就是走掉了。"

"走掉了是什么意思？"

"走掉了就是不再回来了。"

"不再回来了是什么意思？"

"不再回来了就是当我这个人没在你跟前存在过。"

"没存在过是……"

"你要是再问，我保证你立刻见不到我。"

事实上，我从未见过兰花这样很严肃地发脾气。我们腻腻歪歪七八年，从未提过以后的打算。我们都是活在当下的人，下一秒的死活，谁都无法预料，我们也不在意。

但是这一次，她似乎真的走了。

那种离开的气息，像慢慢扩开的大雾，它充斥在锅里、厨房里，它塞满整个房间、整个院子、整条街，直至塞满我整个的生活。

我开始正儿八经地去探究兰花的来历，但是毫无进展。有一天，赵细找到我说："你老婆应该是从山里来的。"

"就是住着她表姐的那座山吗？"

"这个我不知道，什么表姐不表姐的，这是她亲口告诉我的。"

"她为什么要告诉你这个？"

"那谁知道！你爱信不信吧。"

我在房间里翻箱倒柜，一个旮旯都没落下，终于，在一个抽屉的最里面，我找到了一张皱巴巴的火车票。那是去贵州毕节的一张票，两年前的了。

我立刻买了一张去毕节的车票，慢车，硬座。

我把家里大门一锁，就踏上了旅程。我回头看我们的这座房子，才发现，这房子本身像极了一个蹲在地上的老头儿。谁愿意在这样的房子里待一辈子呢？我神思恍惚，眼神迷离，目光跟着一群鸽子在屋顶上绕来绕去，最后落在房顶的烟囱上。我看到那烟囱上竟然写着几行大字："碰瓷，我们养鸽子去吧。"

再一转眼，那行字又没有了。

我挤在绿皮车里哐当了两天两夜。

下了车，我想找人打听打听她表姐究竟住在哪座山里，可是这里到处是山，根本就无从问起。

我问我自己，你为什么一定要找到兰花呢？

我答不出。我自己把自己问倒了。

最后有一个声音在我脑袋里说，没有兰花了，你还活个毬！

我把兰花表姐送给我的围巾拿出来戴上，漫无目的地在山路上走。莫名其妙，路越走越窄，越走越荒芜，到最后直接没了路的影子。山风呼呼地灌到我的脖子里、袖子里、裤腿里。远处有猫头鹰在叫。

惨到家了，我心想。

幸好不远处有一户灯火，若隐若现。

我走了将近一小时才到跟前，茅屋柴门，看不出一丁点现代社会的影子。灯光时亮时暗，外面篱笆的影子也时浓时淡。

我敲门的时候，一个小女孩开门迎接了我。我整个人都呆住了，那不就是小号版的兰花吗？她的眼睛、鼻子，脸的轮廓，无一不是兰花的翻版。

"爷爷，有人来了"，小女孩朝屋里喊。

一个驼背老头儿过来看了看我，说："怎么才来？"

我有点蒙："你知道我要来？"

老人摇摇手："说了你也不懂，坐吧。"

小女孩好奇地围着我转了几圈，还拿出来两块糖，塞到了我手里。

"你也看到了"，老头儿说，"我年纪大了，可她还小，以后没人照顾，我心不安。这样吧，你就住下来，等到哪一天我死了，你再领她走。"

我下意识地点点头，又摇摇头，脑袋完全晕掉了。这是兰花吗？怎么这么小？她是我要找的那个兰花吗？还是说，是兰花的女儿？兰花的亲戚？

我不想张嘴问，打算就住下来。

5

他们赖以过活的，就是房子周围那一亩多地。地的品相很差，都是石头，也就种种地瓜、玉米。另有几只散养的鸡，几只瘦巴巴的羊。除此之外，爷俩在房顶上还养了七只鸽子。屋顶上放着一盆玉米粒。鸽子们每天早上出去，下午归来，作息倒是标准得很。

有一天我问老头儿，小女孩叫什么名字。

"说出来你可能不信"，老头儿说，"她还没有名字，想不出来好听的，就一直没给她取。"

我说："叫兰花吧。"

老头儿蹲在地上沉思了半晌说："我看可以。"

我又问他："她爸妈去哪了？打工去了吗？"

"那谁知道"，老头儿说，"她是我捡来的娃。这孩儿刚来的时候，饿的只剩一口气了，要不是我喂她小米粥，早就没命了。"

"你早就知道我会来？"

"知道，没有你也会有别人，就看谁来得早了。我们这地儿，别看穷得叮当响，可是有灵性的，什么事发生，什么事不发生，谁都说不准。"

就这样过了一个月，有一天，老头儿不辞而别了。我和兰花找遍了附近的山头，毫无踪影。兰花扯开嗓子哭了三天，第四天她跟着我去了火车站。

我问："兰花，你愿意跟着我走吗？"

她有气无力地说："无所谓，我现在长大了，靠自己也能活。我现在要去找爷爷，你要是也去，我们就一起，你要是不愿意，那就各走各路。"

"你爷爷可能死掉了"，我说，"只是他不想让你看到。"

女孩撇了撇嘴，转身走掉了。

我也不知道我为什么不去追她，按说在那种情况下，无论如何也不能丢下这样小的孩子，让她自己去闯荡。可是当时我的两条腿像灌了铅一样，怎样也挪不动。我的嘴巴也封住了，成了一个哑巴。在那一刻，我彻底变成一个丧尽天良的玩意儿。我只能眼看着幼小的兰花离我越来越远，背影越来越模糊。

此后我不知道在火车站待了多少个日夜。我不知道我到底在等谁，也不知道我到底在寻找什么。日子越长，我的脑子越迷糊。我成了一个真正的流浪汉，浑身散发着臭味儿。

不知道过了多少年，在一个大雪飘飘的大年夜，我捡完垃圾桶里那可怜兮兮的剩饭，正想去售票大厅里歇一歇，一个怀抱孩子的女人站到了我的面前。我看着她的眼睛，有点似曾相识的感觉，"你是谁?"我问她。女人什么话也没说，她把怀里的孩子塞到了我的手里，转头就走了。我傻愣愣地站在原地，看着那个两腮红红的婴儿。

我们又相遇了，兰花，这一次你又变成了另外一个模样。

我循着记忆，找到了老头儿曾经住过的那座小房子。

我养了几只羊，几只鸡，为了解闷，我还养了几只早出晚归的鸽子。我用乞讨来的小米粥来喂那个小孩子。

怎么回事呢，这所有的一切都让我觉得似曾相识。

我看着小婴儿一天天长大，长成一个活蹦乱跳的小女孩，长成一个会给我跳舞、给我烙饼吃的小天使。

直到有一天，我在火车站的连排椅上醒过来，我才明白，我只是在这个车站里做了一个又长又扯淡的梦。从去荒郊野外的老头儿家开始，就实实在在地在扯淡。但是没有人在乎，我胡子拉碴地站在人群拥挤的车站里，跟个傻瓜一样，跟个孤独到天荒地老的傻瓜一样，无人在意。

6

我开始用最笨的办法来寻找兰花。在车站四周，我拿着她的照片逢人便问，"你见过这个女人吗?"结果很是出人意料，虽然没有人知道她现在在哪，但有不少人确实是认识她的，这些人八成都是她的债主，少数几个则喊她骗子。

我躲开这些人，循着一些细微的蛛丝马迹，终于找到了她的表姐家。那是一家深山里的布料厂，厂子的口碑超越了重山的阻隔，生意做得风生水起。

女老板对我说："兰花知道你早晚会来，但她不会见你的。"

我说："表姐，我很想念她。她为什么要不辞而别呢?"

女老板说："你不了解她的过去，为了生存，我们姐妹一生都很坎坷，有得有失，但总体来说，失的比得的多。我们欠下了很多债，有生意债，也有情债，你就当她欠了你的情债吧。"

我的脑子晕晕乎乎，感到自己说不出一句完整的话。

我说："你知道吗，兰花不只是我的老婆，她还是我的女儿，我的孙女，我们住在一片山里的茅草房里，我们养了鸡，还养了七只鸽子。我从车站把她抱回家，用米汤把她喂大。我们相依为命这么多年，怎么能说不见就不见呢。"

女老板看着我毫无逻辑地胡言乱语，最后只是淡淡地说："兰花，他已经疯了。"

我再次见到兰花时，是在一个深夜。

我躺在一张硬木床上，窗外的月牙正端端正正地挂在天上。兰花说："我知道你在找我，但我没想到你找我找得已经魔怔了。"

我说："已经魔怔了吗？不过是一些梦而已。我梦到了你的童年，你童年里有七只白鸽子。"

兰花说："你为什么不把我当成一个女狐狸精呢，或者一个女鬼。像小说里写的那样，我们只有八年的缘分，时间到了，缘分就该尽了。"

"可是在我的梦里，我们的缘分更复杂，梦比小说实在。"

兰花说："也许直到现在，我们依然还是在梦里呢？也许一切都是虚幻的呢？"

"我不在乎，只要有你的地方，我就当成现实。"

兰花轻轻地抱住我的脑袋，"那，我们就多养几只白鸽子吧。鸽子的翅膀下，就是我们的家。"

2018 年 12 月 27 日—2020 年 11 月 10 日

那果的村庄
（长篇或短篇集）

三只羊

1

1995 年，我家里有三只羊，一只母羊，两只小羊。

这只大母羊，我家买来时，它就怀了崽儿。

它犹犹豫豫地走进我家院子，黄褐色的眼睛像蒙了一层雾，它的肚子鼓鼓囊囊，马上就要垂到地上了。它就那么一副慢吞吞的模样。

我妈说："那果，你把羊牵到圈里去，给它两把草。"

我看看那羊，总觉得它有一种欠揍的气质在往外冒。

2

过了没几天，夜里，大母羊生了，这只羊真有耐性，生崽子它也不声张，"咩咩"叫了几声就不再叫了。我妈拿着手电筒拉我去看，大母羊瞅了我们一眼，然后继续舔它身下那两只肉呼呼的小羊。

我妈拨拉着看了看。说，一男一女。

我困得要死，我觉得这只羊挺会折腾人，大半夜的不让我好好睡觉。但我什么也不说，我妈以前教训我说，"那果，你再碎碎叨叨地说个不停我就把你的嘴缝上"；后来我不说话了，我妈又继续教训我说，"那果，你就是个大闷瓜"；再后来我就有一搭没一搭地说两句，我妈说，"那果，你和我说话怎么心不在焉的！"

我说："妈，我想回去睡觉。"

"睡吧睡吧，拉你出来看看你的羊，这都是给你买的。以后放学不准去疯玩，外边放羊去。"

我又瞅了一眼那两只小羊，它们正想歪歪扭扭地站起来。

男的叫粗粗，女的叫细细。我回屋把给它们取好的名字写在了墙上。

3

我爸在外面打工，我姐在外面上中学，她住校，家里就我和我妈。

我爸走前对我说："那果，在家要听你妈的话，别惹她生气，多帮她干活。我回来给你带故事书看，我让你妈给你买只羊放。"

我姐周末回家，见了两只小羊喜欢得不行，切，以后又不是她放。

一个叫粗粗，一个叫细细。我姐说："名字你倒是挺会取的。"

4

过了仨月，两只小羊断奶了，可能牙痒痒，到处找东西大吃大嚼。我家灯太暗，黄昏的时候我就搬把椅子放院子里当写字台，蹲在那儿写作业。我写了一会儿，发现粗粗赖着厚脸皮慢吞吞地往我这靠，我没想理它。这只小羊鬼得很，我看看它，它就抬头看我，一脸无辜相，我蹲在那儿写，它就低下头津津有味地嚼。我心想这家伙嚼的啥玩意儿，我一翻书才发现，这家伙把我的课本快啃了一半了。

5

1995 年，我上三年级，我妈一个人忙里忙外，放了学我也不能再和二蛋他们找苏小键打仗去了，不能弹琉璃蛋、不能玩火匣枪、不能丢沙包，我要回家放羊。

我发现细细确实越来越像我给它取的名字了，它生下来就比粗粗小，现在更是这样，但这也说不上它瘦，就是觉得它细里细气的，发育不良。它天天跟在大母羊身后，眼神怯生生的，像我们班里最小的柳枝。

柳枝坐在我前排，扎俩小辫，她总是用我的铅笔刀，那是我爸从天津给我买回来的。柳枝身子架小小的，说话奶声奶气，比如她老对我说："那果，我能不能用用你的铅笔刀呀？"她一说话就露出嘴里细碎整齐的小白牙，眼睛还忽闪忽闪的。有一次二蛋对我说："我发现柳枝就愿意和你说话，你们是不是好上啦？"我揪住二蛋的嘴，说："你信不信我把你的嘴缝上！"二蛋说："我信我信。"

我就觉得细细和柳枝很像。

有时候我坐在院子里写作业，看见细细就好像看见了柳枝，在那里安静地坐着；有时候我坐在教室里上课，看见柳枝就好像看见了细细，瘦瘦小小的影子散发着青草味。

6

粗粗特别好动。院子里基本上能啃两口的它都啃过了，过了一阵子，粗粗开始长犄角，两个圆圆的小黑包在它头上不声不响地顶了起来。不知道粗粗什么感觉，它常常看着一扇安分的门就顶了过去，也不用力，就在那儿蹭，蹭完了再把门拱得咚咚作响。

有一次，粗粗把我看成了门，低头就走了过来，我心想这家伙反了天了，得给它点教训尝尝。我也学它趴在地上，低下头，等着它顶过来。粗粗把脑袋拱在我的头顶上，我就使劲给它顶回去，粗粗的犄角还是软的，没我的头硬，顶了半天估计是它的脑袋疼了，"咩咩"叫了几声，走了。

7

最头疼的就是放羊。

我们村子经常能看到一大片一大片的羊群，牧羊人手持鞭子走在一旁，威风得很，那些羊也都听话，让去哪儿就去哪儿。我只有三只羊，可是我的羊却很难放，问题都在粗粗身上。

大母羊是个好妈妈，它很会带路，我带它们穿过马路的时候，大母羊就在路边耐心地等车少了再走，它还时常对着两个孩子叫几声，那意思好像是说，"都别乱动，跟着我走！"细细很听话，大母羊去哪儿它就去哪儿，寸步不离，但粗粗非常难管，它妈管不了它，我也管不了，它常常哧溜一下，就不知道钻哪儿去了，过马路更是横冲直撞，一副吊儿郎当的流氓相。

后来我就抓住它的脖子套了根绳，没想到它一会儿就把绳子咬断了。

到了周末，姐姐回家来，她对我说："把粗粗放在篮子里，你提着它，我看它还有什么辙。"于是我们俩去试验了一次，效果还不错。只是路上的人都问我："那果，你们家就是这样放羊的啊！"

黄昏里，太阳又大又圆，光色柔和，我和姐姐的影子被拉得长长的，粗粗在篮子里，百无聊赖地叫起来，好像我们欠了它什么东西似的。

8

1995 年，粗粗和细细在我家只待到了十月，它们是二月出生的。

粗粗给了三姨家，三姨夫说，这只羊活蹦乱跳的，当只种羊不错。

细细送给了外婆，外婆说："我只要一只羊。"我妈就把细细给了她，外婆说："这小羊，弱不禁风的，能产崽儿吗？"我妈说："放心吧。"

9

大母羊一直待到 1997 年。

它还下过几只小羊，但总是养不活。

1997 年的秋天，大母羊得了一种病，它不吃不喝，躺在麦秸垛里捯气儿。我妈说，"我给它治治"，她去兽医站要了点药，给大母羊灌下去，大母羊叫得嗓子都哑了。

没见好。

我妈又带它去兽医站打了一针，也没撑住，它死在麦秸垛旁边的柴房里，柴房的门板上还到处留着粗粗咬过的痕迹。

1997 年的秋天，我该上初中了。

木头

2010 年 12 月 27 日

原载《少年文艺》2019 年第 2 期

入选《2013 中国高校文学作品排行榜·散文卷》

后记：

随着越来越近的终点的到来，我常常混淆儿时的那些记忆。

也许是美化、也许是虚构、也许只是自说自话，我不在乎。在我的记忆中，它就是如此。摒弃一切丑恶的东西，摒弃伤痛和绝望。留下的都是夕阳下、炊烟中那充满人间气息的桃花般的村庄。

像所有城镇化进程中的村子一样，我的村子也正在无可挽回地走向消亡。正如一位学者说的那样，乡村景观已被休闲景观取代了。每当我回到家乡，泗河两岸已然被修建成了长达数公里的休闲公园。我们的麦田没有了，菜园没有了，树林没有了，集市没有了，坟地也没有了。一切的一切都在烟消云散。

但那里却成了乡亲们乘凉散步的好去处。他们衣着朴素地散布在城里人中间，欣赏着这一片片庞大的、华丽的人造美景。没人会想到他们如何吃饭、如何生存，也没有人谈起那过往的农耕时光。

唯一值得我庆幸的是，终究有些东西是散不掉的。我和姐姐，和爸妈拍的旧合影；我们的桃林、竹林、柳树林，依然生动地伫立在记忆深处，还有我那淘气的童年，我养过的一切生灵。

《千与千寻》里钱婆婆说，不可能忘掉的，只是想不起来了而已。就是这样，我不愿遗忘，我不愿遗忘掉我那可敬的、可爱的、可惜的今世今生。

如果不是到了"存在意识"极度苏醒的时候，大概我也不会有这样矫情的言论。但就像史铁生说的那样，"为什么为什么为什么？为什么要有这一声闷响？"

"不为什么。"

"上帝说世上要有这一声闷响，就有了这一声闷响，上帝看这是好的，事情就这样成了，有晚上有早晨，这是第七日以后所有的日子。"

多年以后，金宇澄则意味深长地说："上帝不响，像一切全由我定。"他们都是一样的悲观者，我也是，而悲观者无处可去。

如果非要说一个去处，那就只好，去童年吧。

看《桃园》、看《桥》、看《社戏》、看《受戒》、看《城南旧事》、看《呼兰河传》、看《我的阿勒泰》。

看我自己。

我想起来有一次，大概是 12 岁时的夏天。我跟妈妈去赶集卖黄瓜，那是一个遥远的集市，要步行近 30 里地。妈妈在前面拉着地排车，我在后面推着。到了集市的时候已是正午，我中暑了。后来妈妈给我买了一根冰棍，立马就好了。因为那根冰棍，整个回程都是幸福的。也是在那一天，我收到镇里初中学校的录取通知书。从此，我的童年走向一种实质意义上的终结，跨上了漫漫无休止的求学的道路。

我坐上了向前飞驰的列车，可惜的是，我要提前下车了。而在此之前，大概没有人留意到，我的座位一直都是向后转的。

还是去童年吧，我对自己说，可能那童年里，还有些许活着的意义。

木头

2018 年 4 月 12 日

丫丫葫芦

1

史孝磊是个大胖子，脸上还长了"苍蝇屎"。

他自己坐在教室最后一排打瞌睡。

语文老师拍了拍桌子，"史孝磊，你起来说说，'万条垂下绿丝绦'是什么意思？"

史孝磊有点蒙，前排的丁二蛋悄悄地提示他，是一种布。

史孝磊清了清嗓子，声音洪亮地说道，这句话是在说一种布。

什么布？

大概是老奶奶的裹脚布。

全班静了一会儿，大家你看看我，我看看你，然后哄堂大笑。

老师拍着桌子说："你就站那儿听吧！"

2

史孝磊是个特立独行的胖子，他喜欢一个人玩。

我刚转学过来，只和前后桌的苏小键和周涛熟。

有一天史孝磊凑近我说："那果，我家院子里刚结了几只葫芦，你要不要？"

我说："要啊！你给我几个？"

丁二蛋也凑了过来，"哎哎，我也要葫芦，史孝磊，你怎么不给我？"

史孝磊说："我看那果比较顺眼。"

丁二蛋撇嘴说："你肯定是想抄他的作业。"

史孝磊没理他。

上课铃声停的前一秒，史孝磊在丁二蛋的后脑勺上"唧唧唧"打了几个栗凿。

3

星期五的时候，史孝磊果然带了一兜丫丫葫芦来了。

我们那里的葫芦有两种，一种是做瓢用的大葫芦，头小肚子大，很傻；一种是有腰的丫丫葫芦，"葫芦兄弟"那样的，不过一般长不了多大。

史孝磊的葫芦在班里引起了很大的轰动。

苏小键说，"噢，噢，噢！"其他的话他就说不出来了。

周涛盯着葫芦说："我家都养不活这玩意儿。真不赖！"

丁二蛋直接上手，搂了一个就跑。

女生们对这玩意也很感兴趣，冯兰说："哎呀哎呀，太可爱了！要是我弟弟有一个就好了。"

柳枝则攥着一个小的不撒手。

史孝磊很淡定地坐在座位上，他挥手说："都来挑，都来挑，我爸说，这东西，人拿走得越多，它来年结得越多。"

史孝磊给我留了一个最大的，就是嘴有点歪。

4

我爷爷喜欢坐在胡同口乘凉。

他搬个马扎坐在大榆树下，要么打盹，要么和别人下棋。

奶奶在家蒸馒头时老跟我说："那果，去找找你爷爷，看看他表几点了。"

过了一会儿又说，"再去看看，有20分钟了没？"

有时奶奶又说，"那果，问你爷爷要点钱，买一斤盐回来。"

有一次我看到史孝磊路过，他端着一盆花，"呼哧呼哧"地往前挪。

看见我爷爷，他放下花盆，板板正正地鞠了个躬。

我被震惊得合不拢嘴。

第二天我问史孝磊："你为啥给我爷爷鞠躬。"

史孝磊有点吃惊："你都看见啦？"

"对，看见了。"

"我爸说，你爷爷教过他，见了面要鞠躬表示礼貌。你爷爷是我们村里最有文化的人。"

我撇了撇嘴，没说话。

我心想，我爷爷天天就知道打盹、下棋，在街上捡破烂，还有文化？

不过我没说。

5

我的葫芦上有了裂缝。

史孝磊说："这是被太阳晒太过了。你把葫芦籽掏出来留着吧。这葫芦是报废了。"

似乎是为了弥补这个遗憾，他还给我做过一只芦笛，好听得很。

过了不久，史孝磊显得心事重重，也没心思给我们再带各种古怪玩意儿了。他一个人坐在教室后面的角落里发呆。

他又胖又傻，像一座土堆。

不过他见了我爷爷还是鞠躬，还给我爷爷搬来好几盆花。

没多久，史孝磊退学了。听说是因为秋天的时候，他疯疯癫癫的妈妈被淹死在了泗河里。

第二年春天，我的葫芦也长出来了，可惜都没长大，最大的也就拳头一般。

绿油油的，还长满了绒毛。

阿木

2018 年 7 月 4 日

合欢树

　　四爷爷住在我家前面。他家只有一所土房子，没有围墙，荒草丛生。我常去他院子里逮蚂蚱，把养鸡网子拴在两棵树间，做成吊床。

　　院子的中间有一棵奇怪的树，叶子像羽毛。

　　我妈说是一棵合欢树。

　　我就问，合欢是什么意思啊？

　　我妈没理我，到门外边抱柴火去了。

　　我觉得我们村好像也就这么一棵合欢树，说不好大概我们镇上也就这么一棵。这个想法让我兴奋不已。下午放学的时候我热情地邀请苏小键、丁二蛋和史孝磊去见识见识。

　　到了树下的时候，史孝磊说："一棵烂树，有什么好看的？又不能吃！"

　　丁二蛋摸着合欢树说："要真是合欢树，还不如趁早砍了，我爸说，这种树可爱生虫子了。"丁二蛋家开一个小木材加工厂，他爸要是这么说，那大概就是真的了。

　　苏小键说："我听说今天村里来杂耍班子了，要不要去看看？"

　　他这么一说，我们就撇开这棵树去找杂耍班子了。我们找完西头找东头，又从北头找到南头，没找到什么杂耍班。结果倒引来了一个要饭的，甩也甩不掉。

　　我们转了一圈又回到了合欢树下，我妈妈已经下地干活去了。

　　要饭的对我说："你要是给我拿两个馒头，我就给你们说说这棵合欢树的故事。"

　　我说："我家哪吃得上馒头！煎饼你要不要？不要拉倒。"

　　要饭的说："那也行，不过故事只能讲一半，你们还听不听？"

　　苏小键见多识广，回答他："那你就讲一半。"随后他悄悄地在我耳边说，只要有了前一半，就肯定有人知道后一半。

要饭的把煎饼放在了一个破布袋里，随后坐在一块大石头上，不紧不慢地开始讲。

30年多前，这个院子里住了一对年轻夫妻，男的会舞文弄墨，在县政府里当职，女的贤惠持家，他们过得幸福平静。但不久这一地界就解放了，男的因为在国民政府里当过差，不敢留下来，就连夜和别人一起远走上海，又转去了台湾。只留下了女的一个人，还有她肚子里三个月大的孩子。

女人埋怨自己的丈夫，但也无可奈何，只好一个人艰难度日。那时候，这院子里就已经有这棵合欢树了，是男人离开的前一年栽下的，说树的名字好，寓意百年好合。现在女人孤零零地对着这棵树，觉得很讽刺，她就拿斧子砍了，但竟然没砍死。要饭的指着树身上几道触目惊心的疤痕说："看，就是这几道。"这树命大，又活过来了。而且从那一年开始，粉红色的羽绒花就冒了出来，年年如此，周而复始。女人也就作罢，不再伤害这棵树了，转而把精力放在生养儿子身上。

女人的儿子是个孝子，六七岁就会侍候亲娘洗脚，八九岁进学堂，会写字了，就替母亲写一封封的家信，虽然知道寄不出去，但写出来，也算缓解了母亲的思虑。就这样，母子俩相依为命20年，儿子长大了，到了该娶媳妇的年龄，但家里穷得叮当响，哪有女人家看得上呢。幸好这个时候时代变了，两岸关系缓和，家书也能通了，费了很大的波折，母子俩终于联系上了台湾的丈夫，人虽然没能回来，但给寄来了不少钱，缓解了家里的困难。儿子终于娶上了媳妇，虽然娶的是个寡妇，但也很知足。但好景不长，这个儿媳妇脾气很不好，尤其对婆婆常常恶语相向，没过几年，婆婆就生了重病，不久就过世了。又过一些年，丈夫从台湾来大陆，回老家，但此时妻子已经入土了，老人家就围着这棵合欢树痛哭了好几夜，没过多久竟然也死去了。这让这家的儿子很是难受，发誓要和媳妇离婚。婚离成了，但这个家也彻底散了。男人失魂落魄，再也打不起精神，没有像样的工作，最后成了一个走街串巷要饭的人。

要饭的刚一讲完，史孝磊就大声说："你这是编的吧？难不成你就是这家的那个儿子？"

丁二蛋也说："这家不是四爷爷家吗，从没听说过还有其他人住过这里。"

要饭的摇摇头："都是过去的事啦，不值一提，讲出来就算给你们这些娃娃们解解闷了。"

苏小键说："这是故事的一半吗？我怎么听着像是讲完了。"

要饭的说："娃娃们，这世上的事情，哪有完结的呢？所有的事情都没有尽头哕。你们觉得讲完了，那就是讲完啦，要是觉得没讲完，那以后若有缘，我再继续讲给你们听。现在么，我要继续要饭去啦。"

要饭的走远了。我、苏小键、丁二蛋、史孝磊站在合欢树下，忽然有一种说不出的难过。

粉红色的羽绒花随风起舞，美丽极了，也哀伤极了。

西沉的夕阳映照在这棵树上，不远处，四爷爷赶着的羊群也终于归来了。

木

2020 年 12 月 16 日

偷

上小学二年级的时候，我还分不清"偷"和"拿"的区别。

会讲故事的苏小键对我说："那果，我发现你就是个二货。"

"滚你妈的蛋"，我说。

苏小键不以为然，他五迷三道地说："'偷'一样东西要趁别人不注意，'拿'一样东西别人是知道的。"

"这是谁说的？"

"我叔。"

我心想你这个叔很牛啊！

结果后来我爸对我说："苏小键的叔年轻时是个小毛贼。"

苏小键这句富有哲理的话我一直都没忘掉，觉得很在理。事实上，按照他的说法，我好像很早就把"偷"这件事做过了。

那大概是某一个周末，我爷爷带我去逛集会。

我爷爷白头发、白胡子、白眉毛，长得像个老神仙。他退休前是小学教师，在学校他唠唠叨叨，说起来没完，回到家他就装聋作哑，一声不吭。我印象里，奶奶每次骂他他都不还口，作闭目养神状。我爷爷不辅导我功课，也不教我唐诗宋词，爷爷最爱做的事就是带我出去瞎转，他一路不说一句话，见到铁钉、铁丝、线头这些乱七八糟的东西就捡起来，塞到左边的口袋里。偶尔捡到硬币，他就很得意地向我炫耀，炫耀完就放进右边的口袋里。

我妈常常对我说，老爷子穷死了，工资都攥在老太太手里哪！我就想，怪不得爷爷要捡硬币，真穷！

不过我爷爷对我很大方，硬币攒得差不多了，就带我去逛集市。有一次他给我买了一把铜手枪，真神气，左轮转起来嚓嚓响。还买过一次木头刀，上面画着一只大蝎子。

有一次我们蹲在一个卖书的小摊子前，我一眼就看见了一本《孙悟空》，封皮上一只金灿灿的猴子正在做鬼脸。我翻了翻，又放下了，然后又拿起来翻翻。我说："爷爷，把这本买了吧。"爷爷看了看手里的钱，说："下次吧，这次钱不够。"

我挪到书摊的东头，那"猴子"在看我，我又跑到书摊的西头，那"猴子"还在看我。我心里痒痒的，一冲动，趁人多的时候，把猴子装进了我爷爷的提包里，然后我就撒丫子跑了。

到了家，我把那本猴子画册偷偷拿了出来，一把揣进了怀里。晚上做完作业，我装模作样地预习功课，在课本底下，偷偷把那本画册翻完了。画册里讲的和我知道的《西游记》完全不搭嘎，是在说一个外星人帮助唐僧四人的故事。金箍棒到处飞，飞碟也到处飞。什么什么呀，我有点泄气，还有点后悔。

下一个周末，再下一个周末，又过一个周末，我常常自己溜到集市上，想把那本胡扯淡的画册再原样放回去。可是那个卖书的小贩，再也没出现过。

我把偷书的事儿说给苏小键听。

苏小键说："其实你不用太当回事儿，我听说，有个叫鲁智深的老大爷讲过，偷书不能叫偷，叫窃。"

我问："那偷和窃有啥不一样？"他挠挠头没吭声。

过了几天他很郑重地对我说："我叔说了，窃就是偷的学名，就是文雅的偷。"

我一听就泄了气，什么呀，不还是偷吗！

"那做个文雅的小偷，总比做个撒泼的小偷强吧！"

"我不想做小偷。"我说。

"你和我叔说的一样，但他说，做小偷有时候是迫不得已。比如他小时候，家里实在太穷，走在路上闻到烤土豆的味道，谁还能走得动呢，不知不觉，脚跟就跐起来了，胳膊就伸长了。他还说，你这情形和他大概也差不多，你天天想着看画册，走路也想，做梦也想，着魔了，那天正好碰上卖画册的，你大概也就不知不觉了。"

我忽然觉得，好像还有点道理。

结果下午放了学，我又不知不觉了一回。

周涛说："我知道李霞爷爷家苹果园的树结果了，现在正是好吃的时候，又酸又脆，过几天等它们长大了，就到不了咱嘴里了。去不去？"

苏小键说："好主意，赶紧去。"

我有点犹豫。

苏小键说："吃几个果子又不是偷。"

于是我仨撒丫子往苹果园跑。

结果跑得太急，我们连书包也忘了拿，身上啥口袋也没有。

周涛说："我有办法。"

他跑到旁边他家的瓜田里，抱了只大西瓜出来。

"谁还稀罕吃西瓜，早就吃腻了。"

我也帮腔："对啊，这种晚西瓜一点也不好吃。我想吃苹果。"

周涛也不答话，又去看瓜棚子里拿了把西瓜刀出来。双手并用，眨眼的工夫就把西瓜肚子的瓤挖空了，最后还留了一只小小的盖子。

"喏，怎么样，把苹果放这里边，谁知道我仨偷了苹果。"

"好主意！"

抱着这个西瓜盒，我们仨钻进苹果林里大肆掠夺了一番，动静搞得太大，没一会儿李霞爷爷就追出来了。

"小兔崽子，这苹果还没熟呢！这不是作践东西吗？都给我回来！"

他边追边骂，哪跑得过我们。我们把苹果一股儿脑地装进了西瓜肚子里，你抱一会儿，我抱一会儿，跑得正欢实。老头一声口哨，不知从哪里蹿出来一只大黑狗。这下我们仨可惨了，慌不择路，跌进了泥坑里，一会儿就被老头儿抓住了。

晚上家长揪着我们给老头儿道完歉，又赔了钱，每人回家都挨了一顿胖揍。

果然偷还是让人很不爽的。屁股蛋子要疼好几天，一点也不划算。

阿木

2020 年 1 月 13 日

洗　澡

从学校到小河有二里地。

放了学，奶奶带着我去河边洗衣服。我不愿意去，撅着屁股往后撤。

奶奶说："祖宗，你去河里洗洗澡，你自己闻闻，身上是不是都发臭了？"

我低头闻了闻胳膊："没臭啊。"

奶奶敲了一下我的脑袋，一手端着盆，一手拉着我的胳膊，"噌噌"地往河边走。我心想，为什么奶奶的小脚可以走那么快？

路过张小乐家，他家卖煤，煤都堆在院子里，到处是黑乎乎的一片。张小乐的脸上也黑黢黢的，头发上还挂着煤渣。他正撑着口袋帮他爸装煤。

说好今天下午一起去弹玻璃球的，看来他比我还惨。

他朝我做了一个鬼脸。

我大声说："我奶奶带我去河里洗澡。"

张小乐觑着脸看他爸。他爸没好气地说："啥时候装完啥时候去。"

奶奶说："你是不是闲的啊，没看见张小乐干活呢吗？你这不是让他挨骂，臭小子！"

我说："他脸上就剩两排大白牙。"

奶奶就笑："你还没人家干净呢！"

河边挤满了人，都是洗衣服的大姑娘和小媳妇。叽叽喳喳，吵吵嚷嚷，好不热闹。河水很浅，河里到处是光着屁股的小孩，憋口气，从河这头扎进去，从河那头冒出来，一个一个玩得不亦乐乎。

我把短裤往上提了提，又把胸前短衬衣的扣子系紧了，老老实实地跟在奶奶后面。

奶奶说："把衣服脱了，下河去泡会儿，看你满身的泥巴。"

我死命往后退，不去。咋说也不去。

"哎呀快来看哪"，有人开始起哄，这个小孩洗澡还怕羞啦！大姑娘小媳妇围了我一大圈。几个光溜溜的小孩也鬼头鬼脑地来看热闹。

我都快哭了："奶奶，我不去。我不脱衣服。"

"哈哈哈，他吓哭啦！"一个光着身子的小女孩指着我大笑。"我都不怕羞，你还怕羞，这才丢人呢！"

大家伙儿都大笑起来。

奶奶说："你脱不脱？"

"我不脱，我不要在这里洗。"

奶奶摸摸我的头："那你坐我旁边洗洗脚总行吧。"

我乖乖地点点头。

我们班的宋庆磊正在河里蹦得欢，他朝我喊："那果，那果，你太没胆量啦！"

切，我懒得搭理他。

过了一会儿，满身黑黢黢的张小乐来了。他二话没说，脱光了衣服就往河里蹦。一圈圈的黑沫沫在河里泛了起来。洗衣服的人大喊起来，这是谁家的野孩子？让我把衣服越洗越脏了！

光身子的小孩也都赶紧给张小乐让地方。

张小乐朝我喊："那果，你过来给我搓搓背。"

"我给你搓？给你搓完，我就成黑老头了，你自己在里面泡着吧。"

宋庆磊悄默默地游过去："张小乐，我帮你搓。"

眼见那水越来越黑。黑煤渣都飘到宋庆磊身上了。可是沾了身的煤灰，怎么搓也搓不干净了。两个人都成了灰不溜秋的色儿。

奶奶丢给他们一块臭胰子，这才搓得差不多，可是那味道也太难闻了。

我说："奶奶你看，我不下去是对的吧？"

奶奶敲了一下我的脑袋："就你机灵！薄脸皮儿蛋。"

晚饭时，奶奶在饭桌上给大家讲了我白天不愿意洗澡的糗事。霞姐和明明姐笑得满嘴喷饭，末了，明明姐说："要不你跟我们晚上去洗吧。晚上天黑，谁也看不见你，这总行了吧。"

　　我点点头。

　　摸黑到了河边，霞姐和明明姐脱光就扎进了河里，我却还是不敢脱，在女孩子们面前，光溜溜的多丢人啊。最后我也没脱一件，穿着衣服进了河里。湿答答的衣服贴在身上，真是不怎么好受。

　　从那以后，我发誓，再也不穿着衣服洗澡了。

2020 年 12 月 16 日

周　涛

　　小学三年级时，我转学回村里。站在讲台上由老师做了介绍。我睁大眼睛撒摸（山东方言，四处张望）半天，整个班里瞅不见眼熟的人，有点落寞。

　　下课时我忽然发现，有个同学我好像认识哎，貌似是我一个叫建邦的亲戚。我过去拍他肩膀："你是建邦吗？"

　　他一脸疑惑："建邦是谁？"

　　我也一脸疑惑："那你是谁？"

　　"我叫周涛。"

　　"我叫那果。"

　　"我知道你叫什么"，周涛说，"上课前老师介绍你了。"

　　我说："对对对。"挠着头对他笑了笑。

　　周涛成了我在新学校的第一个朋友，也是最好的朋友。

　　放了学，我也不按时回家了。他带着我加入班里一大群调皮捣蛋的家伙中，北园里偷瓜，东坝里捉鱼。刚学会自行车那会儿，我们还常常掏着腿在东大坝的羊肠小道上恣意狂奔，疯完了，就一身泥巴回家去。

　　有时他会拿着用破布缝好的沙包来找我玩。我有点嫌弃，这不是女孩玩的么。周涛说："你看看，我这个沙包里面装的不是玉米粒，是布团。我把它塞得结结实实的，一会儿我们玩'加减乘除'。"这游戏，周涛是玩得最好的。"加"就是两脚夹起沙包，然后蹦起来，往前方猛地一甩。"减"就是对准沙包踢一脚。"乘"跟"加"有点像，但更复杂一些，两脚夹起沙包蹦起，在沙包落地前，用一只脚将其狠狠地踢出去。"除"更复杂，两脚夹起沙包，不再是简单地往上蹦，而是从身后越过肩将沙包甩前面来，再一脚踢出去，或者往反方向站立，夹起沙包后即刻转身，再一脚踢出。依次做完这四个动作后，谁把沙包踢得最远谁就赢了。现在想一想，那时我们大概是把那个软布团当足球了。

除了这个游戏，最常玩的还有在地上画的格子里来回穿梭、有攻有守的"趋棋"，把破砖块当靶子的"打瓦"。还有跳皮筋、砸元宝、抽陀螺、打夹棍，每一个游戏都充满魔力。

为了节省出玩的时间，我和周涛甚至把语文老师留的"学一课抄一课"的整整一个学期的作业，用一个星期的时间就做完了。被老师发现后狠狠地教训了一顿。

到五年级时，我和周涛，还有另外两个同学，都被选进了镇上的"竞赛班"，要参加三个月的强化训练。这是我小学阶段里最最乏味的一个时期。

镇小学离我们村至少有七里地，每天早上都要骑自行车去上学，下午再骑回来。我和周涛约好一起走。

周涛家离我家很近，只隔着一片荷塘。他家在南岸，我家在北岸。早上我吃完饭，带好午饭，就跑到周涛家。他妈妈会烙一种特别大的大锅饼，饼切四半，那其中的四分之一的饼，周涛吃一半，再拿一半当午饭。

春天里，杨树的种子落了一地，自行车轧上去，噼里啪啦地响。从那时起，每年一到春天，我脑子里就会想起这种声响。

去周涛家去的多了，也就大概知道了他家的事。周涛爸爸是个爱读书的人，但成分不好，没上成学，后来好不容易当一个民办教师，又被人给算计了。一来二去，精神上受了刺激，就不大正常了。我偶尔见过他两次，都是笑着给我打招呼，看不出什么异常。但据邻居说，他爸发起疯来，爬树上房，谁都追不上。眼见一个好好的人就毁掉了，全家的重担压在他妈妈一个人身上。周涛上面有一个姐姐，下面有一个弟弟。因为生在这样的家庭，他从小懂事就早，虽然老是和我一起疯玩，打打闹闹，但一回到家就闷头干活。在我的童年里，与周涛一起玩闹的时光是无可替代的一段人生，但在周涛的童年里，那些打闹嬉戏的日子，大概只是他借以逃脱重负的一个角落吧。

在"竞赛班"快要结束时，我遇到了一件事。从镇小学到我们村的放学路上，往往是我们最开心的时光。自行车也骑得越发娴熟，我一马当先，周涛他们紧随其后。在我前方，两辆相向而行的大卡车正在错车，我想减速停下，但车闸已经被磨得不管用了，要么就要冲进两辆车的夹缝里，要么就要掉进旁边的水渠中。紧急时刻，我车把一拐就拐进了水渠里，水渠并不深，但自行车压在了我的身上，我怎样都爬不起来，只好伸着手乱抓。周涛和冯磊最先赶到，在岸边拉住了我的手，把我拽了上去。要是没有他俩，我大概早就一命呜呼了。

初中以后我和冯磊一个班，但他初中毕业以后就不再上学了。周涛则初中也没上完。我隐约知道，他爸爸最终还是去世了。为了养家，他很早就出去打工，帮家里还清债务，把姐姐嫁出去，又给弟弟盖了房娶了媳妇。他自己也娶妻生子，但为了生计，常年在外。在我的记忆中，小学毕业以后，我竟然再也没有见过他。

我是个虚伪的人，即使从未忘记他，一直感激他，但每一次过年回家，从来没有主动去看望过他。我能想象出 30 多年的风霜打在他脸上的模样，也能想象出我们对视无言的尴尬，但不论怎样，在我丧失所有的记忆之前，见一见他，应该是我内心深处最想做的一件事情吧。

阿木

2019 年 11 月 19 日

韭菜绿，韭菜黄

家西种了一亩三分地的韭菜。

头茬，嫩绿，但多有黄梢头。我妈说："卖相太差，拿到菜场也耽误工夫，你俩在村里转悠着卖卖看。"

我跟我妈说："我算术不好，我才不去。"

我姐扎俩辫子，上初三，傻大姐一个，就知道趴桌子上边做题边看电视。她总是慢半拍，想了想说："那就我去吧。"

又看了看我："那果，你是怕被你们班同学看见吧？"

我妈没好气："那果，就你事多，你去叫卖，你姐称重算账。卖不完筐里的，回来有你俩好看的。"

我家在村西头，人烟稀少，只能转悠到村东和村北。驼筐压在自行车后座上，稍不注意车前轮就抬起来。

我姐扶着驼筐骂我："那果，你是笨死的吧。"

我气急败坏："为啥你不推？我都没车高。"

我姐说："咱妈让我算账，又没让我推车。你快叫两声，招招人。"

我要撂挑子。

我姐没辙，帮我推车。她笨手笨脚的，脚蹬子老是碰到她腿上，碰一下她就叫唤一声。她也不看路，眼看着就要推到沟里去。

我在后面拽住车子。"停，停，停。姐，这儿住的人多，要不，咱俩在这停一会儿，指不定就多卖几捆呢？"

我姐狐疑地看了看我，又看了看四周，把快要掉沟里的前轮撤回来，放好。

我说："姐，咱俩一人喊一句，咋样？"

"那行，喊吧。"

"卖韭菜喽！"我扯着嗓子大喊了一声，天上一只傻兮兮的长尾巴喜鹊猛不丁一顿，差点掉下来。

"卖韭菜哦！"我姐也喊了一声，像蚊子哼哼。

"你喊的我都听不见。"我朝她翻了个白眼。

来了一个颤悠悠的老太太，跟我奶奶差不多年纪。

"哎，那俩小孩儿，韭菜咋卖啊？"

我姐伸出仨手指头，三斤。

"骗鬼哩！老太太似乎蹦了起来，坑我不知道行情！朱四家才卖两毛钱，你们卖三斤！"

朱四家在镇上，离我们村老远。我最讨厌这种抠门的老太太，讲来讲去，花样最多。以前我在菜市场上跟我妈卖菜，见多了这种老家伙。她们絮絮叨叨，非得把人家的白菜剥去好几层才上秤，末了还得顺人家一根黄瓜，颤巍巍的小脚跑得比谁都快。

我瞥她一眼："那您老人家去朱四那里买啊，也就七八里地。"

我姐掐我一把，笑眯眯地说："那您说说，多少钱合适啊？"

老太太凶巴巴地看着我："最多一毛五，看你家韭菜这矬样，黄啦吧唧的……"

还没说完，我姐推起车就走。

"哎，哎"，老太太在后面叫，"有这么卖菜的吗！"

我姐理都不理，车还是推得歪歪扭扭。

太阳挂在了西边树丫上，总共才卖出去四捆。一捆是路上遇到的本家坤叔买去的，我俩不要钱，后来发现他把钱塞到了驼筐里。另一捆卖给了老光棍杨怀龙，这家伙虽然穿得脏兮兮的，但买菜相当爽气。还有两捆卖给了柳枝家。

柳枝家在卤猪肉，满大街的香气。

我问我姐："你猜锅里放了什么料？"

"这还用猜，盐颗子、八角、花椒、姜片、酱油、冰糖……"

我说不出话，因为一张嘴口水就要出来了。

我拽着我姐快走。

"干嘛呀干嘛呀，多闻一会儿不行啊，是不是怕柳枝看见你？"

结果抬头就看见柳枝出来了。

"那果，四两猪头肉换你两捆韭菜，换不换？"

我点头，像竖着筛的箩。

"但我还有个条件。"

"啥条件？"

"明天把你那本蓝色大硬壳的彩色图画书送给我。"

"上次那个铅笔刀你还没还。"

"给不给？"她提着盛猪头肉的袋子晃了晃。

"给，给！"我忍着口水把猪头肉接了过来，给了她两捆韭菜。

回到家，我妈看了看驼筐，就卖出去四捆？

我把猪头肉递到我妈鼻子前，还有两捆是换的。

我妈喜笑颜开，这倒是不亏，家里能开荤了。

姐姐也在一旁笑得花枝乱颤。

她们哪知道，爸爸从城里给我带回来的那本图画书，够买一斤猪头肉了！

2020 年 12 月 14 日

编者说明：按照原构想，《那果的村庄》是以故乡为题材的系列小说集，目前已完成的仅有以上 7 篇和一篇序言《漫游者札记》，后者被我移作本册小说散文卷的总序言。在原文件夹内，还有以下存目：《小姨》《说书的苏小键》《北山》《灯笼》《丁新迁》《断开的暑假》《二蛋》《芙蓉树》《红眼病》《黄昏的麦田》《鸡屎人》《烤石头》《孔大奶奶》《柳枝》《卖玻璃》《奶奶的小院》《乞丐》《傻子们》《树上的阅读》《四爷爷》《王仲月》《苇子地》《我们的零食》《我们家的猫》《学习好的女孩们》《玉米窝窝》《杂耍团》《在路上》《长河》《自行车帮》。（自注所有文章可分为：那些景、那些人、那些物、那些事　2011 年 12 月 16 日）

童话集

野天鹅

多年以前，我遇到过一个女孩。

是在细雨霏霏的晚上，路灯明灭不定，像一排排暗淡的眼睛。却有好几只硕大的鸟挥着翅膀，矮矮地掠过去。它们叫声凄厉，带蹼的脚掌偶尔狠狠地踏在人们的雨伞上，然后瞬间飞远。

就是这样一个晚上，当所有人都惊慌失措的时候，我看到一个穿红衣服的女孩抓住了一只大鸟的脚掌。那只鸟惊慌一阵后，双翅飞展，竟把女孩带到了天际。风很大，雨丝斜注。我追着那只大鸟跑过好几条街，最终在一个垃圾堆里找到了她。

她满脸饼干屑，头发成绺，嘴角渗血，却笑眯眯地看着我："你看过《野天鹅》吗？"

我觉得她可能是摔傻了。我只是突发好心，想把她从那些怪鸟手里救下来，并把这件离奇的事讲给我的记者朋友王大棒听，以期帮他暴得大名。

女孩继续笑眯眯地问我："你看过《野天鹅》吗？"

"你说的是动物还是一本书？野天鹅我没见过，但这个童话我看过。"

"那个故事是真的，我就是艾丽莎。"

"你该不会是说，那些扑扑棱棱的大鸟是你哥哥吧？"

"对。"

"那它们为什么要抛下你？"

"它们要去过冬，不能带上我。"

这脑洞太大了。我打算不再理她，直接带她去派出所。

怪的是，整个一夜都荒唐透顶，每条路都在分岔，已经完全找不到以前的路了，穿红衣服的女孩紧紧抓住我的胳膊。

"你走错了，她说，你整个都走错了。"

"那你说，该怎么走？"

"那些种了槐树的路才是我们要走的。"

我鬼使神差地听了她的话。七拐八拐，竟然走进了王大棒的家。院子里放满了画板，每一幅画都画着天鹅，有些画中的天鹅还驮着那女孩。

王大棒说："这新闻已经飞满天了，不用你说我也早知道了，我正在调查。"

"调查什么？"

"你不知道吗？这些天鹅飞过的地方都会变成荒城。据说是被一个红袍女巫控制的。"

我隐隐地听到背后的女孩在哭。

我转身抓住她的胳膊，全是骨头。"是真的吗？我问她。"

"当然不是。我们只飞过快死的城市，我们是果，不是因。"女孩的脸上满是泪痕。

只一瞬间的工夫，每条道路上的槐树都铺天盖地地缠了过来，每一幅画都被贴在了树干上。

我隐隐约约地看见，一个穿红衣服的女孩正打着一把桃红色的伞，稳稳地落在了大鸟的背上。

艾丽莎，这是我所能记住的名字。

木

2018 年 3 月 16 日

安可·一面湖

下雪了。

安可在草原中迷了路。青草消失了，小路也消失了。

雪停以后，夕阳照在了安可的身上。可他还是不敢动，作为一只马上就要长大的狐狸，他胆子太小了些。

爸爸去了远方工作，妈妈去年去了另一个世界，现在姐姐也倒下了。

他的两只小爪子里抱着一串葡萄。这是一串冬天的葡萄，是安可从塔湖的另一侧采来的。

姐姐说，葡萄采回来捣成汁喝下去，病就会好了，就可以带着他去春风拂面的绿原上逮野鸡，还可以把它们种在土里，到秋天时就可以从藤蔓上摘着吃了。

好在黄昏的太阳还剩下一点点的热度，融化掉了一点雪，让塔湖的形状稍稍露出了一些。

安可站在湖边。

塔湖太大了，来的时候它还没有结冰，现在它成了一面巨大的镜子。安可来时划的小船被冻在了里面。孤零零的，像个生气的小孩。

安可鼓足勇气，蹑手蹑脚地走到了冰上。

手里的葡萄上挂了很多霜，安可的双手小心翼翼，他的双脚也小心翼翼。

走到湖中心的时候，安可忽然觉得很温暖，一阵暖乎乎的风从脚底吹了过来。

湖面怎么突然变成了一面镜子呢？

"你好啊安可！"有人朝他打招呼。

安可小心地把葡萄往身后藏了藏。

"你是谁？"

"我是镜子那边的人啊。"

"镜子那边，就是湖底吗？"

"不是的，我们就是在镜子的另一边，不在湖底。在这个季节，湖就是我们的镜子。"

"你可以送我回家吗，镜子里的人？我要赶紧回去找我姐姐。"安可说。

那个声音说："从镜子里穿过去，就可以回家了。"

"真的吗？"

"真的呀！你闭上眼睛，数五下再睁开。"

安可闭上眼睛，觉得世界似乎猛然下沉了一下。数了五下，睁开眼睛。

还是在湖面上，但他坐在了小船上。湖里碧波荡漾，岸边的柳树发了芽，湖岸上的草地绿得望不到头。

"这是春天了呀！"安可对自己说。他手里的葡萄不见了，变成了一株葡萄藤。

他飞快地划到岸边，在草地上飞奔起来。

还是找不到路，所有的路都被草盖住了。

只有一座房子，孤零零地坐落在草地上。

安可捧着葡萄藤，走到了房子附近。透过门板的缝隙，安可看到院子的秋千上，竟然坐着妈妈，还有爸爸，他正在一旁劈柴，还有姐姐，她正在地上画格子，还有自己，正在格子里蹦来蹦去。

妈妈的脸红扑扑的，一点也不像之前那样惨白。姐姐围着红色的围巾，笑得好开心啊。爸爸的样子，安可已经记不太清了，但他很确定，这就是爸爸，他戴着棉绒的帽子，和之前的样子一模一样。

而院子里的安可，一直背对着他。他蹦蹦跳跳，开心极了。

那院子也好熟悉啊，那不就是小时候长大的那个院子吗？虽然妈妈去世后，姐姐带着他颠沛流离，换了好多住所，但这一个，最开始的这一个，是安可的家呀。他怎么会忘记呢？

只是院子角落的花圃里，空空的。安可记得这里有一棵葡萄树来着。现在没有了。

安可看了看手里的葡萄藤，鼓起勇气，拍了拍门。

妈妈开的门，她几乎是一把抱住了安可："你才回来呀安可！"

"可是，可是我……"安可急得说不出话，他指着那个在格子里蹦蹦跳跳的小狐狸。

妈妈却不理会："安可，我不是你的妈妈，我只是她的影子。我们都是影子呦。"

"我也是影子吗？"

"你是安可呀，怎么能是影子呢！我们在这里等你，等你把葡萄种下来。"

戴红围巾的姐姐也对他说："对呀，我们等你把葡萄种下来。"

"可是我的葡萄丢了呀，我怎么救你呢姐姐，我怎么才能把葡萄捣出汁来呢？"

"种在那里，"爸爸指着花圃说，"种在那里就好了，一切都会如意的。"

安可非常认真地种下了葡萄藤。

院子和房子忽然消失了，爸爸妈妈姐姐都消失了，只剩下那个蹦蹦跳跳的安可。他跳着跳着，变成了一颗晶莹剔透的葡萄。

只有一颗，还闪着光。

安可回过神来的时候，还在冰封的湖面上。他的小爪子里握着一颗亮晶晶的葡萄。

他踩着冰，走到对岸。雪融化了，小路露了出来。

他开开心心地走回家去。他想到姐姐吃了他的葡萄就活蹦乱跳。他想到可以让姐姐带他去以前住过的房子里看看，看看那株葡萄藤长出来了没有。他还想到了许多五彩的野鸡，它们挂在树上"咯咯"乱叫。

安可走在路上，月亮已经升起来了，旷野像被洒了牛奶一样，白白的，还泛着香气。

没人告诉安可，他回去的方向其实完全走反了。

没人告诉他，他的爸爸其实早已变成了人家衣服上的一副领子。

没人告诉他，他的姐姐其实也早已死在了一个寒冷的冬天。

没人告诉他，他记忆中的那个院落，早已被拆碎并整平了。

　　没人告诉他，他在这个一望无际的塔湖中，来来回回，走了一趟又一趟。

　　没人告诉他，他自己一次次盖起了那个院落，又一次次地拆掉了。

　　没人告诉他，其实他早已成了一只退了毛的老狐狸。

　　没人告诉他，他活在冰上，也最终死在了冰上。

　　没人告诉他，他手里的那颗葡萄，真的扎根抽叶，长成了一片葱郁的葡萄园。

　　安可这一生唯一知道的，是在秋千旁，在葡萄架下，爸爸、妈妈、姐姐和他，正经历着一种幸福的生活。

木

2019 年 1 月 3 日

安可·新年

安可小时候过过一个难忘的新年。

妈妈牵着他的手，走到了一个村子里。

有好多鸡和鸭啊，安可兴奋地跳起来，他特别想撒野。

可是妈妈紧紧拉着他的手，对他说："我们今天是来给老爷爷道谢的，不能抓鸡吃噢，要听话。"

安可似懂非懂地点点头。

安可记得那个老爷爷。那天要不是他，安可就被一个年轻猎人打死了。

当看到那个人端着枪瞄准自己的时候，安可呆呆地坐在那里，歪着脑袋，一副好奇的表情。妈妈去救他已经来不及了，绝望的时刻，一个老猎人用木棒打歪了年轻猎人的枪筒。

"不要打这山里的狐狸，"老猎人说，"它们不害人，还救过我的命。"

年轻猎手气鼓鼓地走了，走的时候他说："老家伙，不要总是抱着死脑筋，狐狸毛皮现在比貂皮还值钱哪！"

老猎人可能是这个村子里唯一不打狐狸的猎手吧。

他一个人住在村子西头的树林中。

妈妈牵着安可，悄悄地穿过街道、穿过巷口、穿过池塘、穿过树林，终于到了一幢老房子前。

那时候膝盖深的雪已经开始融化了，到处都是脏兮兮的泥巴。安可的尾巴上也被抹上了一点。妈妈敲门的时候，安可一直在忙着揪他的尾巴。

老猎人开的门，他似乎显得很惊讶，但随即就笑了。

"哎呀，没想到你们会来，欢迎啊！"

妈妈向他点头致意，还按着安可的脑袋鞠了个躬。

老猎人开心地哈哈大笑。

锅里正炖着鸡，安可一进门就闻到了。他围着锅，转一圈，又转一圈。

妈妈拽了拽他的尾巴，让他老实点。

老猎人说："谢谢你们来看我。很多年了，还没有访客来过呢！"

妈妈指着墙上的猎枪，又指了指安可，又指了指外面的树林。

老猎人摆摆手说："以前的事不值一提，而且我这里很安全，放心吧。"

冬天的太阳正端端正正地挂在天上，但显得有些过于惨白。树林幽静又神秘，一枝一枝的树梢耸立在空中，有的缠了几根红布条。干冷，却又透着一股节日的气息。

外面响起了很多鞭炮声，噼里啪啦的，妈妈和安可都吓得钻进了床底。

老猎人拉他们出来，并给它们表演了燃放烟花的节目。一朵一朵的花绽放在空中。

真美啊！

安可从来没见过这么漂亮的花簇。

真美啊！

妈妈也傻乎乎地看着天空自言自语。

人类真是奇怪的动物，既优美，又残忍。他们可以把火药做成花朵，也可以用火药来杀死生灵。大概他们的优美后面，都藏着好多残忍吧！

告别了老猎人，妈妈领着安可进了树林，安可抱着老猎人给的炖鸡肉，边走边啃。妈妈小心翼翼地探着路。

为了赶在太阳下山前赶回去，它们走了一条可以直通山里的小路。黄昏的天空里，燃起的炮竹烟花越来越多了，安可又害怕又想抬头看。

妈妈说："好好走路，安可。这些会炸开的花，太危险啦！"

安可嘴里塞着肉，呜呜囔囔地说："哞哞，那我们还会来老咧咧家吗？"

"不会再来啦！"

"为啥么呀？"

妈妈刚想回答，身子却忽然陷了下去。妈妈掉进陷阱里了！

安可"哇"地哭了起来。

他趴在洞口往下看，妈妈的腿被夹子夹住了，并且疼得已经昏了过去。

安可六神无主地转了几圈，然后没命地往回跑。他走岔了好几次，但终于跑到老猎人家里了。

他急得吱吱叫，他指着树林，一会儿胳膊围成圈，一会儿又抱着一只脚使劲蹦。

老猎人一看就明白了。他拿着小药箱，跟着安可到了陷阱旁，把妈妈救了出来。

妈妈左腿的骨头断了，流了很多血。安可一个劲儿地舔她的毛，眼泪怎么也止不住。

老猎人边包扎边气呼呼地说："这群坏蛋，竟然把陷阱设到了这里！"

他一直把安可和妈妈送到了山脚下。

"这里就安全了，"老猎人说，"以后不要再到村子里去了，太危险啦！"

安可似懂非懂地点点头。

老猎人回去了。

藏在草丛里的爸爸跳了出来，它背着妈妈往家里走。安可在后面紧紧地跟着。

爸爸不说话，妈妈也不说话，安可也不说话。到处都是漆黑一片。

山里好安静啊！只能听到他们走路的声音。

安可觉得这种安静是如此伤心，又是如此温暖。这个漆黑无声的世界，反而给他们提供了最安全的外壳。它多美啊！它胜过鸡腿，胜过烟花，胜过了一切吵吵闹闹的东西。

从这一天开始，安可终于长大了。

木

2019 年 1 月 9 日

童话·麦田

我的妹妹已经死去很多年了。

她离开的那一年，有许多泛着金黄色的好光景。一片麦田徐徐铺展开来，怎么望也望不到头。我背着她，不停地走啊走，累了就坐在一个破破的稻草人身旁，讲故事给她听。

由于生病，妹妹的脸总是红扑扑的，所以我给她讲的故事里也总有一个红着脸的小女孩，名字叫彤彤。

有一天，我跟她讲，其实这个世界上的颜色都是有情绪的，比如说吧，有的云彩发黄、有的云彩发白、有的云彩发黑。之所以会这样，是因为不同颜色的云彩有不同的心情。再比如这片黄啦吧唧的麦田，它其实是太阳的亲戚，太阳本打算让它在长大的时候稍稍黄一下就行，但麦田是个倔脾气的小孩，它跟太阳赌气，一到成熟的时候就拼了命地变黄，谁劝它也没用。

妹妹问："那我和彤彤呢？为什么我们的脸那么红？"

"那是因为你们偷偷抹了夕阳的胭脂。"

"那夕阳为什么那么红呢？"

"太阳一到下午就爱喝两杯酒，喝酒喝多了就成了红脸。你还不知道吧，所有的红色都是从夕阳那里来的。红脸的太阳一睡着，它屋里的空气就变成了薄胭脂，得是很大胆的小孩才能够得着呢！"

"哥哥，是不是越有脾气的小孩，它的颜色就越鲜艳呢？"

"猜对啦！"我摸着她的脑袋说。

"我就是个倔脾气的小孩，"妹妹说，"和它一样。"她指着那片一望无际的麦田。

我大概永远也忘不了，妹妹站在麦田旁的这个场景。她可爱的双颊还是红通通的，她身后的麦田越发显得金黄。

稻草人的身影，形单影只，落落寡欢。

又过了很多年吧，我已经记不清了。

有一次，我回家乡办事，不知不觉走到了麦田里。我发现麦田的颜色越来越浅了。

我坐在田埂上，六月的风轻轻拂面。麦浪起伏的间隙，我看到有个身影一闪而过。它蹦啊蹦啊的，姿势怪异，但速度并不快。我几步就追上了它。竟然是个稻草人，但和我小时候看到的全然不同。它戴一顶红帽子，两颊也红扑扑，一副笑意盈盈的模样。

我围着它转了几圈。

"你怎么会自己动？"我问它。

"嗯嗯。"它点点头。

"你是活的？"

"嗯嗯。"它点点头。

我怀疑它是不是只会嗯嗯答应。

"你叫什么名字呢？"我继续问。

"彤彤。"它还是一副笑嘻嘻的样子。

我有点惊讶了："你是彤彤？那你见过我妹妹吗？她跟你一样，两颊红扑扑的。"

它没再说话，转身朝麦田跳去。

我跟着它，走了很远的路，置身在麦田的中央，已经完全看不到路了，到处都是淡黄色的一片，看不到尽头。倒是稻草人身上的金黄色要更强烈一些。

它站在那里，不再动了。身上的麦秸映射着夕阳的余晖。

它张开双臂，做出拥抱的姿势。我犹豫了一会儿，还是答应了这个邀请。

真温暖啊！在某个瞬间，我似乎听到有人叫我"哥哥"，对，那是妹妹的声音，稚嫩又清脆。

那时太阳正要落下去，无边的麦田起伏连绵。我听到风声吹过，我听到整个世界的声音，正越来越清晰。

2019 年 3 月 13 日

槐花镇

1

课间休息的时候，我蹲在墙角看云飘。

丁小涧也凑过来蹲了会儿，脑袋像油葫芦一样转了一大圈。

他抓耳挠腮地对我说："哎，我说那果，你在看什么？"

"看云！"

"看云？"

丁小涧的表弟徐蹭也跑了过来。他脸上的鼻涕都没擦干净。

徐蹭吸溜着鼻涕看看天："云有什么好看的？"

其实我是装出来的，我蹲在墙角一动不动，肯定有好奇的家伙凑过来。我打算把一个秘密说出来。

我早就发现村西大槐树上面的云彩有点怪了。可是我搞不懂："你们见没见过一朵云彩待着不动？"

徐蹭一脸蒙圈："咦，云彩还会动吗？"

丁小涧往他头上敲了敲："傻吗？云彩都被风吹着动。"

放了学，我们仨直接到了大槐树底下。其实我不大想带徐蹭出来，他才刚一年级，比我们矮两级，爱闯祸，嘴馋，还爱哭鼻子。但他是他表哥的尾巴，甩也甩不掉。

像我说的一样，有朵云彩一直待在树顶上不动弹。不过它的形状倒是变来变去，一会儿像顶帽子一样上窄下宽，一会儿又变成一条鱼，一会儿又像切碎的面条一样拐来拐去。更奇怪的是，这么奇怪的一朵云坐在树冠上，来来往往的人却都没注意。

"这还不好说嘛，"丁小涧说，"大人们天天埋头干活，谁没事往天上看！"

"不过也有可能是也有人发现了，但是我们不知道。"我指了指一段树枝，树冠的枝丫里，半遮半掩地坐着一个女孩，她吃着苹果，腿晃悠悠地荡来荡去。

大槐树太粗了，三个大人都合抱不过来，根本爬不上去。不知道那个小姑娘是怎么上去的。

我朝那女孩喊："嗨，你是谁？"

女孩从树叶里露出眼睛，眨巴眨巴地看看我们，不说话，只用手指了指地上。

"啪"，一根树枝被扔了下来，上面的树叶上歪歪扭扭地写着几个字："别大声说话，独角兽在睡觉，晚上再来。"

2

半夜，我偷偷从家里溜了出来。和我猜的一样，丁小涧和徐蹭根本没见人影儿。

我围着大树转了三圈，实在找不到落脚的地方。怎么爬呢？

我发现大槐树旁边有一棵细杨树，它有一根树枝快伸到槐树上了。这倒是个好办法。我先爬到杨树上，再荡到槐树上。

这时候的槐花刚刚冒出来，我撸了一把放在嘴里，有点涩，不过也有点甜。

"你把我的帽子撸光了！"一个细里细气的声音冒出来。

我吓了一跳，差点掉下去。原来我踩的那条枝丫上，正坐着那女孩。

"你这种帽子，我一会儿就给你编好几个。"

女孩没搭我茬："怎么就你一个人来了？"

我说："那谁知道。可能他俩忘了吧。"

女孩站了起来，看起来轻飘飘的。她理了理刘海："你们是怎么发现这棵树有问题的？"

"这树上面有一朵云一动不动。"

"云？"

"对啊!"

女孩歪着脑袋想了想:"啊,那是我的船。我把它的缆绳拴在树上了。"

我使劲瞅了瞅,除了槐树林,什么也看不到。

说话间,一阵强风吹了过来,一道白色的光影从我眼前闪了一下。再仔细看时,我发现女孩手里捧着一个头上长角的动物。

"这是犀牛吧?"

"呸,什么犀牛,这是我的独角兽!我跟你说,它刚被你被吵醒了,脾气大得很。你等着挨揍吧!"

"就这么个小不点,还想揍我?"我笑得前仰后合,差点没从树上掉下去。

女孩明显生气了,嘟着嘴,坐在树杈上不说话。她手里的独角兽打了个哈欠,又睡了过去。

我挠了挠头,感觉自己说的话好像是有点不大妥当,"对不起哈,"我对她说,"你来到我们这里,是有什么事吗?"

"这个镇子不久就要被拆掉了。我来看看,能不能想个办法。"

"要拆掉了?"我大吃一惊,"不会吧?我们这个镇子有一千多年的历史呢。北魏的时候就有了,喏,"我指着不远处的一个石碑说,"那上面刻着呢,我们这个镇子从来没有被毁过。"

女孩盯着我,严肃地说:"刻下来的,就一定是对的吗?"

3

我们这个镇子叫"槐花镇"。五月的时候,满街满巷都是盛开的槐花,花香扑鼻。每年到了这时,小孩们就会用各种办法把那些半开未开的花嘟噜采下来拿回家。老人们把它做成凉菜、蒸菜、包子馅,或者豆腐。

我奶奶是做槐花小吃的高手,她不仅会做一般的蒸菜或豆腐,还发明了各种槐花点心,比如槐花花卷、槐花牛角、槐花酥。她甚至还会酿一种槐花酒,当然,要麻烦一些,有时花四五年的时间她也不一定能酿出成功的槐花酒,除了严密的程序,还需要运气。

每年一月到五月,我就要推着爷爷以前给我做的独轮小推车,到外面去推销奶奶的这些花样繁多的糕点。实际上，上门购买的人更多，但奶奶为了让这些糕点的名声传得远一些，还是让我走街串巷地到处瞎逛。

"不许偷吃呀！"奶奶说，"我可是能看得到的。"

我根本不管她这一套，我走一路吃一路，等回到家的时候我肚子早已圆滚滚，已经走不动路了。

这一次我专门从丁小涧家路过。我一到他家门口，丁小涧就蹿了出来："哎哎，那果，我一闻就知道是你来了。给我俩牛角吃吧，太馋人了。"

我问："徐蹭呢？"

"被他妈接回去了。你还没听说吧，他爸，就是我小舅，干活时被砸伤了。正在医院里躺着呢。"

我把车里剩下的糕点都给了他："你都拿去给徐蹭吧，让他爸也尝尝。"

丁小涧接过去："好呀好呀，能不能让我也吃一块？"

我俩坐在他家门口的台阶上，丁小涧吃得到处掉渣。我说："你这个吃法，你家麻雀也被你喂肥了。"

"这一听就系里奶奶骂里的话。"丁小涧嘴里塞得满满当当，话都说不清楚。

"是不是因为徐蹭家出事，你俩昨晚才没去村西大槐树？"

"对！"丁小涧说，"不过，那果，你确定昨天下午看到树上有个小姑娘了？"

"那还有假？"

"可系我俩根本没看到。"

"啊，"我惊得合不拢嘴，"那她扔下来的树枝呢？总看到了吧？"

"树枝，什么树枝？她扔树枝了吗？"

我震惊地看着丁小涧。他还在不断往嘴里塞东西，他的腮帮子慢慢鼓起来了，像两个活动的气球。

挨到晚上，我给女孩拿了一些我奶奶做的槐花酥。

"呀，真好吃！"她说。我看她那吃相，比丁小涧也强不了多少。

"你要在这里待多久？"

"救完这个镇子我就走了。"

我心里都快笑死了，但表面上还是装出一副郑重其事的样子。

"你为什么要来救我们这个镇子？为什么不去救那些荷花镇、桃花镇、桂花镇？"

"你真的不知道吗？"

"知道什么？"

"算了，"她想了想说，"我来自哪里不重要，为什么救也不重要，重要的是怎么样才能从它手里把槐花镇给救下来。"

"它？它是谁？"

女孩没再说话，她抚摸着粗糙的槐树皮，很久很久都没再说话。

4

徐蹭要转学了，来和我告别。

"我就是想知道村西大槐树上面的那朵云为啥一动不动。"徐蹭还是鼻涕吸溜吸溜的，说一句他就要吸溜一下。

"你就别管这么多了，"我说，"你爹咋样了？为什么要你转学？"

"你知不知道你一次只能问他一个问题？"丁小涧接过了话茬，"他脑子慢，你一下子问太多，他答不出来。"

果然，徐蹭愣在那里，跟木头似的，半天没反应。

我又问一遍："你爹咋样了？"

"我爹？"他挠挠头，"瘸了。我妈打算带我回姥姥家那个镇。"

嗯，我心想，虽然听不明白，但答得还挺全面。我从书包里又掏出几块槐花酥，塞到了他手里。

"以后要是在新学校受欺负了，就报那果和丁小涧的名字，知不知道？保准吓死他们。"我说。

徐蹭咬了一口槐花酥，莫名其妙地哭了起来："出了槐花镇，谁知道你们是哪根葱啊？呜呜呜。说不定被揍得更厉害。"

丁小涧一巴掌拍在他屁股上："你要是像我这么硬气，看谁还敢揍你！"

徐蹭反手给丁小涧脑袋上来了一下，撒丫子就跑了。

"唉，"丁小涧摸着脑袋，看着跑远的徐蹭叹了口气，"你看他没心没肺的样，他家苦日子就要来了。"

"他爸没有赔偿的吗？"我问。

"你不知道，我偷偷听到家里大人说，我小舅在的那个建筑队，是给别人干黑活的，专门趁别人不在家时拆人家房子。那天是没跑及时，被一块墙皮砸着了。这种见不着光的活儿，我妈说，伤了也是白伤。"

"大人们的事情，就是难懂得很，"我说，"可是为什么要偷偷摸摸拆别人家的房子呢？"

丁小涧怔怔地说："我也搞不懂。"

晚上在家吃饭，奶奶做了一桌子的好吃的。每年五月，奶奶总会做这么一次槐花宴。我口水都要流下来了。

爸爸却心事重重："以后这槐花宴怕是不容易吃到了呀。"

妈妈也闷闷的，不说话。

奶奶说："吃饭吃饭，管那么多干啥？吃饭才管饱，别的都没用。"

我把各样菜都扒拉到碗里。哎，真是香啊！

奶奶边给我夹菜边说："你慢点吃，谁还给你抢不成！"

"不是说以后就吃不着了吗，"我心想，"那还不赶紧多吃点。"奶奶没发现，其实有好多都被我装兜里去了。

我打算给女孩多拿点。上次她告诉我，她每天喝几颗露珠就可以了。我想想就觉得太惨。

5

我爬到大槐树上找了个遍，也没看到女孩的影子。正打算放弃的时候，一个长着翅膀的大家伙轻飘飘地落在了树上。

女孩翻身而下。我目瞪口呆地看着她把那匹慢慢缩小的动物捧在了手里。

女孩戳了戳我："你是不是傻了？"

我晃晃脑袋，从口袋里掏出点心给她。

"我叫那果，我还不知道你叫什么名字呢？"

"花瓣。"她小心翼翼地咬了一口点心。

"什么?"

"我说我叫花瓣,好记吧?"她笑眯眯地看着我。

我肚子都快笑炸了。不过我还得保持不动声色。这小妮动不动就生气,一生气就不说话。

"你那个犀牛为什么会飞?"一不小心我就把心里话说出来了。

"独角兽!"她叫道,"你看它哪里像一只犀牛?"

花瓣张开手,那动物就像充了气的气球一样,慢慢鼓了起来。它的大脑袋上长了两只明晃晃的大眼睛,睫毛还挺长。身体健硕,四蹄发亮,尾巴柔顺,乍一看像一匹马。可是它的嘴里冒出来两颗大尖牙,额头上伸出来一只尖尖的大犄角。面相凶恶,眼神倒是还温柔。

我本想摸摸它,可缺乏胆量。

"它有名字的,叫木鬼。"花瓣说,"你要是想摸,可以摸一下。"

我战战兢兢地把手放在它的肚子上。有点扎手,但暖烘烘的,很舒服。

花瓣笑嘻嘻地说:"木鬼是我最好的朋友。不过它年纪大了,不如以前经累了。"她把手里的槐花酥喂到木鬼嘴里,这家伙嗷嗷叫了起来,翅膀扑闪扑闪,一跃到了空中。

"它这是夸你的点心好吃呢!"花瓣说,"真希望这些美好的东西能永远存在呀!"

花瓣这句话让我想起了爸爸的忧虑。他们都在担心什么呢?

"为什么大家都显得忧心忡忡呢?"我问。

花瓣直起身子,严肃地看着我:"有个怪物,从南方来了。"

我想起来前几天看过的科普书:"是像恐龙一样的野兽吗?"

"不,这怪物是水泥做的。它喜欢吞吃土地,吞完之后就排出一些金光闪闪的硬币出来。它吞的越多,个头就越大,金币也就越多。"

"就它一个?"

"目前来看,这一带就它一个,但别的地方有没有我就不知道了。而且它还会役使人类帮它干活。所以我断定,这是个智商超高的家伙,并不好对付。以前人类还愿意和我们站在一起,但现在不一样了,越来越多的人跑到了怪物的阵营里。"

"为什么？他们为什么要帮着怪物？"

"为金币呗。'人为财死'这句话你没听说过吗？你们人类一直都这个样子，只有经历过大磨难才会清醒一点。可是也持续不了两代人的时间。"

"'你们人类'？你不是人类吗？"

"我当然不是，我和木鬼，我们都不是。我们住在山里面，到底是什么种类，我也说不清楚。再说，"她回头摸了摸刚飞回来的木鬼，"有名字就够了，至于种类什么的，一点也不重要。"

"那果，"她顿了顿，对我说，"我需要你的帮助。"

6

我从来没想到，怪物会来得那么快！

从镇南开始，大片大片的民居与田地，几天的工夫就消失得无影无踪了。代之而起的，是一排排丑陋不堪的水泥楼。它们密密麻麻地挤在一起，从远处看，却又一起组成了一个庞大的多脚怪物。到了晚上，这个怪物就活了，它发出声声怪叫，一步一步往北边而来，庞大的嘴里露出来一排排发着黄光的牙齿。

丁小涧难得偷跑出来一回，我和他坐在村西大槐树上。其实花瓣、木鬼也在，只可惜丁小涧根本就看不到他们，也感觉不到他们。

"有很重要的事吗，那果？"

"你看那边。"我指着南方那个硕大的牙齿发亮的水泥怪物，"看不到吗？"

"什么呀？"丁小涧说，"那好像是工地吧。"

我挠挠头，觉得丁小涧不了解这件事的严重性，但又实在不知道该怎么给他解释。

花瓣递给我一片挂着露珠的槐树叶："把这个给他吃了。"

我捏着树叶，心想这玩意儿谁吃啊。灵机一动，我偷偷把槐花叶夹在了口袋里最后一小块槐花酥中间，然后掏了出来。

"哈，我就知道有好吃的。"丁小涧一把抢过去塞进嘴里。

一瞬间的工夫，丁小涧就傻了眼，他目光直直地盯着南方的河岸，一个没抓稳，差点从树丫上掉下去。

"那是，那是什么？"

然后他发现了身边的花瓣和木鬼："他们又是什么？那果，这都什么呀？"

我言简意赅地向他介绍了花瓣和木鬼，又向他说明了水泥怪物的事情。

"我们必须阻止它，"我说，"不然我们大概都得被它吃到嘴里去。"

"那倒不至于，"花瓣说，"它只吃土地。"

丁小涧一直睁大眼睛听着。

"我让那果拉你入伙，就是想让你们分别从东西两个方向，助我一臂之力。"

"你有什么办法？"我问花瓣。

花瓣笑而不语。她打了一个响指，木鬼嘶鸣了一声，身体往下一顿，肌肉收紧，双翅亮出，扑闪着往空中去了。两翅的风力极大，在呼啸的风声中，满树槐花飘零而下。皎洁的月光洒下来，一颗颗槐花宛如白色的雪粒，漫天飞舞。

我们都看呆了，仿佛置身在梦里，许久才缓过神来。

"用槐花。"花瓣轻柔地说，"这是我们最有力量的武器。"

7

情况正变得越来越糟。

镇子南面的土地已经被吞噬得差不多了，水泥怪物正变得越来越庞大。而在大人们的眼里，只是工地范围越来越广了而已。越来越多的水泥，被铺在了曾经的油菜地、曾经的柳树林、曾经的青菜园上。

徐蹭有一次回到槐花镇的时候，惊得下巴都要掉下来了。他不明白，为什么短短的十几天，这里会有如此大的变化。而他带给我们的消息，却更加令人震惊：他的爸爸，也就是丁小涧的舅舅，疯了。

他逢人便说他看到了一个庞大无比的水泥怪物。"都快逃吧，这里已经守不住了。如果不逃，所有的人都要被裹到它的水泥壳子里去！"他每天瘸着腿在街上大吼大叫，徐蹭他妈都快崩溃了。每个人都觉得他得了疯病。哪里来的怪物呢？

我和丁小涧听徐蹭说完，相互对视一眼，久久说不出话来。

已经不能再等了。过不了三天，怪物的嘴就将伸到槐花镇的唯一的学校——槐花小学的身上。而一旦越过槐花小学，它就将直逼镇子的中心区域槐花街道，所有人都将无处可逃。即便丢不了性命，也会成为流离失所的难民。

这天夜里，我们开始正式向怪物宣战。我和丁小涧讨论过，在大人们无法可想的时候，花瓣神神叨叨的"仙法"，说不定会有用。而且，不尝试怎么能知道呢？

在将近两天的时间里，我们几乎把镇子里所有的槐花树爬了个遍，并把一嘟噜一嘟噜的槐花撸到了编织袋里，竟然有一百袋之多。在木鬼的帮助下，我们把这些装满槐花的编织袋，悄无声息地，分批次运到了槐花小学的东西两侧。

一夜之间，我们镇子里的槐花就消失了。第二天早上，人们望着狼藉不堪、槐花尽失的街道，个个吃惊不已，有些人还破口大骂："是哪个没天良的干的？""槐花镇没了槐花，还叫哪门子的槐花镇！"我们权当没听见。

当天夜里，水泥怪就到了槐花小学的门口。

这个怪物的脸上布满了胡楂，离近了看才会发现，那些胡楂全是抻出来的钢筋条，一根一根，乱七八糟地立在它的脸上。它的嘴尤其大，一嘴下去，半公里的土地就不见了，只剩一个黑漆漆的洞。随即，大嘴里面就喷射出一股股散发着臭味的水泥，覆盖在一个个黑洞上。

而最令人惊讶的是，这个怪物并非单独行动，在他的身上，其实站着很多头戴钢盔的人。他们有的负责把怪物吞进去的土地转换成水泥，有的负责接收怪物排出来的金币，有的负责把它身上的灯光调成不同的颜色，有的则举着一枚指南针，为怪物确定前进的方向。

眼看槐花小学就要惨遭"毒嘴"了。花瓣高喊："开始！"

我和丁小涧分立在学校两侧，高举火把，同时点着了早就堆好的槐花垛。奇异的是，槐花垛里并没有火苗蹿出，反倒是一股浓烈的花香从中飘了出来。我看见花瓣骑着木鬼，一跃到了空中，它的翅膀以肉眼看不清的频率急速挥舞，翅风滚滚而来。槐花香伴着漫天飞舞的碎片，眨眼之间就灌满了整个区域，浓烈而醇正，令人如痴如醉。

花瓣大喊："捂住鼻子！"

我赶紧照做，但依然吸入了一些。我的眼泪无法阻止地流了下来，心中所想，唯有这个伴我长大的亲爱的镇子，我的爷爷奶奶、我的爸爸妈妈、我的同学伙伴、我的整个童年。

再看怪物身上的那些人，每一个似乎都呆住了。整个镇子的记忆，像一张忧伤的巨网，往他们身上砸来。浓烈的槐花香，像一把亮晶晶的钥匙，打开了他们被水泥和金币密封已久的小镇记忆。那些故乡的味道，那些团圆的日子，那些离别的亲情，如滚滚浪涛，扑面而来。他们再也没有了站立的力气。

由于这些人的停工，怪物也在转瞬间停止了运动，它庞大的身躯像一座发臭的黑山，稳稳地坐在了地上，再也动不了了。

8

"其实我们是造梦师。"有一天花瓣对我说，"就是给睡着的人们制造梦境。"

"什么？梦都是你们造的吗？"我感到无比惊讶。

"我们只负责一小部分而已，"花瓣说，"只负责槐花镇周遭的这片区域。事实上，我们都是槐树的孩子，算是一种精灵吧。有一天梦神找到我们，让我们做这一片土地上的造梦师。算下来，也有一千多年了吧。"

"很多时候，我们只是静静地观察着你们。"花瓣继续说，"然后根据每一个人一天的经历，去为他编织一个独一无二的梦境。我们和人类更像是友好的邻居。但近些年来，这种关系有所改变了。其中的一些人，打起了土地的主意，并最终造出了这个怪物。其实战争，或者对抗，我们也是迫不得已。如果不想办法阻止，一旦槐树林消失，我们也无家可归了。"

那时，我是第一次看到这个干练有力的小姑娘脸上，流露出伤感的情绪。那是"槐花小学之战"后的第七天。"槐花幻境"的使用，有效地打退了那些工人们的心气。怪物终日趴在那里，成了一堆废铁。

但是情况并没有往好的方向扭转。当意识到"槐花幻境"的厉害后，水泥怪身上的所有人都不见了踪影，代之而起的，是一架架钢铁做的小型机器。是的，这怪物消除并隔绝了一切与人类意识相关的事物。它最信任的，是它的同类。在一周左右的时间里，它悄无声息地进化出了独特的制造算法，就地取材，暗地里造出了一个个丑陋但实用的帮手。这是我们所有人都没有料到的情况。

第二次的阻击战，打得十分辛苦。我和丁小涧早已派不上用场。

恐慌的人们开始逃离这个镇子。在一夕之间，我亲爱的槐花镇就要分崩离析。人们拖家带口，四散而去。我看到有人徘徊在自家门口，久久不忍离去。有人则在背井离乡的路上，背了满满一筐的槐花枝。那是他们对自己的故乡所能做的唯一的，也是最后的事情。

而花瓣，正稳稳地坐在木鬼的背脊上。

那一晚，老人们睡得格外香甜。花瓣为他们造了色彩斑斓的梦。入夜之后，花瓣找到了我。我说丁小涧已经跟着家人走了。

花瓣说："只剩一个办法了。可是，这既需要我们，也需要你们。一起努力可能才有胜算。这一次，可能得按照你们世界的规则来了。"

"规则？"

"是的。要给出一个槐花镇不被吞噬的理由。"

"什么理由呢？"

"我也不知道，但总会有的吧！"

我也要背井离乡了，花瓣带着我坐在木鬼的身上，我怀里则紧紧抱着一个包裹。那里面装的是我们家仅存下来的一坛槐花酒和一罐槐花蜜——这是我苦思冥想一天一夜想出来的办法。

整整飞了三天。我们尽量往北飞，往高处飞。当碰到第一朵白云的时候，我打开了酒坛与蜜罐的盖子，高空狂风大作，加之木鬼的翅风，酒香与蜜香很快就飘了出来，洒向下面的城市与乡镇。与此同时，我在空中大喊："这是槐花镇的酒和蜜，邀请大家前来观赏。"

一路飞、一路飘、一路喊。两天两夜的时间里，我们飞过了不知多少城镇，不知飞越了多少山河。槐花酒和槐花蜜在长时间的挥发后，已然所剩无几。

第七天，我们回到了槐花镇。而此时的槐花镇，早已面目全非，树倒屋塌，深沟纵横，水泥漫延。唯有西山里的槐花林还未倒下，那是逃离不及的老人们最后的居所，那里也是花瓣和木鬼的家。

"剩下的只有等了。"花瓣无奈地说。

我们终日盘旋在天空中，眼看着昔日的槐花镇一点一点地被吞噬掉，却再也没有任何办法。

第九天的时候，我隐隐看到从北方的天际涌来一条彩线，许久之后我才看清楚，原来那是一大群服装各异的人啊。而走在最前面的，正是丁小涧和徐蹭，他俩还高举着一个"生态槐镇"的牌子，不知从哪里搞来的。

丁小涧努力向我们挥着手："花瓣，那果。他们都是来买槐花酒和槐花蜜的！还有来看槐花林的，可是镇子已经成了这个样子，哪里还有什么槐花呀！你看该怎么办？"

是啊，目前槐花镇满地狼藉，该如何招待这些远道而来的客人呢？

但自从这些外地人奔涌而来后，我们无法忽视掉一个令人震惊的事实——那个庞大的水泥怪物，忽然停住不动了。像是接到了什么命令似的，它竟然有了掉头的趋向。天黑之后，它消失在了茫茫废墟之中，再也不见了踪影。

9

第十天，花瓣一直和木鬼待在西山的一棵巨大的槐树上。那是她出生的地方，也是她遇到木鬼的地方。我看到她紧紧抱住木鬼的脑袋，大颗大颗的眼泪滚了下来。

木鬼温柔地舔了舔她的脸颊，舔干了她的眼泪。猛然间，它挣开花瓣的双臂，倏然而起，冲向高空。花瓣呆呆地望着它远去的方向。在我还未来得及反应过来时，高空里的木鬼却以极快的速度俯冲，狠狠地撞向了那片废墟之上。

奇怪的是，我们却听不到任何撞击的声音。只有一声轻柔的嘶鸣，我猜，那大概是木鬼在和我们告别吧。

接下来的一幕，让我永生难忘。所有的碎石、砖块、树枝，都以一种人眼可见的速度飞起，并重归原位。一刻钟之后，我们的镇子活了。房屋井然，街道平整，绿树挺立，花香四溢。清晨的阳光穿过树枝，轻轻地打在石板路上，鸟儿们轻快的歌声此起彼伏。许许多多的人、陆续归乡的人、远道而来的人，都沉醉在这一幅清新美妙的槐花图景中。

一切又重新开始了，但似乎又好像一切都没有发生过。

黄昏时，我找到了缩在槐树下抽泣的花瓣，把一半已经发干的槐花酥递给她。

"我觉得它一直在。"我说，"有槐花的地方就会有它，它是槐花的魂吧！"

花瓣把槐花酥塞进嘴里，一颗一颗的泪珠顺着脸颊，连续不断地滴下来。然后花瓣起身，头也不回地往西方走去。

"你要走了吗？你的家不就是在这里吗？"

花瓣没有回头："守护了这么久，我要出去走走了。有槐花的地方，就会有我的朋友。"

"你还会回来吗？"

花瓣没有再说话，她把一个亮晶晶的东西扔到了我怀里。那是一枚透明的琥珀，里面漂着一片挂着露珠的槐花花瓣。

"若有需要，把它放进水里，我就会回来。但只有一次机会。"

我小心翼翼地把琥珀收好，再抬头时，花瓣已经走远了。夕阳的余晖洒在她的身上，她身后的影子越来越长，也越来越淡。一会儿的工夫，影子就消失了。一阵风吹过，花瓣也消失得无影无踪。

空荡荡的树林中，槐花开得正旺。我头晕脑涨地从地上爬起来，使劲揉揉眼睛。我似乎是做了一个很长很长的怪梦，似乎是从一朵云开始的？我跑得远一些抬头望，果真有一朵云正端端正正地坐在树冠上，它的形状变来变去，一会儿像顶帽子一样上窄下宽，一会儿又变成一条鱼，一会儿又像切碎的面条一样拐来拐去。我想喊人过来看一看，但正是中午，路上一个人都没有。又过了一会儿，我惊奇地发现，那朵云似乎组成了两个歪歪扭扭的字，我仔细认了认，好像是"再见"，但几秒钟的工夫，它就消散了。

只剩下手中紧握的一枚琥珀。在正午的阳光下，花瓣上的露珠亮得刺眼。

阿木

2019 年 5 月 4 日

落日镇

我离开家乡的第二年，收到了一封插着无花果叶的信。

这让我不得不想起我出发时父亲告诉我的那句话。他说："人都要踏上路途的，不要担心，也不要后退，朝着你看到星辰的方向奔走就行。只有一种情况例外，如果你收到了一封插着无花果叶的信，需要往回走50里，到一个山谷中。"

这句话戛然而止，再没有下文。无论我如何追问，父亲也再没有一句话吐露出来。他成了一个哑巴。

从那天起，我踏上路途，再没有回头看过一眼。那时车前草和飞廉草长得正旺，山毛榉树绿油油一片。随后我又看着蜀葵蔓延，看石榴花开、看枫叶渐红、看塔松挺立于荒原、看白雪落到红屋顶的房子上。

这一年来，我遇到的人并不多，但都印象深刻。我最先遇到的是一位黄发姑娘，她并未嫌弃我褴褛不堪的衣衫，反倒是热情地陪我同行，她做得一手好菜，常常能在野外的荒土中做一些意想不到的美味，比如豌豆汤、土豆饼、烤鱼串。但她只陪了我两周的时间，第十五天，她拿走了我仅有的一颗家传绿宝石，完全没了踪影。

两个月后，我遇到了第二个人，那是一位白胡子的老先生，当时他正骑着一匹上了年纪的老马，神态自若，闲庭信步地朝我走来。他表示可以把一身的本事传授给我，但我需要告诉他一个秘密。我本想拒绝，但他坚决要我同意，并发下毒誓。于是我们成了师徒俩，但细想来他似乎并没有教给我什么本事，反倒是每日要我伺候他吃喝，我眼看着他从一个干瘪的老头长成了一个胖子。

有一天走到了一个岔路口，我向他辞行，表示希望独自进行下面的旅程，老先生神秘莫测地对我笑了笑，把手伸向了我。我明白，这是让我把秘密交出来的意思。我从随身带的袋子里掏出一个，放到了他手里。他心满意足地离开了。

事实上我也不知道交给他的是哪一个秘密，父亲把这袋子交给我的时候对我说过，在旅途上，秘密就像钱币一样，可以保证我走得顺畅些。

后来我逐渐感觉到，老先生还是教给了我一些东西的，比如怎样识破一个骗子、比如如何装傻、比如装死、比如怎样骗吃骗喝。

这些东西让我感到很恐惧，很长一段独行的旅途中，我总能听到一群鲜艳的桔梗花没命地追着我跑。也就是在这时，我收到了插着无花果叶的信。

在茫茫细雨中，我转身急走，毫不停歇，一口气走了50里地。由于雨雾的遮挡，我根本不辨方向，只是埋头闷走，到达时我才发现，我身处一个山谷中。乌云初散，落日初显，整个山谷显得蒸腾而诗意。我撕开手中的信封，看到那上面赫然写着三个大字——落日镇。

我沿着谷中的山路直走，走到了一家邮局。一位头戴礼帽看不清面目的男人正在柜台后忙活。我向他请教信件邮寄人的消息或地址，他拿着我的信翻来覆去看了一会儿，告诉我，这封信就是由这里，由落日镇发出的，但具体是谁也很难搞清楚了。

我谢过他，继续沿山路直走。一排排精致的房屋逐渐出现在眼前，一棵棵果树立于房前。道路上也越来越热闹。

欢乐的儿童吵吵闹闹地经过我的身旁，身姿优雅的孕妇们正在散步，男人们正在路边的地里劳作，老人们在太阳下有条不紊地编织着棉筐，年轻的姑娘们则端着衣盆叽叽喳喳地向河边走去。

我陶醉于这安静平常的生活景象，阳光轻轻洒下来，树的影子摇曳生姿。

但当我闭上眼睛的时候，我隐隐发觉，在那些走过去的姑娘们中间，我好像看到了那个黄发姑娘。我赶忙往河边走去，透过草丛，我看到她正挽着裤腿站在河水里。她手里正托着我的绿宝石，其他姑娘则围着她高声大笑。

我感到愤怒，想冲上前去，却突然出现了一队身穿铠甲的士兵，把黄发姑娘和绿宝石一起带走了。其他姑娘惊恐地四散而去。

我紧紧地跟随着这队士兵，快接近山谷的尽头时，他们到达了一座古怪的城堡。我的师父，那个白胡子先生出现在了城堡的天台上。

我看到黄发姑娘匍匐在地，双手递上了绿宝石。白胡子先生把宝石放在地上，端详了许久许久，却在突然间举起一把巨锤，狠狠地砸了下去。转眼间，那宝石就碎了一地，一眨眼的工夫，我看到整个落日镇的植物枯萎了下去，远处的房子变得墙皮斑驳，似乎瞬间经历了漫长的岁月。而人们——那些劳作的男人们、散步的孕妇们、嬉闹的孩子们、养神的老人们、归家的姑娘们，似乎也一下子失去了蓬勃的生机。

我看到黄发姑娘啜泣不止，她手捂胸口，泣不成声，而老人则面不改色。

这幅场景深深地印在了我的脑海中，在宝石碎裂的那一刻，我听到有个声音对我说："为了更好地活着，我们怀揣希望。而为了活着，我们又不得不打碎它。"

我知道，在落日镇，我最先看到的，全是希望以内的事物。在绝望来临时，它们根本无法存活。唯有打碎，唯有沉沦，唯有身处深渊，我才能更长久地走下去。

木

2019 年 3 月 20 日

蓝木马和长颈鹿

1

蓝木马是一只蓝色的木头马。

它在一个游乐园里工作，身边有很多和它长得差不多的同伴，只是颜色上有些差别。它们的工作很简单，就是让孩子们骑上来，然后围着一根彩色的木棍转圈圈。有时会很热闹，孩子们需要排着队，一波一波地骑上来，转完了，再换下一波。但多数时候有些冷清，只有两三个小孩过来玩，有些时候甚至更少，只有一个。

但不论来几个，小朋友们总会抢着坐在蓝木马身上。这个问题一直困扰着大家，有一天橙木马问蓝木马："为什么他们都喜欢骑在你身上呢？你是有什么与众不同的地方吗？"

黄木马也问："是不是因为大家都更喜欢蓝色？"

绿木马也问："是不是因为你的额头比较高？"

紫木马也问："是不是因为你的蹄子更黑？"

红木马也问："是不是因为你的睫毛比较长？"

蓝木马摸了摸自己的额头，碰了碰自己的睫毛，看了看自己的蹄子，最后转身舔了舔自己的蓝身体。

它一脸忧郁地看着大家："我也不知道是怎么回事。"

它低着头，用蹄子扒了扒地："可能是因为转起来的时候我很高兴吧？所以总是笑呵呵。"

"噢，原来是这样啊。"其他的木马们恍然大悟。

"可是，有什么好高兴的呢？我们又不是在草原上。"橙木马说。

"什么是草原？"大家问。

"我听一个小孩说过的。他说：'狮子、斑马、长颈鹿，宽宽的草原高高的树。'所以我想，它们大概是在草原上吧。不过，我也不知道草原是什么。"

大家还是一如既往。人多了，就多忙一会儿，人少了，就垂着头打盹儿。

只有蓝木马有心事。最近它发现一个很糟糕的状况：转圈圈不仅不再让它感到高兴，还让它感到了头晕目眩。

是的，旋转的蓝木马得了眩晕症。

一圈转下来，蓝木马就踉踉跄跄，一屁股坐在地上，怎样也爬不起来了。

橙木马说："我知道你怎样才会好。"

蓝木马还在地上坐着，它着急地问："那快告诉我吧。"

"我觉得你应该去草原。你在那里撒开腿跑几圈，说不定就好了。"

其他的木马忧心忡忡地看着它。它们没有更好的办法。

"那好吧。等我好了我就回来找你们。"

2

在一个晨光微露的早晨，蓝木马踏上了去草原的路。

幸亏它是木头做的，不用吃东西，也不用喝水。走了不知道几天几夜，蓝木马走到了一处牧场。几辆装草料的车散落各处。一群优美的黑色马、棕色马、栗色马正低着头吃草。不一会儿它们就发现了蓝木马。

"我也是一匹马"，蓝木马说，"我从游乐园里来。"

"不，你才不是一匹马，你只是木马。"一匹栗色马对它说。

蓝木马有点伤心："木马不也是马吗？"

栗色马说："请你离开这儿吧，我们这里不允许有木头的马。"

蓝木马心情低落地离开了牧场，它走走停停，走到了一处草原上，青黄相间的野草遍布大地，远远地还矗立着几棵高高的树。蓝木马走到一棵树下，想休息一下，没想到树下却躺着一只脖子长长的动物。

"你怎么躺在这里，是不舒服吗？"蓝木马问道。

长脖子动物说:"是的,我得了恐高症,一站起来我就害怕,所以只能躺着了。"

"你是长颈鹿吧?"蓝木马说,"我知道你们这个物种,你们有长长的脖子,可以够得着高树上的叶子。"

"对,你说得对。"长颈鹿说,"可是现在我站不起来了。"

蓝木马问:"你知道怎样能治好这种病吗?"

"我需要到一座高高的山上去,等我适应了山的高度以后,就不怕站起来了。可是现在我动不了。"

蓝木马说:"我可以帮你,你等我一会儿。"

蓝木马又重新回到之前经过的那个牧场。

栗色马说:"你怎么又回来了?"

"你别误会,我不会停留太久的。我只是想借你们的一辆车子用一用。"

栗色马说:"这个要问我们的主人。"

一个男人慢悠悠地走了过来,栗色马为他说明了缘由。

男人说:"车子可以借给你,但你用完之后,你自己也要回到这里。我的儿子正需要一匹木马。否则的话,车子是不会借给你的。"

蓝木马答应了男人的条件。

蓝木马拉着空的草料车回到了草原,它用尽全力把长颈鹿弄到了车上。随后就拉着它一路向北方的高山奔去。

可是一上盘山公路,蓝木马就犯愁了,它的眩晕症又犯了。那些绕来绕去的山路,让蓝木马痛苦不已。它每天只能勉强走一圈公路。走了七天才走到半山腰。

长颈鹿说:"就先到这里吧,这个高度应该可以了。我慢慢试试能不能站起来,可以的话,我会自己再慢慢往上走。"

蓝木马点点头:"那这样的话,我就该把草料车还回去了。现在已经过去了很多天了。"

长颈鹿费力地从车上下来,半躺在一个小土坡上。

"不知道我什么时候能再来看你,长颈鹿,"蓝木马说,"我这次离开就暂时回不来了,因为我答应了做那家牧场主小儿子的玩具木马。"

它们挥手道了别，长颈鹿悄悄地落了泪。

3

牧场主的小儿子非常顽皮。他骑在蓝木马的身上，有时几天都不愿意下来，有时还往蓝木马身上乱刻乱画。蓝木马疼得龇牙咧嘴。

牧场主说："既然你是一匹旋转木马，就应该到旋转桩上去，我儿子最喜欢转圈了。"

蓝木马说："我得了眩晕症，现在转不了了。"

牧场主听后哈哈大笑起来："我从来没听说过会头晕的旋转木马。"

蓝木马一声不吭，走上了旋转桩，结果一圈不到它就一头栽下来，动不了了。

栗色马跑到它的身边，想把它拱起来，但根本没用。

牧场主很不耐烦地摆摆手："原来真的是一匹不中用的旋转木马，我还不如把你劈了当柴烧呢。"

蓝木马躺在地上有气无力地说："请再给我一次机会吧。让我在你这个牧场上每天跑几圈，说不定就会好起来了。"

牧场主答应了它的要求。

于是蓝木马每天在牧场里练习转圈跑。可是在有限的牧场里，蓝木马只能转一些小圈，没两圈它就又晕了。

"不行，这里太小了，"蓝木马心想，"我得去长颈鹿待过的大草原上去才可以，那里可以转大圈，我能更好地适应下来。"

可是牧场主看得太紧了，蓝木马很难脱开身。

栗色马说："让我来帮你吧。我们现在是朋友了，朋友之间需要互相帮助。"

于是第二天，栗色马悄悄打翻了一桶蓝颜料，打滚抹在了身上。它代替蓝木马在牧场里转圈圈，远远望去，似乎也看不出什么差别。

蓝木马告别了栗色马，回到了长颈鹿所在的高山上。他花费了许多天的时间，终于沿着盘山公路到达了山顶，但哪里也没有寻到它的朋友。于是它又小心翼翼地下山来，又花费了很多的时间。等它回到当初遇到长颈鹿的大草原时，已经从夏天来到了秋天。许多长颈鹿在悠闲地吃草，但哪一个才是它的朋友呢？

"嘿，蓝木马。"一个声音说道。

蓝木马找了一圈也没找到声音是从哪里传出来的。

"我在树上。"

蓝木马抬头一看，我的天呀，长颈鹿竟然跑到树丫上去了。它站得稳稳当当，正在树上起劲地吃着树叶。

"你的恐高症好了吗？"

"多亏了你，"长颈鹿说，"我在那座山上待了很多天，每天往上爬一点，每天练习往山下看，时间久了我的恐高症就被治好了。"

"太好了！"蓝木马说，"现在我也治病来了。我希望大草原能治好我的眩晕症。"

"哦，对了，我都忘了你有眩晕症这个事了。你放心，我一定帮你。"

长颈鹿开始每天陪着蓝木马在草原上转圈，一开始它们转的圈大得离谱，两圈下来，蓝木马什么都感觉不到。然后它们开始适当地缩小半径，等蓝木马习惯了，就继续缩小，继续转。这个方法很不错，很见成效，但到了游乐园里旋转台那么大小的圆圈时，蓝木马就适应不了了，两圈下来它就晕倒在地上爬不起来了。

"这大概是我的极限，"蓝木马沮丧地说，"我再也不能回到游乐园里工作了。"

长颈鹿也想不出什么好法子。有一天它忽然想起来，高兴地对蓝木马说："把你的眼睛蒙起来，是不是就好了呢？"

蓝木马试了试，竟然真的有效果。可是它看不见路，需要有人引导着它才行。

"至少这样就可以回去工作了，"蓝木马兴奋地说，"我喜欢游乐场的孩子们。"

4

"那我得跟着你回去，"长颈鹿说，"你一个人在路上我不太放心。"

　　"放心吧，长颈鹿，"蓝木马说，"我自己可以，而且回去后，旋转盘都是固定好的。我只要蒙上眼睛就可以了。"

　　长颈鹿依然坚持要送送蓝木马。

　　当它们路过牧场的时候，它们被捉住了。蓝木马的朋友——栗色马，已经被关在了马棚里，过不久就要被宰了。

　　"你还敢回来，"牧场主说，"你上次私自逃走，这次我不会再放过你了。当然，跟着你的这只长颈鹿也要遭殃。"

2021 年 1 月 3 日

散文集

【热眼·冷眼】

风尘露宿

刚开始时我并没有感到什么异样，我踩在小路薄薄的雪上，没有听到以往的吱吱声。我惊觉地环顾四周，突然发现周围的果园里绽开了满树的桃花，一层氤氲的雾气罩在上面，像流动的月光一样浮在人眼前。我想起这是以前你告诉我的桃花雪，你说这是多么美的名字啊！我在这个阳春三月的微微雾气中踩在我们曾经共同踏过的小路上，它被一层薄薄的雪片覆盖，后来我听到远处有一两个孩子的笑声，他们在霜雪掩饰下的桃林中来回穿梭。如果你在，你肯定会对我说，多美啊！可是当你低下头，你不会觉得伤感吗？你会发现我们身下的小雪已经融化了，还有脚下的小路，它似乎受了小雪的感染。那是我们走过多年的小路，那一天，我低下头发现了这条小路的异样，它融化了，像一只长而纤细的巧克力，在风里，就那么悄悄地融成了香气弥漫的褐色液体。

我记得那时你喜欢戴一顶褐色的小帽子，我们在春风舞动的天气里追逐天上一只又一只彩色的风筝。那时候我们都还小，还不知道什么叫作过去。我们常常在阳春三月的依依杨柳下折一枝枝的柳条，然后插到我们家里的门框上。父亲告诉我们说这是为了纪念被烧死在柳林里的介之推。我们会幻想他是一个穿着白衣的风度翩翩的公子，可是父亲却说，那只是一个衷心的仆人。有时候我们觉得世界就是如此的不完美。你会带着我到你们学堂里听老师讲课，你在教室里，上的是小学三年级的语文课，而那时的我还小，我还没有入学，我站在你们的教室外，听初夏里还并未成势的知了的鸣叫，槐树上一串串的白花已经落尽，我闻着残留的槐花香，却又记不起当时脑子里在装着些什么。

现在我已经长大了，所以我会在某一个温暖的下午怀念过去。我知道过去意味着美好，而将来意味着不测。你小的时候会带着我去卖烧饼的老爷爷那里，花五分钱买一个又大又圆的烧饼。你说："弟弟你吃吧！"我就专挑烧饼当中脆的地方吃，吃完之后就只剩下一个圆圆的大圈，你把它戴到我的脖子上，就像一个骄傲的女皇给她的孩子戴上皇冠。那一刻我是多么神气啊，好像整个村子都是我的了。我对你说，我要开好多烧饼店，做各种各样的烧饼给我们吃。那时卖烧饼的老爷爷会看着我们笑。而现在那个老爷爷已经死去多年了，他留下的那间小屋里还有一大片烟熏的污迹。我常常想如果他还健在，他还会记得那买烧饼吃的姐弟俩吗？而在这个我们曾经游荡了多年的村子里，还能找到我们走过的痕迹吗？

我会在日记中掐指而算从出生以来逝去的日子，那其实真是一种回想的过程。我记得有一次我们走在路上，你对我说，我们得这样不停地走下去。你在高中的时候给我写信，那时候的你已经是一个大姑娘了，可是你还是在信上哭哭啼啼地说很累，你不知道什么时候能停下来，那真是一件可怕的事情，可怕得让人不知所措。有一年的元宵，家里大人不再给我买灯笼和爆竹了，他们说，长大了就不能再玩小孩们的东西了。我知道这是一个过程，也是一个结果。我和你走在夜雪满布的街上时，看到了从我们跟前走过的小小的孩子们，他们小心翼翼地提着红的黄的精致的灯笼，仿佛那是他们的心似的。他们踩得雪咯吱咯吱的，慢慢地离我们越来越远。你说这是不是很像我们与少年时代的告别呢？美好的事物最终都不会属于我们，它们都会趁我们不注意的时候悄悄离去。

我们每年都会到那条小路旁边的桃林里照一张合影。你说要把它们当作留念，但我知道你是想借它们做一种时间的追忆，像我们的日记一样，定格于每一个瞬间。我们常常在那条小路上走到很晚才回家去。而我们在另外一条路上已经走了很远，已经回不去了。我们都明白，那是生命的道路。在这条路上我们都会拥有学业与事业，如今你在北京孤身一人闯荡江湖，你有了笔记本电脑，也有了男朋友。你在沉思的时候会用成人的方式思考问题。我也会，会和你一样，风尘露宿在每一个傍晚的路口，那些匆匆而过的行人会以世俗的眼光看待我们日益世俗的面孔。只有我们自己知道，其实在我们的骨子里，我们都还是一个不谙世事的孩子。

2004 年 12 月 5 日

会说话的树

我常常怀念那棵会说话的树。

日复一日，年复一年，它顶着那只装着鸡蛋的篮子，不声不响地从地下长到天上。

父亲把金黄的玉米编成麻花挂在那些刚刚成型的树干上。父亲说，其实树和人一样，要经受得起负担。那棵树不声不响，表示默认。

我把弹弓挂在脖子上，用石子表示对这个世界的不满，唯一的结果却是把那棵树打得伤痕累累。树在春天的时候开满红红的桐花，毫不吝惜地把它们砸向我，以示报复。但大多数的时候我们依然不说话。我以为它不会，它以为我不想，我们都在错，却谁都不愿承认。

夏天的午后，我可以在父亲的呵斥声中逃到树上去，父亲说："臭小子，你以为爬到树上我就看不到你，你以为逃到树上就可以不干活。"而我却感受到来自树的庇护，树的叶子哗哗作响，蚂蚁成群结对地掉在我的身上，像流动的河。

会说话的树却总在对我沉默，母亲把攒起来的鸡蛋放在篮子里然后挂在树上。树像一个刚刚学会走路的孩子，歪歪扭扭地去打酱油，然后睡眼惺忪地学会长大。它一天天地离我们越来越远，要用手遮起来才能看到它的树冠。树的声音也在越来越远，篮子里的鸡蛋再也拿不回来。母亲说，长得真快，只是可惜了那些鸡蛋。

我想让树流泪，就在它身上刻字，刻那些风啊云啊属于天空的词汇和句子，我以为它和我一样，都想飞，只是飞不起来。

六月的镰刀却告诉我们，土地才是唯一可以依靠的实物，它像父亲说的一样，离开了土地，你们谁也不能活。树像个孩子，并不比我大，只是个子太高了，才看到许多我没见过的东西。

爷爷说，长大了，要学会读书。我爬到树的身上去读书，听风在手指与树叶之间轻轻吟唱。一本本破烂的《三国》和《红楼》因此而极富生命。我冠冕堂皇地拿书做幌子，再也不用担心母亲在门前对牲畜的叫骂。读书可以让我飞起来，让我和树一起快乐地唱歌，我们飞得越高，就离土地越近。天和地从来都是最近的邻居。

秋天，我看到父亲给树戴上黄澄澄的围巾，那些闪着光的玉米嘻嘻哈哈，一脸怪笑。树很沉默，它在找什么吗？还是根本就遗忘了什么东西。许多花色的鸟飞起落下，时散时聚，像演电影一样，石头也在脚下摇晃着卖弄力气。

树想告诉我点什么，却不知怎么表达，许多脸上的疤都是拜我所赐。我们一块儿长大，它懂的却比我多，我依然是个孩子，它却早已成年。

父亲终于在一个暴雨过后的雨季说，这树长得太快了。

对，太快了。

再过一年，几乎梯子也够不着它的树丫了。

我在想，如果树会说话该有多好，我们会有多少说不完的知心话。我想问它那篮子里的鸡蛋还有没有，那褐色的鸟会有几只，那些来来往往的树枝树杈到底在寻找什么。

树会说话吗？或者只有我一个人能听懂。

父亲还是说，这树长得太快了。

于是我在某一个暑假回家，看到了满院子灿烂的阳光，许多刚冒出的树丫丫在院子周围掩面站立。

树呢？

卖了。都说是块好材料，只是疤太多了，只卖了500元。

我早该猜到，树在我的盘子里变成一粒米或者一碗面。然后告诉我，"我得走了"。

其实我想说，树，让我们一起回家。我们走吧，再也不要回来。

木
2005 年 6 月 8 日

猫

有一年冬天，我去喊奶奶到我家吃晚饭。

奶奶家到我家要走三条胡同，南北向两条，东西向一条。出门的时候，我在后，奶奶在前，在她前面颠颠地跑着一只小花猫。爪子雪白，脖子雪白，脑门和背上有黑条纹。

奶奶就骂它："你跟着干啥，馋嘴猫！"

小猫回头喵喵叫。

这是咱家的猫吗？

不是它是谁。

它跟着干啥？

我晚上一出门它就跟着，挺通人性的呢。

一会儿给它盛点肉吃。

到家的时候它就不见了，我也忘了它了。

吃完饭送奶奶回家，我问奶奶："怎么不见那只猫？"

"大概先回去了吧。"

第二天奶奶跟我说："咱家那只猫死了。"

"死了，咋死的？"

"大概昨晚吃了被毒死的老鼠了。"

"怎么就死了呢！"

我叹一口气，觉得心里有点堵。早知道就不让它跟着了。

"算啦。"奶奶说。

以后就不养猫了。

西北风呼啸，冬天实在是太难熬了。

阿木

2017 年 11 月 28 日

猫的名字

　　从奶奶家的第一只大黄猫开始，我们家养过的猫大概已经超过了 20 只。但农村和城市养猫不一样，没那么精细。除了不用绳子拴着，和养狗没太大的不同。当然，猫独来独往的性子还是很突出的。对它们来说，所谓的主人家更像是一座客栈兼饭馆。饿了会回来，困了也会回来，但大多数时候是不见踪影的。它们翻墙跃树，飞檐走壁。有时我们外出到很远的地方，会发现一只猫喵喵地跟你打招呼，仔细看一会儿才反应过来，这不是我们家的猫嘛！

　　但这些猫们基本都活不长。奶奶家那第一只大黄猫应该是寿命最长的，也只活了八岁左右。即使这样，我也总能感受到它身上浓烈的族长气味，像乌苏拉。从它开始，小猫们一辈一辈地生长着。大多数的猫都会死于非命，而最多的死法就是吃了死老鼠。那些老鼠十有八九是被耗子药毒死的，猫们吃了，也被牵连至死。有时我们会告诉邻居们不要再用耗子药了，但没用，猫们行动的范围太广，根本阻止不了。还有一些则是失踪了，忽然有一天就不再回来了，不知是真的离家出走了，还是被什么人捉住了，总之是杳无音信了。因此，大概隔个一两年，短时则几个月，我们家的猫就会换一只。

　　我们给这些猫取了不同的名字。

　　奶奶家那第一只大黄猫叫大皮。"皮"，在我们方言里是淘气的意思，所谓"大皮"就是太淘气，事实上这名字与它是很不搭配的。大皮性格相当温顺，也很少干出格捣乱的事。不知为何就被我们取了这么个名字。

　　印象比较深刻的是曾养过一只小猫叫"黑壶"，它的花色是黑白相间的。它有一个很特殊的爱好，就是喜欢往家里烧水的黑壶上蹭。经常蹭得身上一身灰。屡教不改，被训斥以后依然该咋蹭咋蹭。于是得此雅号。此君还有一个爱好也十分令人惊讶，它常常自己扒开抽屉，找到里面的酵母片大嚼特

125

嚼，于是它饿得也比较快。在家里我们经常看到它趴在抽屉里东翻西翻的场景。

我们还养过一只弱不禁风的小黄猫。与它同窝的兄弟姐妹们都身体健壮，被别人家抢先领走了，就它趴在窝里，被挑剩下了。于是只好养着。它吃得很少，动得也不多，长得很慢。有一次它在睡觉，我想吓它一下，就在它耳朵边大叫了一声，结果它没任何反应。后来经过多项测试，发现它是听不见的。它是一只小母猫，耳朵又聋了，所以我们给它取名"小聋女"。

另有一只猫，非常淘气，天天闯祸，不是把厨房里的碗打碎了，就是把院子里的花给弄折了，上蹿下跳，没一刻安生。我们给它取名字叫"某些人"。常有邻居家小孩到我们家玩，听到我说"某些人就是不自觉，吃饭还挑肥拣瘦的"，或者我姐说"某些人就是欠揍"，常常不知所以，不知道我们在说什么，有的还以为是在说他。好玩得很。

刚上初中时我们家养了最后一只猫，那小猫很漂亮，是只小狸猫，名字叫"花木兰"。它喜欢往我被窝里钻。我也不嫌它脏，抹抹它的脚就把它抱进去了。但也没能活多久，我后来把它葬在了院子里的大枣树下。

每一只猫的离去都让我特别难过，似乎再养只新的，就会好过一些。但实际上，这些悲伤只会更加聚集。

后来就再也没养过猫了。

阿木

2018 年 5 月 8 日

四块地

我们家有四块地，南坡、家西、园头、小窑。

南坡紧挨南河坝，历史最悠久，最早的时候是块三角地，种地瓜和花生。到了收地瓜的时候，一大家人会在地里边收边把地瓜削成片，随后放到大路上暴晒。这东西晾干了，就是我们平时的零食了。当然，主食也是它，只不过多一道煮的工序。地瓜秧会被奶奶做成菜豆腐，还是蛮好吃的。但也不宜吃多。后来南坡似乎成了我们小家的地，还是花生土豆换着种。叔叔家的地紧挨我家的，我就记得有一年婶婶种了土豆，也没咋管，结果那年行情极好，发了个小财。

南坡近河，土质属沙地，其实种西瓜是最好的。那一片种的最多的也是西瓜。但我家没种，各种菜——豆角、茄子、黄瓜、西红柿等轮番上阵，后来主要种韭菜。我最喜欢去南坡，倒不是有什么瓜果蔬菜吃，而是因为天热时洗澡方便。老爸干活时撂挑子，常带我去河里泡个澡，啧啧，那感觉，是每个夏天最想念的。

河滩上常有放羊的黑胡子老头或白胡子老头，我分不清，也记不住。爸爸总是很热情地跟他们打招呼。过不一会儿，老头儿也下河来。中午时来洗的人尤其多，一概不认识，很热闹。早些年的泗河，河底布满细沙，踩上去很舒服，河水清澈。半个身子藏在水里，再刮过一阵微风，那感觉就太美妙了。这些年泗河开发成景区，河岸都砌成了水泥台，洗澡也成禁止的了。

家西的地要大一些，其实是把小窑的那块地并了过来，总共一亩八分。从我上大学以后，爸妈受洪礼叔的影响，各块地都种上了韭菜。其实在此之前，这也是一块五花八门的菜园子。家西这块地最大的特点是有一所很小的房子，矗立在西头，因此隐隐有那么一点鸡犬相闻的错觉。每到过年，爸爸还总是郑重其事地来给小屋贴上春联，似乎是家里房子的一个延伸。有时为了看菜棚，爸爸会整夜整夜地住在这里，我念初中时也在这小屋住过，感觉不咋地，但离学校很近。有一次学校让我们拉练越野，居然就跑到了家西的地里。

家西这块地的西侧，是一道引水沟，大姨家有块地好像就在引水沟的另一侧，但具体位置我搞不清楚，那块地似乎叫皇大营，康熙南下曾在此修过行宫，因此得名，据说以前还有遗址，后来就看不到了。从皇大营再往西，是块苹果园。青苹果刚刚开始发脆的时候最好吃，我和姐姐去偷过几次。以前村里种苹果的地还是挺多的，后来就少了，种西瓜的地越来越多。

家西的地也逐渐缩小了。修的路越来越宽，占的地也越来越多。爸爸妈妈在地里种了很多桃树，以增加补偿。去年夏天我又去了一趟，桃树已经长得枝繁叶茂了，妈妈有点发愁，说，这地要是还占不到，树就白种了。我想起来有一年，妈妈为了让我和姐姐吃上桃，专门种了几棵桃树。当年的那些桃和现在的桃，不可同日而语啦。

园头，又叫电站沟，是离家最近的一块地。一个村子里竟然有一座水力发电站，现在想想非常神奇，但小时候从没觉得。发电站的院子我很少进，印象中只进过一次，是帮奶奶看看那里有没有修电视的。电站外面就是一条种满了芦苇的河沟，俗称电站沟。我家园头的地就在河沟北侧，不大，不到一亩，也是块菜地。我尤其对种黄瓜和西红柿印象深刻，结得多，但不值钱。在这里干的农活也最多，爸妈常常要到天黑才回家，那些搬不完的西红柿，摘不完的黄瓜，似乎一直没有尽头。

园头往南走一点，就到了大姨家。大姨家开小卖部，每次去都会有冰糕或糖吃，有时也会在那闲聊。聊着聊着就忘了干活儿这档子事了。现在想一想，我小时候实在懒得很，干活儿没干活儿的样，也就是爸妈不嫌弃我。

园头的河岸边上长有一种草，我们方言叫"荻苟"，初春时节会冒出嫩芽，我妈会带我去采，吃起来是甜的，越嚼越甜。然后就是荠菜，不过园头的荠菜没有家西的长得好。园头的电站沟里长满了芦苇，有一年，大概是我三年级的时候吧，班里的史孝磊教会我怎样做芦笛，采一根粗细均匀，不老不嫩的芦管，然后一刀下去，露出里面的白色嫩膜，再打几个孔，一根芦笛就差不多成了，不过能做成功还是挺难的。

　　小窑这块地我都快忘记了，它是我们家很早时候的一块地，主要种麦子。对这块地我没什么太多的印象，不过每次我走在这块地旁边的土路时都心情不错。清风拂过大片的麦苗，满目空旷的绿，和路过菜园是很不同的。小窑那条路的最东边，曾有一个收玻璃瓶的废品站，小时候我推着爷爷给我做的独轮小推车，来卖过好几次玻璃瓶和玻璃碴子。

　　这几块地，爸妈如数家珍，那里的一棵草、一株苗、一段畦田，都是老朋友。我每次回家，爸爸总让我跟着他去地里转一圈。虽然我没有爸妈理解得深刻，但我能感到一种亲切，这地里有我故乡的血脉。也许过不多久，伴随着城镇化的进程，这些地也终将要消失了。但血脉不断，亲情永存，故乡、土地、绿草，都融化在我的身体深处了。

木
2018 年 1 月 29 日

玩　具

我曾经有一个宝贝抽屉，里面堆满了我小时候的心爱之物。后来偶然翻出来，发现不外乎一些铁制小刀剑，铁皮小汽车，塑料小葫芦而已。

那时候，买来的玩具还是少数。我的绝大多数玩具还是大人们手工给做的。

舅姥爷给做过木头枪和木头刀，王三叔给做过一只枣木陀螺，爷爷给做过一辆独轮小推车，还有一只竹蜻蜓。表哥用铁钉子做的一些小刀小剑，也被我软磨硬泡地磨来不少。我自己也用中空的梧桐树枝和冰糕棒做过一只小风车。但这些玩具似乎寿命都有限，不久就坏掉或失踪了。唯有那辆小独轮车，一推就是好几年，我常常用它推着一堆破烂去卖给废品站，得了钱就是自己的，这是件不错的差事。

我喜欢玩具小汽车，但向来买不起，抽屉里收着的那些，都是妈妈从城里捡回来的，多数都脱了漆，但部件基本完整。这些小汽车，在当时来看，应该是典型的奢侈品，所以一直保存得很好。

爷爷则一直尽力满足我的武器爱好。除了舅姥爷给做的木制刀枪，我其余的武器玩具都是爷爷给的。他让街上做铝锅的人，给我铸过一把铝制的柳叶刀。那刀十分帅气，我常常耀武扬威地拿出去炫耀，后来摔断了，好像还是被铸成了一口锅。后来爷爷还在会上给我买过一把带鞘的铁剑，玩了没多久，不知我咋想的，非要给剑开刃，磨来磨去，锈得不成样子，后来就不知所终。爷爷还给我买过一把铜制的左轮手枪，沉甸甸的，十分逼真，放到现在估计是违禁品。这枪寿命较长，但后来也坏了零件，可能是被收破烂的收走了。

以前从未觉得我的这些玩具有多特殊，但这几年，因了外甥女、小侄子的缘故，我常常要到玩具店给他们选礼物，这时才发现，绝大部分的玩具材质都变成了塑料或硅胶的。造型虽千姿百态，质量却是一致的低下。每当这时，我就常想到我那些奇奇怪怪的手工玩具们，想到它们的光泽和手感，想到它们的笨拙和可贵。

《银翼杀手2049》里，还有《黑镜》第二部"500万"的那一集，都出现了木制玩具的身影。在人造材质遍布世界的背景下，天然生长的木料，以及寄托在它们身上的纯手工痕迹，反倒成了最为稀缺的东西。虽然知道离这种高科技基础上发达的世界尚有距离，但从眼前的玩具倾向上来看，这种设想也绝非胡扯。

由此来看，在迈向科技末世的途中，珍视一切生于自然、长于自然、成于自然的东西，当是有意义的吧。

阿木

2019 年 2 月 13 日

乡关何处

看鲁迅先生的小说，只要涉及返乡的描写，总是有抹不去的灰暗阴沉色调。以前总不懂，何以江南比北方更为萧瑟、肃杀？后来入住此区，我才体会到"秋尽江南草未凋"的景象实比日高天晶的北方压抑得多。浓墨散开，细雨纷纭，黑云压城，草木扶风。一切都处在收紧的状态。

但比这种秋冬之景更令人揪心的，是一群游子的"无乡可还"。

时间是不可逆的，心境是不可逆的，甚至人物也是不可逆的。《在酒楼上》，吕纬甫欲归迁亡弟，并赠花与邻居阿顺，然而亡人不见踪影，活人也撒手人寰。哪里有什么故乡呢？不过是一厢情愿的自我寄托。

苏轼曾说"此心安处是吾乡"，这是自我安慰的话，无可奈何的话，像极了小孩子得不到昂贵的玩具，念叨说我爷爷给我做的木头枪比这要好。文人之所以可爱，大概正是有时和小孩子没什么两样。

柳永老实，写过一句"此去经年，应是良辰美景虚设"，诗意的表达把心都掏出来了。路上的痛苦，他应该是深有体会。

无可奈何地上路了，不管前方是否有去处，总之就是这样开启了游荡的旅程。我常常艳羡古人们那些诗意的、漫长的路途。轻舟漂过，三月的路程最后竟然化成一部部和诗的集子，那种轻盈，实在是无以言表。相比之下，返乡的路，却总是那么沉重，当故乡越来越成为一个远方的风景的时候，归来，总是伴随着亲人的离开。自古如此，亘古未变。于是形成一个吊诡的现象——离开总是充满生机的，归来却总是心事重重。

如此看来，不回家其实是好的，将心情湮没在俗务之中，将时间花费在一个又一个异乡的旅途上。因为总惦记着一个遥远的"不如归去"，心里反而有些微的轻松。于是踏上路途，天涯路远，这一走就远远不再是"经年"了，是数载，十数载，数十载。归乡之途终成遥遥虚路。归乡入土，不啻是一种幸福。

如果说"乡关何处"的感慨对鲁迅先生来说，主要还是老屋变卖、物是人非引起的话，那么现在的"何处乡关"真是早已从感慨变成了一种彻彻底底的白描。因了县城的扩张，地没有了，屋没有了，爷爷的坟也是一迁再迁。我曾多次想象过归家时的种种变化，但从没想过整个村子，会在某一天，某一时刻，消失得干干净净。

村庄的消失，让一次次返乡彻底失去了意义。

"不如归去"也完全沦为一个笑话。

乡关何处？

唯一可寻找的，只在记忆深处吧。

阿木

2018 年 7 月 10 日

乡愁：虚伪的抒情

我时常会想起史铁生写的一篇小说，其中有个场景是，大雪纷飞时，一个人在路上狂奔。那大概就是我对故乡的某种印象。

那时的家乡落破衰败，一下雪，满地的泥汁就会四处流淌，根本无法下脚。我穿着大人的雨靴走在路上，经常是脚动鞋不动，一路上不知要摔多少跟头，狼狈不堪。但这本身就是生活的本来面目。漫天的风雪，刺骨的寒风，狼藉的街道，构成了我对家乡的基本印象。或者说，这是最本质的印象。那些春风拂面，夏日鸣蝉，秋日金黄，于我而言，都只是浮光掠影。

以前我总是喜欢沉浸在儿时家乡的记忆中。我让自己在麦田中奔跑，在河滩上游荡，在色彩斑斓的荷塘中肆意穿梭。这些东西在我一次又一次刻意的重构中日渐鲜活，甚至取代了一切本来的面貌。但事实上，它们只能算是最卑微、最虚无的存在。它们的身后，根本隐藏不了任何的诗意，真正能存身的，唯有现实的狰狞和无以复加的绝望而已。

很多东西，我都是多年以后才能有所体会。史铁生的许多记忆书写，都是后悔的代名词。海子的乡村经验，全部通向深渊。越死越美，越美越死。当我们选择往回望的时候，就已然选择了一种悲剧属性。

去年的某个时候，我忽然对一切乡愁，一切回忆的玩意儿感到厌烦。我感到做作与虚情假意。我感到许许多多优美或闲适的身后，都堆满了令人恶心的东西。

乡愁是一个伪命题，是一个人最能说假话的地方。而且是最能说那种看起来是真话的假话的地方。与此相对应，未来却是最能显现真实的地方。很多恶意还来不及隐藏，很多欲望还来不及遮掩。这种赤裸裸的利益的真实，远比假惺惺的扭捏作态令人受用。

也许就是从那个瞬间开始，我对一切向往过去的人或事，充满了厌恶。故乡远不是什么可爱的所在，它造就你，也抛弃你，打压你，也毁灭你。我不知道那些沉浸在乡愁中的人到底渴求什么，我唯一知道的是，在通往死亡的路上，稳稳扶住当下的自己，才是最靠谱的事情。

　　故乡只是一个虚假的幻象。

　　所有面向故乡的抒情，只能是毫无意义的一厢情愿。

2019 年 5 月 14 日

杂花生树——怀念恩师童庆炳先生

1

童老师书房窗前的小院子里有几株月季花，长得比人要高。

下午6点的时候开始下雨，我们帮忙布置灵堂的几个人要把暂时放在那小院子里的杂物收到楼里去。我不经意间看到这些月季，颤颤的叶子上落满了雨。

我忽然想起来几天前童老师对我说："你知道吗杨宁宁？我的'美在关系'说，就是从月季花开始的。"

我知道童老师这个著名的月季花的例子，他在讲座里讲过好多次，在书里面也讲过好多次，我们这些学生都知道。

童老师家乡在福建省龙岩市连城县莒溪镇莒溪村，他家里很穷，从小就吃了不少苦。10岁的时候，家里分了几亩地，地头上有一丛月季，过一段时间月季枝繁叶茂，挡住禾苗，这时童老师就要按照父亲的要求，拿柴刀砍砍这些碍事的月季花枝条。可是这些枝条很软，童老师只好一手抓枝条，一手拿柴刀砍，半天砍下来，手上已是鲜血淋淋，所以10岁的童老师对月季花深恶痛绝，他说："小时候，我与月季花是你死我活的关系。等到我长大、念书、来到北京，北京把月季花定为市花之后，我与月季花的关系改变了，我们成为朋友了，我能欣赏它的艳丽、它的顽强、它的多姿多彩。比如这会儿，只要我抬起头，就能看到我园子里亲自种的月季花正对着我微笑呢！这是关系改变的缘故。"

童老师又给我讲这个例子的时候，我走神儿了。

我看见窗外这些窈窕有致的月季花，我用手挥打着绕来绕去的蚊子。我想，童老师你家这么多蚊子，这些月季花是不是也可以算作罪魁祸首，这样的话，大概没人喜欢这些月季花了，这是不是也可以算作"美在关系"说的例子？

我后悔我走了神儿，我后悔没能再听童老师多说几句话。

我从来没这么后悔过。

我想再听童老师多说几句。

哪怕一个字，也行。

2

2013 年 5 月 13 日，我被童老师录取以后，第一次去童老师家。我紧张得要命，提前一个小时到附近，坐在北门里面的小花园里，紧张得冒汗。那天的天瓦蓝，树碧绿，从那一刻起，我脑海中的童老师就和花红柳绿有了千丝万缕的联系。

童老师穿着他钟爱的白衬衫，笑意盈盈地迎接我。他说："祝贺你，杨宁宁，终于如愿以偿了。"

2012 年，我十分大胆地报考了童老师的博士生。面试的时候，童老师问我："你觉得你这几天的考试，哪一张试卷答得最好？"我说："是刚刚完成的复试中的笔试试卷，题目设计得也好！"童老师就哈哈大笑，说："这题目是季老师出的，确实不错。"成绩出来后，我英语不好，没有过线。当时心里很难受，尤其是见到童老师以后，他的大家风度让我向往不已，错过童老师，让我觉得太遗憾。不久后的一天，我的硕士导师姚爱斌先生跟我说，童老师打电话给他，想问我愿不愿意再报考他一年？他看重我的专业课成绩。我的人生就此改变。进入童老师门下，我才知道了招我入门的种种细节。李圣传师兄跟我说，有一天童老师把他叫过去，特别兴奋地跟他说："你看这个学生的试卷答得好不好？"那正是我复试中笔试的那张卷子，童老师特别认真地看了又看，给我打了很高的分数。2012 年之后，童老师原打算不再招学生了，但为了招我入门，又专门等了我一年。童老师恩情如海，我一生铭记。

那天童老师家的客厅格外明亮，童老师坐在我对面，跟我讲他这一生的学术生涯。一讲到学术，童老师光彩照人，语速虽然还是不紧不慢，声音明显要大了很多，思维很快，又极富层次感，思路清晰可见。童老师注重因材施教，那天和我聊得最多的还是古代文论的研究，他甚至把我未来几十年的治学道路都规划好了。童老师说，他晚上有时睡不着，会帮我计划未来的学术道路，还帮我划分了时间单位。第一次谈话，让我受宠若惊。童老师说："你是我最后一个学生，今年我77岁了，等你毕业的时候，我正好80岁，很圆满，可以不带学生了，我会好好培养你。"为了训练我的学术能力，童老师让我和他一起写文章，我不敢接，童老师说："年轻人要对自己严格一点，要求高一点，你先写，写完我再修改。写得好我们一起署名，发在比较好的期刊上。"童老师从来不催我，让我慢慢写，争取写好。我花了四个月的时间完成那篇文章，给童老师看，童老师看完后很高兴，找我谈话，他说："这篇文章是下了功夫的，但也有一个明显的缺点，就是历史感不足，没有历史感，文章就显得不深厚。目前这个样子也不错，但是以后写论文你要记住，要有历史感，要注重历史语境。"这是童老师反反复复向我强调的。

童老师不只是和我聊学术，有时我还去接他出去开会，或者参加答辩。在路上，童老师总是教我各种有用或有趣的知识。有一次他指着自己的眼镜说："你知道吗杨宁宁，我的眼睛不大好用，眼花了，还有点散光。给学生做讲座的时候，低下头看书、看讲稿，我要戴上眼镜；抬起头给学生讲解，我又要摘掉眼镜，看起来很麻烦是不是？"讲到这里他自顾自地开怀大笑，我也跟着他笑。然后他接着说："但是啊，我跟你说，这其实形成了一种很好的讲课的节奏：戴眼镜念讲稿上的内容时，你要念得慢一点，每一句话都要说清楚，方便学生记，念完了呢，就要把眼镜摘掉，脱开讲稿上的引文，用自己的话，用自己的生活体验，把道理说清楚。这样就能把课堂节奏掌控得很好，这样学生也能跟上你的节奏。以后等你当老师了，你要记住我给你说的这些，很有用的。"

童老师很喜欢植物，有时在路上会带着我驻足观看一棵怪里怪气的桃树，那棵树可能是杂交的，大部分桃花是粉色，但也有几枝的花是大红色的，非常扎眼。童老师笑眯眯地对我说，这棵树有意思。幼儿园后院里有一棵比较少见的紫玉兰，春天的时候，紫色花开，童老师和我路过那个小院，会静静地看一会儿。童老师说，学校里还有一株紫玉兰。我问在哪里？童老师想了想，十分肯定地说了一个地点。可惜我想不起来了。初夏时节，陪童老师走在树荫下，我忍不住问他："老师您是不是认识很多植物啊？"童老师一脸自负地看着我，说："我从农村出来的，我是干过农活的，经常去砍柴，经常去割草，我知道兔子最爱吃的好几种草，我家乡的植物我全认识，你说我认识的植物多不多？"我就嘿嘿地不说话，自认理亏。2015 年 6 月 10 日，我去给他送一本郭沫若研究的材料。他指着桌上的一沓书问我："你读不读汪曾祺的书？"我说："全读过了，最喜欢《人间草木》，写了很多植物，很好看。"他就问我："你觉得我是不是也可以写？"我想起他对植物的自负，赶紧附和他："您要是写，肯定比汪曾祺写得好。"童老师开心地笑了。

四天后，童老师在另一个花红柳绿的地方去往天国。我整理他的客厅，看到那一本《人间草木》，眼泪就"吧嗒吧嗒"地掉下来。

阳光下，柳荫如旧，桃兰如常，却再也不能陪童老师静静观赏了。

3

童老师钟爱的还有香山红叶。

童老师有周末带学生去爬香山的传统，几乎每一届学生都有和童老师在香山的合影，童老师眉开眼笑，兴致勃勃，学生们簇拥在他身边，一脸幸福。

2013 年秋天的时候，童老师带我们几个在读的学生去香山。那时他因为身体原因已经好多年没去过了。身体稍好一点，天气稍好一点，他就想去。我们问为什么这么着急去？他说："雾霾随时都会来啊，谁知道下一个晴天是什么时候！"童老师最受不了好天气的诱惑。他是大山的孩子，明亮的蓝天白云，澄净的自然山水，对他而言，有无与伦比的吸引力。

上山的时候，我们都想扶着他，他一直拒绝。

他还兴致勃勃地充当导游的角色，告诉我们一个一个历史典故。他说他曾经在这里住过一个月，评选第一届茅盾文学奖的作品。

他熟悉公园门口的银杏，给我们讲解它的历史。他还问我们："你们知道香山的红叶是什么叶子吗？"我们几个说："大概是枫叶吧。"童老师似乎料到我们会说错，一脸得意地说："错，是黄栌！"

在一个小亭子里，我们拍了好多照片，我们都想和他合影，但他很不情愿只做个被照的，所以就一直指挥我们，"你、去那边站好，你、把书包摘了"。回来看照片，无奈地发现，里面有老师的照片很少，他主要做摄影师去了。他拍的那些照片，效果都特别好。

童老师有一次对我说："我游香山几十年，但没写什么东西，不是没有东西写，是不知道怎么写。"前几天我看柳宗元《永州八记》，受到启发，我打算写一本《香山八记》。

童老师常说："我是从大山里溪水旁走出来的孩子。不管走到哪里，我都喜欢拍山和水的照片。"

从山中来，从山中走。童老师，这一路上有山水相随，有草木陪伴，希望您不会感到孤单吧！

4

在我的脑海中，定格着那幅此生再也无法抹去的画面：窗外绿树成荫，窗内书香迎面，童老师半躺在沙发上，跷着二郎腿，有时还惬意地把鞋脱掉，他笑眯眯地看着我，眼睛弯成月牙。

有时他会说："杨宁宁你知道吗，做学问啊，不能视野太狭隘，你做明清，但目光不能只停留在明清；你做古代，但对西方文论要非常了解；你做文学，但其他历史、哲学也要涉猎。你要对自己的要求高一点，严一点。"

有时他会说："做学问是个'进—出—进'的过程，进得去还要出得来，出得来还要进得去。这才是做学问的样子。"

有时他会说："我年纪大了，不能像以前指导学生那样手把手地教你，我只能和你聊聊天，你就从这些聊天里，寻找到对你有用的东西。"

这时候我会做一个彻彻底底的乖学生，恨不能把他说的每句话都记下来。

有时候他会忽然屏息凝神，一脸严肃，说："先别动，把你旁边那个蚊子拍死。"一击不成，然后两个人就起来乱拍一气。

有时候他会向我炫耀他的房子。他说："别人都说我住的地方不怎么样，说我屋子小，蚊子多，可是他们不知道我房间的好处，我这里特别安静。那天方维规老师来，来了之后一句话不说，坐着不动，只是听，过了老大一会儿，他说：'童老师，你这里是块宝地啊！'你看，方维规是个识货的人。"说到这里，童老师就哈哈大笑。

有时候我偶然向他提起我的外甥女，四岁了已经能在野花遍地的地方背诵"朱雀桥边野草花"，他像跟我比赛似的说："我的小孙女，会背更多更好的。"然后过了几天，我们见面时，他笑眯眯地说："我在给我孙女编诗歌三百首。唐诗要有，宋诗要有，明诗也要有。杨宁宁，你去给我找找明代的诗。"

童老师每次给我什么任务前，都会征求我的意见。我说："我是您的学生，我给您帮忙是天经地义。"他说："你们有自己的时间，有自己的事情，我们要商量的。"每次把任务做完交给他的时候，他又特别客气地说："耽误你时间了，谢谢你啊！"我就说："您不要再说这样的话了，老师，我承受不起。"可是下次的时候，他依然这么说。

我去给童老师送郭沫若资料的那一次，他跟我说："昨晚睡得不好，索性就起来想事情，刚才我正想找个时间和你谈谈呢，你正好来了。"

那是我们最后一次长谈，聊了两个多小时。童老师说："我现在精力不济，眼神不好了，但脑子还是很好用的，至少三年之内不至于犯糊涂。所以我拟了几个计划，想在这三年出几本书，你看看可不可以帮我一起弄，我们一起完成。一个是《童庆炳说唐诗》，一个是《童庆炳说国学》，一个是《童庆炳说美学》。我讲，你记，帮我整理，帮我补充材料。"我连连点头，说："老师我都没听过您的课，这次也正好圆了我的梦吧。"童老师说："对，也算给你上课了。"然后童老师继续列举他的计划，他还想选取中国现当代的七个美学家、文学家，做深入的学案研究，还想再深入研究研究助他起家的《红楼梦》。现在想想，童老师拟这些研究计划一方面是源于他对学术的极大热情，另一方面也是有意锻炼和提携我啊！那天我们都非常兴奋，想着这些"三年计划"，充满了大干一场的魄力。临出门的时候，童老师送我到门口，他拍着我的肩膀说："杨宁宁，谢谢你啊！"

那天落了一点小雨，老师的小院子显得有点乱，但看起来生机勃勃，映衬着他那大大的窗户。

童老师去世后第七天，我坐在小院旁的台阶上，看着他的窗口，看着他的月季，看着他每日散步的那条小路，泪眼婆娑。恍惚间，我仿佛看到童老师在门口朝我挥手道别，像从前每一次道别一样，笑容满面，温暖如春风。

5

我设想的事情很多，我答应童老师的事情也很多。当我猛然间从梦中醒来的时候，我会忽然不知道身在何处，然后会想起今天应该先忙哪件事情，后忙哪件事情。片刻之后，泪水就决了堤似的流出来。

我闭上眼，我使劲闭上眼。我总以为，我再睡一觉，我再醒过来，童老师仍会好好地坐在书房的椅子上，或者客厅的沙发上。我仍能和童老师面对面地开怀大笑，看着窗外花枝摇曳，听着树上鹊鸟啼鸣。就像之前所有的稀松平常的一天那样，在童老师身旁静静地度过。

只是我知道，这些时光不会再有了。而那些伴童老师度过的、所有貌似平常的时光，已然镌刻在我的骨头上，一笔一画，深入骨髓，随我至死，不弃不离。

2015 年 6 月 17 日初稿

2015 年 6 月 21 日修改

2015 年 8 月 1 日再改

原载《中华文化画报》2015 年第 6 期，发表时有删改

怀念童庆炳老师

各位老师、同学，上午好。我是童老师招进门内的最后一个博士，我叫杨宁宁。

我曾经当面问过童老师一个比较幼稚的问题："童老师，您知道您培养出了多少博士了吗？"童老师摇摇头说："我也不知道究竟多少个了，到你这里，大概快 70 个了吧。"对这种纯数目的统计，童老师似乎也不感兴趣，他所在意的，是和学生们在一起的时光，是和学生们一起度过的点点滴滴。

每当看到和学生们的合影时，他总是能令人惊讶地、毫不含糊地说出这些照片是什么时候拍的、在哪里拍的，说出师兄师姐的姓名、论文选题、工作单位，乃至于性格、学风，甚至于和他联系的次数、频率、方式。他说："其实他们都想着我，我知道。有的和我联系勤一些，有的和我联系疏一些。联系勤的，常来看我的，我特别高兴，不常联系的，我也不怪他们，知识分子打拼不容易，忙一些，我都理解。还有的因为种种原因不能来探望我，就总是给我寄一些特产，每年两次，从没停过，我是记在心里的。还有一个学生毕了业就没再和我联系过，我也不怪他，他可以忘了老师，但老师不会忘了他。"

那是我听得泪花闪烁的一次谈话，几次想张开口却再也说不出话，童老师却一直笑盈盈的，阳光扑面，温暖得令人不知所以。

童老师说："我是个老师，老师的生命就是属于学生的。"童老师用整整60 年的时间，诠释了他的这句话。

童老师爱护学生。莫言先生曾经说过一句极为准确的评价童老师的话："老师就是老师，学生就是学生，每当学生得到荣誉的时候，老师退到后面去了，当学生遇到困难的时候，老师挺身而出。"童老师就是这样，当学生取得的成就、取得的奖励比他的还要高时，是童老师最开心的时刻，当学生遇到困难时，童老师又总是不遗余力地帮助他们。童老师时时刻刻都在牵挂着学生。昨天晚上看了杜书瀛先生纪念童老师的一篇文章《淡如秋水纯如赤金——悼念童庆炳教授》，在文末，杜先生说，童老师和他有个约定，约他明年还来参加学生答辩。那是 2015 年 5 月 30 日的事情，童老师的两个学生刚答辩完，那天大家都很高兴，童老师也很高兴，说了好多话。这是他带的倒数第二届博士生，但当大家都沉浸在欢乐中的时候，童老师心中一直放不下的还是他那些没有毕业的学生们。

每一次讲课，童老师都说成是过节，他穿着平整洁白的白衬衫，拿着置放有序的公文包，以最整洁、最精神的形象出现在课堂上。到了近几年，童老师身体不好，不能再去上课了，但每一次讲座，他都会认认真真地做准备，而且亲力亲为，能自己做的绝不让学生做。2015 年 4 月 29 日，童老师在励耘报告厅做"文学研究与历史语境"的讲座，因为涉及许多古文，需要做一些 PPT，我想帮童老师做，但被他拒绝了，一张一张全是他自己做出来的。在平时，我们每次去找童老师，有时会预约时间，有时因为比较急的事情，会打完电话就去，但不管中间间隔的时间有多短，童老师总会让我们坐下来，聊一些学术论文方面的事情，而且看得出，他都做了准备，因为他总是开口就说，"你今天来，我打算讲三个事情，或者四点建议"。童老师是把和我们每一次或长或短的会面，都看成课堂，每一次课堂，他都认认真真地备了课！童老师说："我年纪大了，不能再给你们专门上课，只能在家里和你们聊天，你们就从聊天里学东西。"现在想起来，为了这些看似随意的客厅谈话，童老师不知付出了多大的精力。

童老师有一个大家都知晓的愿望，就是希望能逝于讲台上，或学生的怀里。作为学生的我们，没有这个福气，但为了教育事业兢兢业业一生的童老师，山岭长城又何尝不是他展现人格、挥洒知识的天地讲台呢？童老师的仁心厚德、童老师的高洁人格、童老师的广博学识，洒于天地，泽于万物。

五月末的一天，我找童老师去聊天，他又跟我聊起来《文心雕龙·原道》篇的解读问题，对"道"的探讨，童老师一直乐此不疲。如今看来，其实童老师本身也已经很接近一种"道"了吧——那是授业解惑的"人师"之"道"，更是言传身教的"世范"之"道"。

    谢谢大家！

杨宁宁

2015 年 6 月 20 日

人去楼空

恩师离开这个世界已经七个月了。

季节流转，一切似乎都未止步。一棵棵树也都进入暮年。每次走到先生书房前，总会恭恭敬敬地鞠几个躬。只是，以后也空了。我亲手把里面的一本本书，装箱，打包运走。我不敢回头看它。

我也在沿着该走的路闷头往前走，心里时常想起先生说的那句话，目光要放长远一点。我想起先生时常讲起他年轻时在麻将声中埋头看书的苦日子，讲起来却甘之如饴，笑声爽朗。先生从未虚度过一分光阴，哪怕环境如何恶劣，依然可以清醒地把目光投向未来。先生说，这是最重要的。

我却一天一天，目光短浅。

唯望不辜负先生的厚恩。

2016 年 1 月 12 日

路上的春天

春天大都是路过的。

路过一段开满樱花的铁轨、路过一座绿树荡漾的桥、路过几个穿花棉袄的小孩、路过油菜地、路过麦田、路过连绵起伏的泛绿的群山。

它们一闪而过,惊鸿一瞥。像一幅幅定格的画布或照片,可惜又无法再现,只在脑中留存着片影。

多少次,我在火车或汽车上看到过这些春天的影子。尤其当单调的秃山上突然出现一树桃花的时候,或者是一片白色的羊群的时候,所有的旅程似乎一瞬间便活了起来。一片小水洼中站着一只鸬鹚,一座旧院子里晃悠悠走出几只大白鹅。它们——这所有的不起眼的彩色的事物,像画布上刚刚滴下的几个亮丽的圆点,像刚打磨出的新钥匙,开启着一点、一丝春天的空气。

一切都是刚醒,有暖意,却又夹杂着几股寒风。刚刚好,不多不少。

有时我实在不明白古人是哪里来的伤春情绪。仅仅是落花时节吗?在我的体验中,弥漫整个春天的,不是"伤",是"懒"。懒得看书,懒得劳作,懒得走路,甚至仅仅站着也是一种折磨。春天似乎就该斜躺在椅子上,小睡,或发呆,消磨掉大半个白天。春天一旦静止下来就只剩了困。日复一日的春光,前后重叠的暖意,日益泛滥的花海,组成的大概只有"睡昏昏"了。

可是路上的春天是不同的,不同于小院里的桐花满地、斜倚春风,充满异样的情绪。

有一年,我要到另外一个遥远的校区上课。在慢慢悠悠的班车中,我眼看着整个季节苏醒过来。若仔细看,其实没有什么值得观赏的事物,这片平原上看不到影影绰绰的山影,也看不到大片大片的麦田,只有看不见尽头的公路，以及矗立在两旁的黑瓦白墙的房子。就是在这样单调无聊的空气中，有一天我忽然感到了一丝温凉清透的风，一树柳芽在车窗外飘舞了起来。那时候我正在给外国语学院的学生们讲些无聊的东西，当在旅途上感受到初春气息的时候，我似乎也抽芽长叶了，那点无聊的课也慢慢有了生气。

就是这样，我在春天里长途奔波，看着窗外的绿意越来越浓稠，阳光越来越热烈。在这样的春日里，我讲到了阮籍的《咏怀诗》，讲到了嵇康和山涛，讲到各种无可奈何的死亡、活着，忧愤与无奈。一种难以名状的悲伤生长在丽丽春日中，并且越来越浓重。

人总有谢幕的时候吧，人也总有走投无路的时候。我在春风摇曳中，想到这些令人神伤的人，内心总是悲痛难忍。那不是少年人的为赋新词强说愁，那就是一种难过并难以抑制的情绪。这些春风拂过的大地上，黍离离，草青青。曾经有一位朋友去到他的屋前长吁短叹，斜阳草树，人去屋空。也有朋友被他骂得狗血喷头却初心不改，没留下过一字一句的辩解，只是忠厚地活着，照顾着他的家人。我还常常产生错觉，觉得自己是在某一个春日的黄昏驾车狂奔，直到穷途末路；或者化为向秀，站在四面无人的旷野中，空望着来来往往的风。何来再见呢？人不过一世的交情，死而化风，四时相与。就是在这个并无多少趣味的班车旅程中，我发现着春天，也想象着春天，同时莫名其妙地感受着春天的残忍。

在路上听朴树的歌，过了十几年，听《且听风吟》、听 Baby, Досвидания，听到满眼是泪，不知何以如此，却怅然若失。路途颠簸，青春飞逝，路过的那些山壁上的爬山虎，还是那样郁郁葱葱吗？就像车总有到站的那一刻一样，春天也不可能一直万物蓬勃，我遇到这样那样的人和物。我忧伤、欢喜，下车、出站，拉着行李箱，行走在路上。

一切都是美丽的。

木

2018 年 2 月 17 日

在荒岛

荒岛感越来越强。

自我拯救是一个无比孤独的过程。寂静无声。最亲的最爱的人也只能在离岛几十里的海域里游弋，无法靠前。荒岛的周围是一片黑域。杂草不生，鱼虾不长。

远处百花绽开，烟花四起。世界精彩得一塌糊涂。所有的抱怨和不满，都像高楼下的蚂蚁。渺小，又无聊。

漫长的，或者短暂的。更确切地说，是一种漫长的短暂。

想起来小时候念中学时，每到周日下午就心里不安。周日晚上的自习向来惹人厌，但逃脱不了。最痛苦的不是到来，而是等待。漫长的等待，漫长的焦灼与不安，漫长的不安全感。

在荒岛上安于天命，大概是唯一的办法。与世隔绝，透明的钢化玻璃隔开一切。一切看似的正常都通向终点。

每一座荒岛，最后都是一座坟茔。

有人对过客说，你不要再走了，后面都是。过客头也不回地踏步前去。

这大概是我最憧憬的画面了。

是为记。

在路上。

阿木

2018 年 6 月 11 日

在冬日

　　最近我毁容了，因为一种药的缘故，我满脸长起痤疮。最开始是孤军突起，后来就连成一片，此起彼伏，永无消停。我的这副本就残次的皮囊，更加走向下坡路。我戴着大口罩出门，还有帽子、围巾，要不是因为近视，墨镜我也会戴上的。我像一个隐匿者，也像一个偷窥者，或者应该说是，更像一个掩耳盗铃、掩目藏身的傻子。在这个自欺欺人的甲壳里，我关注着每一个来来往往的行人。

　　人都活在自己的世界里，在医院，这种特征尤其明显。那些同样戴着口罩的面目背后，藏着每一个孤独的世界。可是在这个嘈杂的、混乱的空间中，首先扑面而来的只有迷茫和恶心，医生和护士们在开玩笑，有老人在发脾气，有孩子在闹，蹲在墙角的女人在无休止地抽泣，轮椅上的男人滑了下来，穿灰衣服的导医正在训斥一头雾水的病人，一张病床正横冲直撞地穿过人群。是啊，人的悲喜并不相通，一些人生不如死的时候，在另一些人看来只是一个笑话。更多的人坐在那一排排拥挤的椅子上看着叫号的屏幕，焦躁或者无所谓，像极了一排排等待枪毙的死刑犯。是的，在这种医院，没有病人能真正活着走出去，它张开血盆大口，抽丝剥茧地吞掉你的一切，等着你死，然后吐出骨头。

　　在医院里，我开始发自心底地讨厌一些老年人。我遇到过从农村远道跋涉而来的大爷大妈，他们局促地缩在某个地方，瘦小，肮脏，为自己的病和这病给家人带来的负担而懊恼。那些城市里退了休的老人则大多是另一副面孔，他们心态乐观，声若洪钟，能吃能跳，精神抖擞，他们常常在病房或诊室外高谈阔论："有什么大不了的，又不是短命鬼，我活这么大年纪，早就够本了。"还有一些老年人格外热情，尤其遇到年轻的病人会嘘寒问暖，转弯抹角地打听出病情然后笑得一脸灿烂："哎呀你太不幸了，你看看我，比你轻多了，你怎么这么倒霉啊，年纪轻轻的，还没孩子吧。你看看我，状态比你好多了吧。"我一脸无语："不好意思，请闭嘴。"

　　其实早就过了愤怒的那个阶段了，只是想单纯地自己待着。我常常想，大概每一个在绝望中挣扎的病人都想一个人待着吧。有一次我看到一个八九岁的男孩，孤单地坐在诊室外面的椅子上，每个人都不免看向他。来这里治病的都是无望的，孩子在这里尤为扎眼，也尤为可怜。他一个人低着头发呆，脚上缠着厚厚的绷带。有人问他年纪，有人问他病情，有人问他家长去哪里了，他一言不发。在医院，怜悯与问候都是多余的，留给他自己更多一些空间，可能是最好的尊重。还有一次遇到一个姑娘，眼睛特别大，戴着厚厚的帽子和口罩，她傻愣愣地盯着手机屏幕，我瞥到一眼，微信页面上都是她发给对方的消息，但没有一条回复，她的眼泪正从眼角流下来，睫毛打湿了，口罩也打湿了。她就孤独地坐在人群里，安静得像一只兔子。后来过来一个人，非要挤坐到她身边，出乎意料地，她"噌"就站了起来，而且开始骂："你能不能别碰我！"那人灰溜溜地走了。她继续坐下，对着手机发呆。

　　医院里总是灰黑色的，里面的树木被罩了一层沙土似的东西，怎么摇也摇不掉。天花板和地板也总是布满了擦不掉的污渍，医生护士们白色的衣服上也总是显得脏兮兮。这可能是医院充分显示出的夜以继日救死扶伤的功能的见证，但也更可能是一种隐喻：在医院里的人，治病的和被治的，谁不清楚这是一种阴沉漆黑的无望之路呢？谁不知道这是通往地狱的最后一个关口呢？当我们都希望它给出一点光亮的时候，那片乌黑，谁又能真正擦得掉呢？

　　从上一个冬日到这一个冬日，从南方到北方，我坎坷地颠簸在这条路上，但还是心存希望的吧。冬日的阳光最令人向往，刀割般的风，刺人肌骨的霜冻，绵绵无尽的大雪，又能怎样？只要有太阳在，这珍贵的时光还是值得一过的吧。

木

2018 年 12 月 12 日

雨中风景

记忆中最早的一场雨是瓢泼大雨。叔叔用自行车带着我走在乡间小路上，夏日明媚，忽然间就乌云滚滚。还没骑上大路，豆大的雨点就砸在了我们的身上，叔叔弯腰拼命地骑，我在横梁上缩成一团。一片一片的雨水像布一样裹在身上，奇怪的是，有的雨布是凉的，有的雨布却是热的。天地间一切都是模糊的，隔了 20 多年的时光，似乎依然雨势不减。

关于雨，最诗意的场景则和父亲有关。

我们村子里以藕塘多著称，红莲蓬白莲藕，十里八村赫赫有名。村子里藕池密布，有些土路在藕池间蜿蜒而过，一下雨就泥泞不堪。有一次下大雨，父亲许久不归，我们都猜想大概他在哪个地方躲雨。没想到他竟然冒雨回家了，赤着脚，身上则穿着一件撕掉了圆心的大荷叶，头上也戴着一顶大荷叶。他笑眯眯地看着我们，一脸得意。

后来我外出求学，先是在济南，赶上了 2007 年 7 月的那场暴雨。那天下午我上完英语考研的培训课程，从泉城广场往文化东路赶。刚走到广场东侧的时候，天色就已经变了。我顺利地上了一辆公交车，可惜没走多远，雨点就狠狠地砸了下来。雨水以惊人的速度涨了起来。公交车熄火，于是我下车，徒步。狂风大作，雨流如注，睁不开眼睛。只能大致看准方向猛跑一阵抱住一棵树，稍歇片刻，再跑一段，抱住下一棵树。如此前行，走了一个多小时才回到学校。济南地势南高北低，我正好是一直在往南走，一路上的水流已成瀑布。这一路都像是在河里挣扎。我好不容易回到宿舍，一切都已是水汪汪的。第二天才知道，那一晚淹死了很多人。

再后来是在北京。2012 年 7 月，我硕士毕业，工作无着落，在北京西郊的"三读·香山书院"里做临时工。文小鹿当时已经考上了南开的博士，但还没开学，也和我一起做兼职。大约是 21 日的那一天，下班时间已到，但暴雨毫无征兆地下了起来，我们俩勉强打着一把伞跑到了公交站牌，上了公交车，打算去住在香山的姐姐家避一避。但和那年的济南一样，没走多远，公交车就熄火了，我们只能下车徒步。水太深，已经要没过膝盖了，我背着文小鹿，文小鹿打着伞。我们就这样一步一挪地走到了下一处站牌，幸好又搭上了一辆公交，顺利到达了终点站。记得我们下了车还去超市逛了逛，怕姐姐家没有饭吃，买了几包速冻水饺。当天晚上我们就在姐姐家住了一晚，第二天一早继续去上班。

后来到江南小城，再也没怎么遇见过北方那样暴烈、粗粝的大雨，但小雨却总是绵绵不绝，是另一种心烦的感受。有时候明明感觉不到一个雨滴，走在路上，空气里却永远漂浮着丝丝的雨粒。大概这是这地区独有的雨吧。灰蒙蒙的天空，似乎永远藏着什么沉重的心事，不吐露，也不发脾气，就是这样慢悠悠地罩着、闷着，实在是令人压抑得很。

我不怎么喜欢雨，不论是瓢泼大雨还是丝丝小雨，都是烦躁不堪。但发生在雨里的种种故事我却一直珍惜，只是希望，每一天的天空都是晴朗的吧。即使雨丝如注，心灵里的那块空地也是干燥的吧。

木

2020 年 12 月 14 日

关于唱歌

前天傍晚在中关村南路看到一个人在抱着吉他唱歌。

在北京，这种事不难见到，不过这个好像有点不一样。他忘乎所以，一首接一首地唱下去。

围观的人越来越多，有白发苍苍的老大爷，还有三四岁的小朋友；有满身泥土的农民工，还有小心翼翼的白领女青年；有一家三口一起坐下来看的，还有的人远远地走来走去给那人拍照。

天越来越黑，人越来越多。

那个其貌不扬的歌手一直在昂着头唱。他戴一项旧帽子，头发遮住耳朵，穿着一条七分裤，脚上趿着拖鞋。

那些来来往往的人脚步匆匆，走到这里却一定会停下来，至少听完一首歌，再离去。

他唱的是他自己写的歌，他自己录制的专辑就放在地上，你觉得好，留下三块钱，然后拿一盒走。

他唱了很多很多歌，我听到从他嘴里蹦出的歌词有：世界、生命、死亡、爱、青春、街边、车、美好的社会主义、一切都会好起来。

他的歌很吵，是那种轻摇滚。

他的歌在这个人来人往、川流不息的大街上，显得那么光彩照人。我看我周围听歌的人，他们都很认真，不吵不闹，仿佛漠不关心，又仿佛若有所思。

在这个熙熙攘攘、噪音满天的世界里，我在中关村南路听到了一种寂静的音乐。

我相信这不是我一个人的感觉。

我们——我和我所不认识的人们，之所以会那么专注地听他唱，是因为从他那急速的旋律里，从他嘶哑的嗓音里，我们听到了久违的寂静。

2010 年 8 月 22 日

有关表演

一

人都是喜欢表演的吗？

或者说，人的骨头里是不是天生就有一种表演欲埋藏其中？

这个可能有点复杂，不好探讨，但我知道其中关键的一点是，关于表演这件事，很多时候都是约定俗成的，是带有强迫性的。

我们为谁活着？我们是为了我们自己活的吗？我们这样活下去，到底是为了经历什么？还是为了忘却什么？我之所以会这样问，是因为我们整个的人生轨迹似乎都在指向一件可悲又可怕的事情：不论我们如何高尚，如何自私，如何纯粹，如何特立独行，如何哗众取宠，如何闲云野鹤，都躲不开表演这件事，一个人演，或者多个人演，表演哭，或者表演笑，总之我们是绕不开的。因为活着，就必须要演。

二

我第一次感觉到这件滑稽的事情是在刚进大学的那段时间。

我们军训。是的，我们去完成这件无上光荣的走过场的任务。记得当时我在日记里引用了王小波的话："我感觉到我不是一个人，我觉得我是一块肉。"他是在挤公共汽车的时候发出这种感慨的，我想起这句话的时候则正在与左右两侧的同学胳膊挎着胳膊一起正步往前踢，瘦小而凶悍的教官撕心裂肺地喊着口号，烈日炎炎，黄沙弥漫，我没感到累，也没感到热，我就感到一种汹涌澎湃的渺小感扑面而来，我那么小，那么微不足道，似乎即使当场被踩死也只会直接被扔出场外，没人搭理。如果只是这样，也无所谓，毕竟被人忽视或者说被人当作一块肉乃是人生常态，但这场活动的目的却让我极度抓狂——表演。我们被当作一排排的肉，被呼来喝去，被骂，被踢，还要为了这个假惺惺的活动弄出个结果，表演给人看，那真是一种无耻的"幸福"，幸福得咬牙切齿。

而最让我恐怖的是，到末了我还喜欢上了这种受虐式的表演活动，我自愿去当一个被人训斥的小兵，并以此为乐。我觉得拿一件事当作正经事来看待并表演给人看是有快感的，是能引起赞赏或者肯定或者认可的，这种认可感，让我乐此不疲。

而且我也绝对想不到，多年以后我还会拿这件屁事来大做文章，并以此作为一个引子来阐述将要展开的议论。

三

军训告诉我的是："表演"这件事，在生活中是有着意想不到的推动力的，它可以直接影响到事件发展的进度，也可以直接影响到事件发展的趋向。很多时候我们就是在这样一个又一个大大小小的表演中一路前行，并了结此生。

四

鲁迅先生认为，中国人大部分都是看客，冷眼旁观，麻木不仁。但这是就一个社会的横截面而言的，如果去看一个人的一生，很多时候他就不能仅仅是看客了，他必须去表演。我的意思是说，人的一生就是由一系列的表演活动组成的：第一次结婚要演，第二次结婚要演，第三次结婚要演……父亲死了要演，母亲死了要演，哥哥死了要演……孩子出生要演，孩子结婚要演……到最后自己将死，还要演一次，演一次死人。

不论是婚礼还是葬礼，所有的婚丧嫁娶都是一次隆重的表演活动。

结婚的时候男女主人公一定要表现得恩恩爱爱，参加葬礼的时候则一定要悲悲切切。我们为什么要这样，他们为什么要这样？为什么爱一定要展现出来让别人知道？为什么痛苦时一定要哭出来给人看？为什么痛彻心扉的时候还要顾及自己的形象？为什么不痛苦就会被别人指责嘲笑？

因为这是在演。真正的感情波澜在自己的内心深处，可惜别人看不到，所以一定要演出来，让别人认可、相信，并承认你这个人的价值。

几乎我们整个一生都在为这些表演忙碌着，一次又一次，看上去都是一个合格的演员。

我们表演，并去看他人的表演，并评头论足，仿佛真是一个资深的看客。

既是看客又是演员，我觉得这就是这个世界的滑稽之处。

木头

2010 年 9 月 17 日

有关爱：犯傻与犯贱

一

我以前认识一个男孩，应该是七八年前吧，那时候我也不大，性情复杂。

那孩子有一天问我，你觉得人的本质是什么？我傻逼兮兮地说，孤独。那孩子说，是犯贱。当时我直接被他雷倒了，不知道再说什么好。那时候我们都正青苗初长，正早上八九点钟，不知为何他说出那么深刻的话。

七八年前我天天泡在一个破烂不堪的图书馆，我翻遍了所有能找到的书也没能翻到他说的那一句话。我所看到的都是一些莫名其妙摸不着头脑的东西，如雾里看花、水中捞月，多年以后我进了中文系才恍然大悟，这就是所谓的文学。

可是当年我只是一个犯傻充愣的美好少年，有一次那男孩和我一起去图书馆，他围着书架转了几圈，对我说："这全是犯贱指南！你说人不犯贱能死吗？"我说："何以见得？"他不回答，走到一个地方指着一本书说："就是这个！"

他说："就是这个，谁要是喜欢上这个，谁就贱到一定份上了。"我走过去看，那书上赫然写着，《红楼梦》。

二

年轻时我和一哥们喜欢坐在臭气熏天、烟雾缭绕的街边看过往美女，有时我们老老实实地蹲在花池边上，有时就干脆挂在护栏上，那时候的姑娘也比较羞涩，很少有回眼看过来的时候，都是一溜儿地莞然而过，不像现在，你看那姑娘一眼，她会很平静很坦然很炯炯地回看过来，她那么理直气壮、那么虎虎生风，以至于直接让我对某一老师的至理名言产生了动摇。那老师说，"看"，是一个男性化的动作。是吗？不是吗？还是吗？

我想说的是，在我年轻的时候，我也曾经认为，兄弟如手足，女人如衣服。一眼瞄过去，这世界似乎充满了衣服。

那是一个犯傻的时代，正如现在是个犯贱的时代一样。

我哥们说："我最喜欢看女人的脚，我看女人的脚就知道这女人几斤几两、多少油水，知道她身上哪个地方肉多哪个地方肉少，知道她哪个地方弯得好。"

我说："你牛。"

那真是一个泛爱主义盛行的年代啊。我们找不到一个具体的女人，我们的眼里只有女人这个神奇的物种。有时我想，犯傻充愣也就这个时候比较适合吧！那时我们都只是意淫主义者。我们保持良好的男女同学关系，保持良好的纪律和卫生，保持较高的升学率。早晨跑操，晚上自习。小树林被我们打扫得一尘不染。

有时我又想，为什么当年我们从来就没想过恋爱这件事是要和女人扯上关系的呢？在我们看来，女人是一块肉，而爱情是一坛酒，二者不能同日而语。现在想来，那也是一种境界，那是混沌未开的境界，也是大爱无形的境界。

可惜一天一天走来，这二者最终越走越近，合为一体，当年少时的我们再回望过去的时候，我们绝对想不到，我们往前跨出的这一步，会让我们与所有人一样，在生的道路上，万劫不复。

三

从前那男孩说，谁要是喜欢《红楼梦》，谁就贱到一定份上了。至今为止，我已经读过了11遍。11遍算喜欢吗？我觉得应该算狂热。

狂热算犯贱吗？我觉得应该算犯贱狂。

作为一个犯贱狂，我觉得有必要对犯贱这件事情说明一下。

就爱情而言，如果对这个世界上异性的泛爱具体到了一个人身上，那就别无选择了，犯吧，无处可逃。

贾宝玉这哥儿们其实正是经历了我所说的这两个阶段，他唯一高出我们的是，在林妹妹这个女人出现后，他在具体谈恋爱的同时，泛泛之爱依然不减。什么叫情不情？这就叫情不情！什么叫情圣？这就叫情圣。

实际点说，每个人都要到恋爱这个阶段，每个人到了这个阶段都要毫无缘由并无师自通地将犯贱进行到底。其表现为：

一、空间发生了扭曲和变形。

（一）这个广阔的世界开始变得如此狭小，他的身影如此高大，遮天蔽日了都。

（二）可以远距离定位，仿佛安了探测器，茫茫人海、人头攒动的时刻能迅速找到某人。

（三）此人有时候会美得像天仙一般，有时又立刻像头将死的猪，空间形象变幻莫测。

二、时间发生了扭曲和变形。

（一）亲热那会儿过得真快。

（二）分开一秒钟都觉得长得吓人。"恨君不似江楼月，南北东西，南北东西，只有相随无别离。"

（三）一旦分离两地，将时间长度尽量控制在保质期内，所谓小别胜新婚；一旦过了保质期，就难说了。这个保质期因人而定，一般来说，一旦超出，散的占绝大多数。这个过程是从（二）到（一）的过程。

此外，除这两大点之外，恋爱中人还经常能做出一些令人匪夷所思的事来，此以男方居多，女方偶尔为之。但也有例外，如自杀，此以女性居多。其他的，如酗酒、酗烟、大吃特吃、剃个秃瓢、唱歌、骂街、打架、打滚，等等，不一而足。总之，进了这个坎，就犯吧，无所顾忌，因为你顾忌不了，这个变态的世界。

四

人总是要老的，人也都年轻过。

七八年前告诫我的那个男孩，踪迹全无。我记得他曾经对我说，有些贱犯得实在没必要，但有些贱还是要犯的。他没有说是什么，但我猜大家应该都懂。

　　这家伙球踢得特棒，带球过人如入无人之境。可惜身量尚小，比拼实在不行，于是改打乒乓球，高中毕业时学校里似乎已无人能及。

　　怎么认识的他，我已然记不太清了，在当时，我是个不起眼的小人物（当然，现在也是，此后也将是），他也不太出名。长期徘徊在那个破烂不堪的小图书馆，我好像见过他偷偷撕过几本书，拿去上厕所。

　　现在想来，那些书都是名著，一本是《铁皮鼓》，一本是《百年孤独》。

木头

2010 年 9 月 6 日

有关"离别"

（一）

　　叶嘉莹曾专门撰文评论杜甫的一首诗，这诗是写给李白的，题目就为《赠李白》："秋来相顾尚飘蓬，未就丹砂愧葛洪。痛饮狂歌空度日，飞扬跋扈为谁雄。"诗是杜甫在他们即将离别时写下的，对李白的生平做了简明扼要的概括。按照叶嘉莹的说法，这首诗的妙处不仅仅在于诗的本身，更在于这首诗写作的时机。两个从未谋面的人，在交往之初是有些许陌生感和距离感的，不论多么相见恨晚，这种距离感也并不会突然消失，而只能随着时间慢慢消退，所以李杜交往早期的诗作里总是少不了一种陌生的"客气"，而在两人过于熟识之后，写下的文字里又总是弥漫着一股追忆的气息。只有这首诗，它形成于两人将熟而又未熟之时，是熟识阶段的初期，而转眼又面临着分别，在这种情形下，一切情感都正合适得恰到好处，对朋友的了解，对友谊的感慨，对未来的迷茫，一切尽在笔下，这也成为对"朋友"一词的最好概括。

　　以上是迦陵女士的大概看法，兹录于此，甚有深意。

（二）

　　读她的这篇文章，对我最有启发的则是其中很不起眼的一句："李、杜二人当年匆促的一别，便成了千古的永诀，终生未能再谋一面。"就是这样简单的一句话，又怎能不让人感慨万千呢？

　　我们心目中的离别，似乎总是有一种或大或小的仪式，即使没有外在的，自己的心里似乎也总会有一种提前的准备，对将要到来的离别情绪有一番酝酿。正如江淹《别赋》中所讲，有荆轲的易水之别，有昭君的出塞之别，有从军的离家之别，之后又有杜甫的新婚别、无家别、垂老别，哪一件离别不是感叹着"生死两茫茫"的悲哀呢？因为知道离别，所以更觉不舍，因为知道永诀，所以悲伤难忍。可是，这样的离别，在浩渺如烟海的世界中又有多少呢？像这样还能知道永不相见的结局的离别又有多少呢？

如果说离别是苦的，那这样的离别还不能算是最苦，最苦的离别其实正是那些不入诗人们法眼的平平常常的小离别，这是这个离别世界中的大多数。

就像我们这个庞大世界一样，有头有脸的人毕竟还是少数，真正多的还是平平凡凡的普通大众，我们活着，为着眼前的一分一秒，而那些从不起眼的小离别，有时却组成了我们的一生。

我们以为这一次只是像以前一样，是例行的出差，不久就回；我们以为这个暑假一过，我们新的学期又将开始，不又见面了吗？我们以为这次目送着他下地干活，太阳一落，他还会像平常一样，高高兴兴地满载而归；我们以为他出去挑水了，一会儿就回；我们以为她去做家教了，中午回来吃饭……所有的这一切，不正是我们的日子吗？可就是这样的小离别，有时却成了永别。我们不是害怕离别，我们只是受不了那种扑面而来的毫无准备的伤害，因为没有准备，所以忽然之间失去重心，再也站不住；因为没有准备，满心满肺的泪水似乎不知道怎样流出来，就这样了，好好的，一次普通的离别，有时转眼就是一次决绝的永别。

以上这段话是有感而发的，这"感"的源头仍是徐志摩，晚上随意翻阅他的《爱眉小札》以及他在 1931 年写给陆小曼的信，那是多么琐碎又细致的一个人啊，他给她讲他今晚想她想得不行；他给她讲今晚胡适的太太给他铺好了暖暖和和的被窝；他给她讲今晚和一个胖女人跳舞了，累得满头大汗；他给她讲大兴寺的杏花，讲小戏园的戏，还有他形单影只的孤寂，这是北京 1931 年的春天。谁也想不到，到了这一年的 11 月，他死在了济南的山上。

这是他往返京沪的一次再普通不过的行程，他的诗都不知道有多少次是写在这样来来往往的路上，可是就是这样普通的离去，却成了他永远的离去。我去看他的朋友回忆这一次离别，都是在感叹，在唏嘘，这应该是一种什么样的离别呢？那么普通，却又那么决绝，决绝得令人绝望，对比得让人难以接受⋯⋯

再来看叶嘉莹所说的那句话："李、杜二人当年匆促的一别，便成了千古的永诀，终生未能再谋一面。"

这是另一种无奈的离别。

我们没有生死相隔，我们都活着，我们只是不知道这一次分开之后，就是老死不相往来。

就那样分别了，互道珍重，约好某年某月某地再见，然后时间就这么开始溜走，我不会忘了你，你也不会忘了我，可是总是因为这样那样的原因，我们不再见面，我们不难过，因为我们知道，迟早，我们还会再见的。我们绝不会去想，自从上次离别之后，我们将老死不相往来。不会的，因为我们不信。

可是，可是，还是那样悲哀地发生了，当年匆匆的一别，竟然成了最后一别。

人是对抗不过时间的，时间帮我们记住过去，时间也帮我们忘记过去，时间还限制我们去走回头路。

我想起小时候，每天都要牵着一只白花花的小羊，让它到野外吃草，有一天它就不见了，我在黄昏的时候四处找它，我一遍一遍地呼喊这只该死的羊，可是事实却是，那只肥嘟嘟的小羊，永远地失踪了。

永远地失踪了。

就像那些永远消失的人一样。

木头

2010 年 10 月 20 日

浮光集 下 ／ FU GUANG JI XIA ⋯⋯ 散文集

男人之间

男人与男人，是一种很复杂的关系。

近日与宿舍好友一起看《新水浒》，爷儿们之间的一些对话让我们大跌眼镜，男人间的种种，如非要加以表现，稍不留神便会走了味。

哥儿们之间，溜须拍马，这不需要；腻腻歪歪，只觉恶心。很多时候，男人之间，用两个词大致可以概括，一是欣赏，二是同谋。

男人（此处指真正的男性，那些只靠脸当摆设一样活着的不在此列）都是内涵动物，哪怕粗率如智深，细腻如宝玉，都不例外。

意气相投的男人之间，是可以感受到对方的气场的。像不同的小宇宙一样，各自光晕非凡，但如果类型不同，大可敬而远之，如果相似处多，也大可以交个朋友。三教九流，"投"的不是学历、不是知识、不是家庭背景、不是妻美子弱、不是酒量高低，"投"的是这个孤独世界中与我相通的一点灵光。

男人之间很难说谁能服谁，真正的男人都是骄傲的，不可一世。有时候女人自以为拿下了某男子，将其改造成一个模范××，其实在男人眼里，女人从来都不是他对比的对象，这是一种疼爱，有时更多包含了一种长辈的温柔，这种感情永远都是向下的。男人之间呢？男人之间绝没有真正的谁输谁赢，可以认为这是一个极度阿Q的群体，但事实就是，男人的骄傲不会让他向谁低头，但，欣赏，则是另一回事了。

男人之间的欣赏，是友情的开始，哪怕其中一人在旁人看来再不济，只要有一点相投，就阻碍不了哥儿们情义的发生。说到底，就是一种惺惺相惜。由于骄傲，男人生来孤独，能找到一个能说上两句话的人该有多么幸福。你的习性，与我无关；你的恶贯满盈，与我无关；你的爱情经历，与我无关；你的满腹经纶，与我无关。现在你能听懂我说的话，现在我感到你的愤世嫉俗中包含我的世界观，现在我们把酒言欢杯盘狼藉，现在我们在秋风习习的荒原上一起孤独，不必再有语言，这一刻，我们是朋友。

我欣赏你，欣赏的是你与我相通的气质，这一刻，这个世界，只从我们的这个视角划过。何其惬意！何其洒脱！有时候，我更愿意把史湘云看作一个男人，至少在她与宝玉同吃鹿肉的那一刻，他们摇曳生姿，就是两个男性诗人。

林冲、智深、武松，为什么三人如此意气相投？我们知道答案吗？好像说不清楚。我们真的不知道答案吗？我们当然知道——他们经历过的世界，他们内心里的世界，是有些许重合的。

某日，在陈太胜老师的课上，小草在讲台上意气风发地讲着冯至的诗，我昏昏欲睡，阿韬、阿祥给我传过来一张纸条，那上面是他俩每人作的一首十四行诗，我兴致勃勃地和了一首。我们酸腐，我们无聊，我们被人瞧不起的诗人气质，但在那一刻，在这种古典的无聊的交流方式中，我看到男人之间一种友谊的影子。

至少在古代，它不仅在酒里，也隐含在诗中。

木头
2011 年 1 月 19 日

和母亲谈文学

我至少每周给家里打一个电话。

奇怪的是，我和父亲说的话，与和母亲说的话完全不同。父亲会问我有没有好好吃饭，有没有过于劳累，偶尔和我讨论一下赚钱与学业的关系，讨论一下前途问题。母亲则会把家里最近的情况，包括亲戚的情况，甚至邻居的情况一一向我说明一遍。她说："那个谁，谁的爷爷前天死掉了；那个谁，小时候跟你一起玩过的，结婚才仨月就又离掉了；那个谁，去日本打工遇到海啸又给吓回来了。"我听母亲说的时候，就感到从故乡刮来了一股生龙活虎的带着草味的风。这些风，即使我回家，多数时候也是感受不到的，只有从母亲的讲述中，才感受到我记忆中村庄的气息。我不知道我对故乡的印象从何时开始已完全挪到了母亲的话语里，我知道的是，有了母亲的讲述，我的村庄才是活生生的。我很早就相信，母亲有一双小说家的眼睛。

我的母亲是个文盲。

上大学的时候，有一次我跟她聊天，我说："我们学校在母亲节举办了一个给母亲写家书的活动，我给你也写了一封，还获了奖。"我还说，"我写得挺好，把别人感动了，把我自己也感动了，我都不知道我这么会写。"母亲笑嘻嘻地看着我，一句话也不说。考上研的那一年我又为她写了一首诗，后来发在一个很小很小的刊物上，我向她炫耀，她说："你写啥我也看不懂。"我才忽然意识到，我的母亲是不识字的呀，我搞这些虚头巴脑的到底是为了什么。难道只是让别人看的吗？可是当我想把我写的东西念给她听的时候，我又念不出口，我那些瘦弱不堪、叽叽歪歪的抒情调，哪好意思说给她听！我就把纸一扔，逮住母亲，说："我还是给你洗洗脚吧。"我的母亲就啐我一口："滚犊子，我还没老哪！"

不过后来我想了想，我给母亲写东西，也从反面证明，在我的潜意识中，我是从来不把她看作文盲的。不是不愿，也不是不敢，而是根本就忘掉了还存在这样一件荒唐的事。

印象中，在我接近和认识文学的历程中，一直都有母亲陪伴左右。

我给她念过很多篇《聊斋志异》，当然，是翻译成我们的方言。我的母亲很爱听，说有些东西听起来要比看起来舒服。其实我给她讲的什么我自己都已经不记得了，她的一些评价我却记得很清楚。有一次讲的是《顾生》，大致就是讲一个女孩复仇的故事，顺带着帮一个小白脸生了个孩子。母亲说："啧啧，这女的厉害，这里边的男的咋都这样，跟娘儿们似的。"我觉得母亲一棍子就戳着了《聊斋志异》的关键，聊斋好就好在女性那里，男人不值一提，这跟唐传奇是两个路数。

高中时我还给她念过《我与地坛》，专门念的第二节。我问她："你看这个人写妈妈写得好不好？"母亲说："写得好。"后来晨读时我就只读这一篇。又给她读余华的《活着》，这个没读完，我当时手里的也是不全的。我问她："你觉得哪一段写得最好？"她说："福贵卖了凤霞，又把她背回家的那一段最好。"很多年以后，出来了一个电视剧版的《福贵》，我母亲问我："是不是你给讲的那一个？"我说："对呀。"她就拉着我爸追着看下去了。她说："怎么有点不一样？"

母亲喜欢和我聊电视剧，她的叙述能力不错，线索讲得很明朗，还附带一点自己的观点，比如说，这个地方太啰唆了，那个地方连不上。有一次打电话她兴奋地对我说："我今天到街上看热闹去了，打架的，骂人的话都不重样，要是写下来是不是算好作品？"我心里赞叹，我的母亲已经有了间离意识了，何其了得！

她爱用成语，但总是说错，比如她看到高高低低的葱会说"参叉不齐"，我说"你这是跟谁学的"，她得意扬扬地说"不知道"。又问我："用得对不对？"我说："用得对，就是念错了。"偶尔她念对了，而且用得恰逢其时，会吓我们一跳，有一次家里有人聊起来关于赚钱、赚大钱的问题，大致观点一致认同"马无夜草不肥，人无横财不富"，母亲这时候不紧不慢地说："君子爱财，取之有道。"我和姐姐大吃一惊，问她："你这是从哪学来的？"她回答："我怎么知道！"

　　现在给母亲打电话，我们有时还会聊起文学，她好像更关注剧本创作，这时候肯定是她又不喜欢哪个电视剧了。她会偶尔跟我讨论视角问题；她对情节的理解和预测常常让我大吃一惊；她的文学观是，在生活面前，文学还差得远。有时候她也会问起我某篇论文发了没有，我惊异于她的记忆力，我捎带提过的东西，有时她就记心里去了。虽然她对我的理论专业并无太大的兴趣。

　　如今我离开家乡漂泊流离已经近十年，但我从未觉得孤单，一方面是因为家乡在母亲的讲述中离我近在咫尺，毫不遥远；另一方面则是因为如此了解我的母亲，也是如此地了解"文学"。

阿木

2013 年 12 月 21 日

2013 年 12 月 22 日改

回忆、求知欲以及忆苦思甜

我们一个老师在上课的时候说，现在有一批约莫五六十岁的文化名人，包括一批诗人、小说家等，总是拿回忆说事儿，说他们年轻那会儿如何如何，如何辛苦，又如何在困苦中奋斗。

我们老师很鄙视他们，因为这批人年轻那会儿正是中国的 20 世纪六七十年代，那是中国的文化荒漠时期，甚至可以说毫无文化可言，所以这些人说出这种话来就有了某种意味深长的含义。我的理解是两点：其一，人成名了总得拿过去说点事儿，以证明自己不是白混的，当然，这里肯定有美化的成分，这和功成名就的帝王将相美化自己鼻子咧些（方言：流着鼻涕）的童年毫无区别；其二，即使是文化荒漠期，依然出了这么多杰出的前辈，只能说明这些前辈的奋斗力前无古人后无来者，因此更显伟大。

需要声明的是，我丝毫没有看轻这些文化前辈的意思，相反，我所说的都是大实话，我很理解这些穿越荒漠的前辈们，我所说的第二点正是发自肺腑的恳切之言。但我们的老师那样说也并非没有道理，因为他所用的参照坐标是中国 20 世纪的三四十年代，这个坐标往那一杵，估计没有哪个当代知识分子还能挺得起头来，不过这已经属于另外一个宏大的论题，我们暂且不提，还是来看看有关"回忆"这件好玩的事儿吧。

我记得很久很久以前，当我还是一个高一学生的时候，我在一本有关中学生的杂志上看到了于坚写的一篇文章。那篇文章讲的是有关"文化大革命"的记忆，那时于坚尚小，据他描述，他眼见着父亲把当时见都见不到的宝贝书扔到火里去，那些吱啦作响的书，一堆堆一排排都是世界名著，有《茶花女》，有《约翰·克里斯朵夫》，还有《少年维特的烦恼》，反正就是一股脑儿地烧了，烧了，烧得回肠荡气还气势汹汹。而我当时看到于坚这段话想到的是，暴秦与"文化大革命"，像一副亘绝古今的对联，阐释了文化之魅的死亡，以及这死亡背后的惊恐。

于坚说，因为书太少，所以精神方面渴得够呛，在路上看到一张写了字的纸片儿，也要冲上去看个究竟，就是这样一股劲头，可以想见，一旦有了一间装满书的屋子，那这些娃儿们得疯成什么样！一旦他们有了天天看书的地方，这些娃儿们是不是得天天睡到书堆里？我不想去谈这里面的文化断层，也不想去讨论这些书籍的泥沙俱下，更不想费神地去搞清楚这些书籍的知识结构，我所看到的只是一股子压抑坏了的精神渴求，这渴求如此强烈，以至于每个人都像着了魔一样地去啃书，去吃书，我觉得，那就像现在的孩子没日没夜地想去吃肯德基一样。只是这种恐怖的热情后面，层次高下已不可同日而语，一个是为了空了太久的脑袋，一个是为了油腻分分的肠道。

现在再扯回来，以上举的例子是想说，人的记忆有时候是忆苦思甜的。

就是这样奇怪，有时候令我们开心的事情很可能在瞬间就被忘却了，不是不想去想，而是消失得太快，而那些痛得让我们心力憔悴的往事，我们又极力避免它们的光顾，这样剩下的就是那些经过清洗、淘汰而剩下的平常事了。而在这之中，我们记得清楚的还是那些让我们不太舒服但又可以忍受的小痛苦，因为现在可以以一种无所谓的姿态去面对它们，以一种过来人的态度去讨论它们，所以，多美好啊。想象一下，当我们坐在一个懒洋洋的老爷椅上，向身旁的年轻人讲述我们当年因为抢劫低年级小朋友的钱包而被他爸爸痛揍一顿，或者那年抱着女朋友在大雪天里迷了路又无处求援的惨象，或者因为抽着烟睡着差点把宿舍点着的恐怖一幕，就是这样，当我们讲述这些的时候，我们的心里其实充满了喜悦感。

就像于坚，或者我的那些老师们，当他们向我们讲述当年多么精神匮乏、怎么没有书看的时候，他们更多的是一种感叹、一种唏嘘、一种肯定、一种怀念。

甚至这里面还有一点点的满足感："你看，至少我现在已经看了足够多的书，至少我已经看完了我年轻时想看到的书……"

甚至这里面还有一点点的优越感："生在这个媒介充足、知识膨胀的世界里，你们这些年轻人微乎其微的求知欲，又是多么可怜啊!"

因为这些前辈们知道，不论他们对我们如何谆谆教导，如何严加管教，他们年轻时那股子热烈的、暴躁的近乎野蛮的求知欲，在我们这个时代，已经是毫无悬念地，一去不复返了。

木头

2010 年 9 月 13 日

看与听：拥有一台收音机的日子

一　序

我时常想起拥有一台收音机的日子。

有时候想想，那其实也并不遥远，有时候又想想，那种日子却已经离去得太远了。实际时间和心理时间，总是那么诡异，当我想稍稍回顾一下，发发感慨之时，陡然发现，那些所谓的感慨，也早已死翘了。

只剩下声音，在记忆中。

其实走得越远，上得越高，也就越难遇到自己的同类。当底层、农村，越来越成为符号、课题和调侃对象的时候，我就越感到自己的失语和失聪。我在人群中不说话，在众目睽睽中，或三两朋友中，我会忽然想起很久以前的一件事。我感到每个人的内心其实离得很近，只隔薄薄的一层，但这薄薄的一层隔开的却是许多不同的世界，我在清贫的这一面，他们在富庶的那一面。我想起家乡草垛的时候，想起河流的时候，想起烈日、青草的时候，很可能正参与着一场莫名奇妙的谈话。躲避是不对的，我只是不知道可以说些什么。

我觉得人说的太多了，人听的太少。人认真地倾听一次，就可以学会很多东西，也找得到自己。

比如我曾经拥有收音机的那段日子。虽然回不去了，却如此美好。美好到——自己的影子可以清澈见底。

二　题外话：书

确切地说，那不是我的收音机，那是我们老大的。

老大是我们班里几个毛头小伙的头头，那时上高二，正是不上不下的年纪。我们总共九个人，我排行老七，最弱不禁风，最蔫儿巴。老大和老六可以说是我的文学启蒙老师，老大最钟爱贾平凹和张贤亮的书，也看陆幼青、刘震云和莫言的书，最后还曾经弄来一本阿赫玛托娃。老六涉猎得似乎更广，我当年不知道王蒙为何物，是这位仁兄告诉我的。他曾经发表了一篇文章在《中学时代》上，十分牛×。我庆幸能遇到这么两位，在年少无知的时候，可以在一起沾沾文学的咸味。我们的书源极为有限，那时已是 2002 年，但在一个破烂的小县城中，这种年代的事似乎可以忽略不计，我猜想我们县城的 21 世纪与 20 世纪八九十年代也无甚区别。

文科班的学生几乎是没人管的，我们可以去打打乒乓球、上上网（现在想来，我上网的乐趣似乎只是画图表，然后莫名其妙地把克尔凯郭尔的名字郑重其事地写上去，我最擅长的技术是开机，但时常分不清开机和重启的区别）。我们最愿意拿本书坐下来看，但可惜书不好找。

我们的书源有三个：第一个，学校的图书馆。知道学校有图书馆这件事是十分令人震惊的，因为我们学生中的大多数人，即使被打死估计也不会想到学校还有图书馆。但就是有了，还开放了，阅览室里有各种杂志，大都是数理化一类的。我们要去借书，却只能从一张泛黄的小纸条上找到想要借的书名，然后记下来，交给图书馆大妈。多数时候我们可以借到那些从未听过名字的书，听过的大概有《青春之歌》，我还记得的是劳伦斯的《外遇》。我们去的次数屈指可数，因为实在没有什么好看的书。

第二个，学校大门外的小书摊。这位卖书的大爷极为狡猾，通过你的眼睛就可以瞬间给书定价。所以在他的摊子前最好绷着脸，越想看的书就越别拿。这方面我估计我和老六都不行，没买多少，老大买的最多，所以他是脸皮最厚的，当然，也可以说是最热爱文学的。就是在这里，他买了张贤亮、贾平凹等哥儿们的书，看了之后我们总是产生错觉，这些人活在一个好玩的世界里，而我们似乎在另一个世界中，我们走不出，也看不到外面是什么样子——虽然多年之后，我们看到的世界也不过如此。

第三个，一个名叫教育书店的地方。班主任有一次对我们说，愿意看书的同学可以去教育书店办张卡，可以看很多书。那时班里很乱，我估计没多少人听见，我听见了，就去办了一张。后来发现全校办卡的也就几个人，我和老大、老六是其中三个——我借，然后他们蹭书看。我接触的书，上来就是当代文学，后来才是现代的、古典的，外国的，顺序不对，所以我总感觉自己的地基没打稳，估计跟顺序错乱有关。我们上课看，下课看，有一次三个人在书店里面没走，全都坐在椅子上，把脚交叉着高高地抬放在书架上，作无限舒服状，当然，被骂了。

三　收音机

相对于白天，夜晚是比较无聊的。因为没有书看，灯是不让开的。

这时候老大的收音机就出场了。

这台收音机是我们宿舍共同的财物，精神上的。我们要听的栏目有新闻、评书、音乐点播、鬼故事，当然，也有性教育，但还没有现在这么多。多数时候，是老大在操控，他住下床，我住上床，哥儿们可点播，但多数时候不管用，老大喜欢自作主张，所以基本上他调到什么我们就听什么。

真是奇怪，那会儿收音机上的歌曲还有不少校园民谣，觉得好听，就听。20 世纪 90 年代的歌让我有恍如隔世感，再看到同学，就觉得，都小屁孩，哪有咱那时候好！直到听到水木，我的幻想症才停止了。

我们听收音机的重镇，是每周六晚的小凤直播室。现在看来，那是一档纯粹的文艺青年节目，深沉、哲学、人生、后现代、虚无、诗歌、摇滚、死亡，当然，实质是真实的装×。除了我和老大，宿舍其他人听到此节目是必睡的，作为渐成雏形的二×青年，我们是发自内心地沉浸其中。在黑暗中，耳朵似乎能长出双腿，四处狂奔。2002 年，我们听到了温普林、西川、贾樟柯、尹丽川、孟京辉、薛兆丰、于坚、马原、周洁茹、王岳川等一系列好玩的人和好玩的事。

四　可以死翘的感慨

在黑暗中追随声音而想象一个人，或者一本书，那感觉太过美妙，难以表达。

黑暗中的声音似乎有一种魔力，可以轻轻荡去心里的尘土，干干净净地去想象一件事，理解一件事。可是多年以后，当我再试图在黑暗中听听收音机的时候，却发现，那种干净的感觉已经没有了。不过有件事没有改变：听，总是要比看要舒服一些的，也更准确一些。

多少年来，我总是想从不同的人身上，听到不同的，属于他自己的声音，但却总是失败。我感觉对话这种过程总是仿佛在哪里出了毛病，也许是语境？也许是心情？也许是各怀所思？

也许都对，但我总觉得，最重要的一点似乎是，别人没有在听。更多的时候，人们总是在"看"我说话。没有听觉交流的对话，怎么样都是奇怪的。

我总是固执地认为，看，是最肤浅的动作，是离思考最远的动作。听正与此相反，它离思考、理解以及感激、同情、悲悯最为接近。

我承认我是偏激的，因为我写下的文字依然是要以看的形式表达出来，可是我喜欢声音的存在。这些文字的声音依然在我的脑中。

我只是认为，声音这条路可以通到灵魂的最深处。

阿木

2012 年 5 月 11 日

阅读·时光·马尔克斯

一

我曾经看到很多名家前辈写过自己的阅读史，"一个人的阅读"啦，"一个人的书斋"啦，"一个人的图书馆"啦，甚至于"一个人的排行榜"啦。这是一件令人艳羡的事情，能写这种文章的人，也大多当得起书虫的美好称呼。

我也常常看到有人把一年看过的书仔仔细细地列出来，排列好，像擦拭一个个落了灰尘的宝贝，那种小心翼翼，让我感动不已。

可惜以上两种美好的事情都与我无缘。我是一个读书有限的人，尤其视野不广，远未练成兼收并蓄的气魄，实在无法以一种杂霸天下的气度去细数阅读的流年。同时，我也是一个健忘的人，尤其当我想以一种回忆或总结的姿态去找回那些书籍朋友的时候，我发现它们更愿意藏在犄角旮旯里，躲着不见我。当然，等我不再信誓旦旦地做总结的时候，它们还是愿意到我脑子里来转一转的，像极了一个个老相识，可以把酒话桑麻。

所以相比之下，我更喜欢兴之所至，偶尔有哪本书或哪个情节或者哪个人物或者哪句话，莫名其妙地来问候我，我是非常高兴的。比如书本上某一句话可以让我联想到多年前看到的某本书，课堂上老师的一番感慨可以让我想起一个与之相反的记载。我很喜欢一位老师对这种现象的概括，他说："书是要多读的，书读得多了，它们自己会在你的脑子里发生化学反应。"我十分赞同这种说法，也亲身体验过这种现象，但我更愿意将这种科学式的论述转变成一种活生生的感觉：书籍们，那些吵吵嚷嚷的家伙，更像是被我有意无意地拉入同一屋檐下的朋友，它们彼此独立，心高气傲，但是时间久了也就有了关联，它们自己会组合分类，会拉帮结派或势不两立。当有新朋友加入的时候，也会迅速地将其分类归纳，迅速找出它的关系网。而这一切，我自己的那点理性意识是帮不上什么忙的。

这种无须自己操心的关联性，是让人对阅读着迷、痛苦、兴奋、焦躁等一切现象的根源。这个过程的魅力是无以言表的。在阅读面前，写作永远都是一种极为幼稚的存在方式。

二

我容易找不着北，尤其在读理论书籍的时候。我强大的感受力总是驱使我去寻找一块可以让它落脚的地方，而不是总让它在理论文字的石块下洋相百出。而后来我发现，其实越是理论意义突出的书籍，越是容易给感性与想象力以空间。而那些布满理论石块的书籍中，多的是碎石与沙子，缺少大地的滋润。当然，这是一个仁者见仁的问题。在更多的高手眼中，沙漠才是真正有意义的地方，因为这块土地几万年前是茂密的森林。"大漠孤烟直，长河落日圆"的美景，也只有这种历尽风沙艰险的人才能有幸看到。力差若我辈者，无缘见得。

看古典竖排书籍，是一个逐渐开朗的过程。一开始，像走进了一个千与千寻式的没落古镇，莫名其妙的古建筑，古装饰，充斥着一股难以言明的气味。很多时候，我感觉更像一个迷了路的文盲，认不得路也识不得字。而更可怕的是——自始至终，看不到一个人影。那种寂寞感、荒凉感、无聊感乃至恐慌感，会在某一个瞬间扑面而来，令人难以坚持，不得不弃书而逃。但若是能气定神闲，优雅缓步而入，逐渐就会发现一个不同的世界，刚刚还是了无生气的街道，慢慢有了那么一两个人，两三个人，三四个人，乃至更多。这个场景逐渐复活，你甚至可以看到每一个人的不同性格，正襟危坐者有之、两面三刀者有之、激情澎湃者有之、尖酸刻薄者有之。而一旦有了人，有了人的形象与性格，所有的一切也就活了。生机勃勃的历史图景，还有什么枯燥可言呢？

三

在很长一段时间内，阅读是拯救我的一种方式。

看余华的《十八岁出门远行》、苏童的《城北地带》，不难发现，少年的敏感与残酷很容易被粗鲁的外部世界带坏乃至偏离方向。年少轻狂的自尊往往被随意地踩在脚底。那种孤独与痛苦是真空的，无人拯救，只能靠自己。我庆幸在那个时候接触到的是文学，而不是游戏与打架。因为是有所寻求，我最先接触的都是作品，而且是当代文学作品。我没有办法像那些有家世渊源的上层人士那样，从《诗经》《楚辞》《古诗十九首》一步一步地夯实自己的阅读基础，我只有随遇而安，逮到什么读什么，于是一路读下来，由当代至现代，由西欧至美国，到俄罗斯，再到日本。那个时候我读的作品绝不能算多，但是很幸福。我觉得看一辈子文学作品就是我的理想。

我常常在阅读的时候时光混乱，搞不清身在何方，而且我热爱这种感觉。我愿意在一节节百无聊赖的课堂上看自己的书。然后我发现我实在读不懂那些考试中的叫作优秀作文的东西。这些玩意儿实在是玷污了被迫参与其中的一个个文字。我把卡夫卡的文章认认真真地抄在作文纸上交上去，看看老师是何反应，发下来的时候发现上面写着大大的零。

木

2014 年 5 月 22 日

一个人的图书馆

刚满 17 岁那一年，我有一种很强烈的被世界抛弃的感觉。

我会百无聊赖地追赶一只瘸了腿的猫，或者往洒满阳光的车棚上扔各种古怪玩意儿。我坐在教室角落的最后一排，看窗外一只脏兮兮的白鹁鸽肆无忌惮地在空中拉屎。我在人烟稀少的夏日正午，围着一棵吵吵闹闹的芙蓉树转来转去。很多时候我都感到，我和《百年孤独》中那个拴在栗树下不停转圈的老布恩迪亚并无不同。我们一样孤独，然后被人忽略。

在那个布满孤独的旅途中，幸或不幸，我抓住了文学的扶手。

我接近文学的导师是卡夫卡。

这位仁兄让我意识到，原来世界上还有如此绝望的人物。不论是嵌了烂苹果的甲壳虫，还是围着城堡打转转的测量员，还是被风吹走的莫名其妙的骑桶人，还是夜里狂奔的乡村医生，乃至毫不犹豫扎入河中的畏父者，都是那么决绝地对峙着此岸的世界。那时我好像明白了一点东西，文学大概就是为死亡寻找一个出路，或者一个理由，虽然路是死路，理由也滑稽可笑，但总归还是起到了一点类似遗书的作用——卡夫卡之后的文学，大概就在这种遗书的路子里迈步了。不论承不承认，这种向死而生的文学才是最具魅力的，就像卡夫卡所写过的《塞壬的歌声》，谜一般美丽，又诱惑着人陷入死地。

我觉得生活开始有意思了。

从某一个秋高气爽的九月开始，当别人都在不断做题、心无旁骛的时候，我办了一张教育书店的读书卡。那张卡就像一把钥匙，带我通向那一排排发黄发脆的文学旧时光。

一本书可以看两周，一次只能借两本。我遵循着一本一本的速度。一开始两周去一次，后来就一周去一次。这期间也有同学之间流传的小说传到我手上。

我看得毫无次序，也毫无计划，但基本上是文学书籍，因为没有其他的，或者有其他的我也看不懂，我记得有索尔仁尼琴的《古拉格群岛》。我看了一段时间的沈从文，又看了一段时间的钱锺书，看了柔石与萧红，看了曹禺和郁达夫，看了巴金，看了周作人，看了废名，看了林语堂，看了萧乾，看了张爱玲，看了施蛰存的小说集《上元灯》，看了无名氏和徐訏，看了冯至，看了穆旦。但随即就跑到了当代文学，看了韩少功的《爸爸爸》，看了王安忆的《小鲍庄》，铁凝的《棉花垛》，史铁生的《务虚笔记》，张承志的《北方的河》《黑骏马》，张炜的《怀念与追忆》，余华的《河边的错误》，吕新的《夜晚的顺序》，格非的《褐色鸟群》，孙甘露的《我是少年酒坛子》，贾平凹的《废都》《怀念狼》，张贤亮的《绿化树》《男人的一半是女人》，路遥的《人生》，王小波的时代三部曲还有杂文集，王朔的《一半是海水一半是火焰》。当然，还有刚刚名声鹊起的韩寒、张悦然、郭敬明、蒋峰。不知为何，那段时间里我没有读苏童、莫言、迟子建、毕飞宇、梁晓声、温亚军、罗伟章、须一瓜、乔叶等，补上这些人，已经是到了大学了。外国文学方面，我深受触动，我默默看完了肖洛霍夫四卷本的《静静的顿河》还意犹未尽，又看了陀思妥耶夫斯基的诸多长篇和短篇集，看了《日瓦戈医生》，看了哈代的《还乡》，雨果的《悲惨世界》和《九三年》，看了托尔斯泰的《安娜·卡列尼娜》，看了普希金，看了屠格涅夫，看了帕乌斯托夫斯基，看了《牛虻》，看了狄更斯，看了福楼拜，看了夏目漱石、村上春树，看了菲茨杰拉德，看了塞林格，看了马尔克斯，看了卡尔维诺，看了君特·格拉斯。

其实有很多书我可能已经忘记了，我忘记了书名，也忘记了内容。但有些细枝末节的东西却一直忘不掉，比如那条明晃晃的、树影斑驳的柏油路，比如大树下的烧饼摊，比如那些黄条纹的野猫，比如我的欣喜与沮丧。我像一个孤独的逃兵，在所有人铆足劲冲向高考的时候，我却在阳光乱跳的马路上晃荡。

我在教室的最后一排写写画画，自言自语。我捏着腔调在晨读课上模仿阿Q偷萝卜时和老尼姑的对话。我在作文课上把卡夫卡的奇怪语句抄到作文本上。

在看到一定数量的小说以后，我意识到真正好的小说只能与死亡有关。一切无法延续卡夫卡之路的作家，只能走向另一种死亡。

卡夫卡的绝望还在于一种幽默。时隔多年我看到有人专门整理卡夫卡写过的笑话，其实想想看，他的哪一篇文章不是令人忍俊不禁呢？可是那种幽默又如此不同，它彻底，没有后路，一本正经，却又难过不已，那是一种混合着荒诞与真实、严肃与滑稽、冰冷与暖意、绝望与希望等一切不可思议的相反意味的语言思维。文学的背后是一种深深的变形与荒诞，一切正常的都是非正常的，一切美好的、琐碎的都是滑稽事物的前兆或者变异。

我们的有些作家过于短视，20世纪90年代后期之后，那些琐碎的日常生活开始充斥文学世界的大部分空间，直到现在也没有什么变化。这些日常本身并没有什么问题，问题在于那些鸡飞狗跳的故事也仅仅止步于日常本身，婚外情、车祸、诈骗、绑架、争吵、离婚、房子成为小说世界的主流，作家们都患上了近视症，当远方变得模糊的时候，他们自动选择调整视距，对准一切眼下的近距离事物。如果只是这样，也就算了，关键是他们对日常的评价与思考也仅仅停在了这种感官层面上。文学被日常生活湮没，并被溺死。

文学并不一定是特立独行的，文学也并不一定要远离热闹，但文学必须要有自己的脑子。就像北风吹走的那个骑桶人一样，文学可能会被社会、历史的大潮不辨方向地裹挟前进，可能会茫然，可能会惊慌，但有一点是不能舍弃的——那只桶，代表了文学飞行的唯一依凭，那是作家的反思与悲悯。没有这种东西，一切的文学都只能是臭水沟里的几个泡泡而已。文学必然是反现象的。一切沉溺于现象的文学只能是时代的泡沫。

我从13岁开始读《红楼梦》，一遍一遍地读，一年一年地读，看宝黛故事，看不害臊的黄段子，看骂人话，看打架，看吟诗作赋，看伤春悲秋。为什么在《红楼梦》里，一切的琐碎小事都如此沁人心脾，令人心神摇动，令人长吁短叹，大概正是作者的心里太过悲伤。他有着那么明显的彼岸情结，他虚无、颓废，却又对现世生活如数家珍。《红楼梦》是最具荒诞感与幻灭感的古典小说，这种终极的绝望，是此书的灵魂所在。在这个灵魂的映照下，我读过的每一行字，听到的每一段对话，看到的每一个场景，都打上了深深的绝望的烙印。后来我读到卡夫卡，发现这才是文学可以和文学相遇的地方。

我不觉得新书有多好。与新书相比，我更愿意看一些经历过时间检验和过滤的旧书。知识，或者说思维，不会因为时髦而身价倍增，即使有，也只是一种假象。

当地处类似文化沙漠的17岁的我走进文学这扇门的时候，我就已经明白，我只是个误打误撞的闯入者，也可能是迷路者，可是谁的一生不是在迷路呢。当我们自以为一切尽在掌控的时候，那种掌控是不是也只是一种虚假的幻象？如今我在靠着文学吃一碗饭，可是真实的文学已经离开太久了，充斥在这块领域的大都与我所理解的文学没有关系，文学成为一个幌子，官场的幌子，打口水仗的幌子，争地盘的幌子，捞功名的幌子。一切都在兴盛，唯与文学无关。

我越来越怀念17岁那一年，那个懵懂又心生希望的年纪。一切都是未定的，一切也都是寂静的。在那个教育书店的二层，透过窗户，可以看到夕阳正挂在梧桐树上。虽然已经是21世纪初了，但一切都还是20世纪90年代的小城模样，波澜不惊，但暗暗孕育着希望。我喜欢每一个黄昏与夜晚。黄昏，是我走进书店的时刻。而夜晚，可以听一档广播节目。那时候的收音机是另外一个窗口，一些遥远又奇怪的人名、书名、电影名扑面而来，温普林、王岳川、孟京辉、牟森、于坚、郝舫、薛兆丰、《银翼杀手》、尹丽川、周洁茹、贾樟柯、左小祖咒、《教室别恋》、《坎特伯雷故事集》，等等。真是个光怪陆离的世界。

唯有想象才是美好的，而独处是想象最丰饶的时刻。多年以后我见到这样那样的人，听到这样那样的歌，看到这样那样的电影，有的人成名了，有的人被遗忘，有的书隐于沧海，有的诗歌一去不返。但这都是我所认为的文学世界本来的样子，也是最好的样子。安安静静地坐下来，在尘埃中与旧书们相遇，在某一天的某一时刻，你的心情不错，读完了一个故事，天色昏黄，树木倚立，你若有所思。这构成了你对一本书的所有记忆。那些荒诞的、可笑的、匪夷所思的情节都融化在某种气氛里。

对于一个人来说，这大概就是离文学最近的时刻吧。

而在我看来，在当下的这个时代，只属于一个人的文学，可能才是更纯粹的文学。

阿木

2017 年 8 月 28 日

原载《美文·青春写作》2020 年第 2 期

【阅读·评论】

纯粹古典

　　我读的书不算多，但我知道王小波写过《红拂夜奔》，余华写过《古典爱情》，他们都是怀着相当崇高的心情在古典里发现另一种东西。

　　我不是，但这并不代表我是一个伪崇高主义者，我的目的是从古典中发掘一种气质，或者说是一种氛围，而且这种感觉日益强烈，渐渐发展为一种使命。

　　比如说，我读柳宗元的《江雪》："千山鸟飞绝，万径人踪灭。孤舟蓑笠翁，独钓寒江雪。"感到一种满目弥漫的荒凉感和孤独感迎面而来，而且即使远隔千年，仍然能感到夹杂着雪片的寒风扑打面颊。这是古典的精华，而我寻找的就是这种精华的东西。

　　再比如说《闺怨》，这种情感在宋词里表现得十分突出，有道"物以稀为贵"，它如此泛滥，自然会遭到一些人的看法，但我们不能否认它是古典中很具有代表性的东西。我们说支撑古典的无外乎一些情感，以传统技法表现出来，然后再以一种超越传统的气质传播下去。《闺怨》是传统的，但在当时，闺阁的哀怨就已经以一种不俗的姿态向我们展示了古典的美，纯粹的古典的美，它表现出来的是忧郁、思念、无奈、哀伤等混合在一起的难以言说的情感——夕阳残照，落花堆积，蛾眉紧锁，独倚斜阑，古典气质就这样汩汩流出。现代诗人郑愁予曾写过一首《错误》：

　　　　我打江南走过

　　　　那等在季节里的容颜如莲花的开落

　　　　东风不来，三月的柳絮不飞

　　　　你的心如小小的寂寞的城

　　　　恰若青石的街道向晚

　　　　跫音不响，三月的春帷不揭

你的心是小小的窗扉紧掩

我达达的马蹄是美丽的错误

我不是归人，是个过客……

一首现代诗因了古典的运用、古典的内容，而变得与众不同起来，像初夏的莲花香气四溢，清新扑鼻。

何其芳曾写过一篇《阁楼》，以一个孩子的视角来观察阁楼中娇小而古典的姑姑们的不幸的命运，即一个个古典女子生命的悲剧。文中的回廊、藤蔓、花墙、阁楼以及猜想、呜咽、哀怨，无不带有没落的古典气质，幽幽冥冥，难以述清，寻寻觅觅，满富才情。

古典气质不是死的，是活生生的，像一位嫣然一笑、倾国倾城的古典女子，它永远年轻，永远娇艳欲滴，只因在古典诗词、古典小说里住得太久，只因为人们对古典的渐渐远离，它才开始变得沉默，变得无言而忧愁，而当它一旦走出古典书籍，它会变得更加魅力四射，光彩照人。

真正的古典，我们希望，能如雪一般，降落在我们的未来。"涉江而过，芙蓉千朵，诗也简单，心也简单。"

阿木

2004 年 10 月

力度与深度：我的文学观

文学应有力度。

文学应剥丝见血，深入骨髓。

文学不是生活的点缀，不是茶余饭后的谈资，不是娱乐品。文学是对世界本质的撕心裂肺的剥离与表露。文学是一把尖锐的刀，要能刺入生活的最深处，刺痛种种顽疾与肿瘤。哪怕不能切除，也要让疼痛以最为极端、无法忍受、无法坐视不管的方式对其侧目。

种种文学观，在本质上都应如此。唯其如此，文学才有存在的意义。

文学的力度、深度、尖锐度，并不是狭隘的，并不囿于某些表现手法。但不论哪一种方式，文学之生命源于力度。

在当代，文学以一种虚假繁荣的假象与整个社会遥相呼应，文学日益花哨的外在服装无法掩饰它的松弛与老化。但文学不死，文学自有其根基在。每一时代，自有文学良心在孜孜不倦地为其供养，为其延长寿命。文学必以一种"力"的表达方式存活下去。

当然，文学的生命力只在少数作家中流传。少不可怕，只要有人坚守，文学就不会断绝。

我的观点，文学的力度是文学的命脉所在。文学的力度不是暴力与血，不是冷漠与无情。文学的力度在于一种深度，在于一种清醒与直观。

写实主义首当其冲。写实主义的任务是迎着痛打肌肤的漫漫黄沙顶风而行，与大地紧密拥抱。不是故作玄虚，不是追求厚重，而是原生态的心灵激荡。不追求残酷，但追求真实；不追求琐碎，但追求直观的过程；不追求趣味低下，不强调生活之丑，但不避讳生活之丑。我的看法是，在当代，只有刘醒龙、罗伟章、徐则臣的某些作品，当得起写实领域的文学命脉。

　　文学之力不仅仅表现在写实领域，还表现在面对生活，抒情其实是一种不满与反讽。抒情的力度与解释生活本质之力成正比，唯其崇高才显生活之卑下，唯其美好才显心情之失落，唯其悲伤才显文学之力度。抒情绝不是歌颂，而是在揭露基础上的重新建构，哪怕不可信，哪怕唯美太过、悲伤太过，只要有直视生活的目光与反思生活的深度，文学的活力也必然充显其间。这一方面的杰出代表为迟子建，她的悲悯情怀是对文学力度的最好注脚。

　　一句话，文学的力度，其根源不在作品，而在作家。

　　鲁迅先生说："真的勇士，敢于面对惨淡的人生，敢于正视淋漓的鲜血。"好的作家是生活中的勇士，要敢于直面生活，要能够直面生活。

　　哪怕所面对的只是个人的狭小空间，私语的深度，对人性观测的深度也应无限用力，无限扩大。

　　私语不应是狭隘性的，不应是表层的，私语空间要无限纵深。即使是所谓颓废、个人对抗，这之后也应该有对于生活深度的呼喊。

　　作家在文学的本质观点上是不应该有性别之分的，无所谓男性与女性，有的只是"用力与不用力"。

　　在我看来，史铁生是个人化写作的典范，这种"个人化"是从自身开始，却不局限于自身，这种冥思式的写作是另一种触及文学本质的方式。

　　文学不拒绝宏大，但宏大叙事并不等于深刻叙事，当代一部部长篇作品对历史的重写，多的是颠覆、多的是想象、多的是细节，但唯独缺乏"力量"。无力的作品是失败的作品。

　　文学不拒绝想象与色彩，但这只是其枝其叶，没有力度的想象，没有反思的色彩，充其量是一幅令人惊叹的美丽的油彩画，而不是真正的文学。

　　文学不拒绝空灵、诗化，不拒绝优雅、古典，相反，这些东西在其表现形式上更具"文学性"，但应看到，所有的修辞外衣必须包裹着一个具有活泼泼的生命力的文学的躯体，"文学味"不能掩盖文学的本质。

　　不能否认，文学已风光不再。从外部讲，读图时代的扩张侵占了文学的大部分领域，或言文学与大众、与传媒的联姻使其面目全非。但在我看来，这些变化都无足轻重，文学的通俗化向来未曾停止过，从古至今，自来如此，发展到今天也只是自然现象。文学的危机在其内部，在喧哗嘈杂的文学内部，浮躁之气尤甚。文学更像是一个试刀试枪的练武场，或者演出种种喜剧、闹剧的过场，众人往来穿梭，眼花缭乱。外人看来边缘化的文坛其实何曾消停过，当然，试验没有错，错的是毫无目的的、毫无章法的、缺乏力度与深度的试验。

文学不应如此。西方文学在 20 世纪更替之频繁、流派之繁多，令人目不暇接，但西方文学的"根"却从未断绝。这"根"便是从生活出发，到达大脑深处的反思，任何流派都有其深厚的哲学基础，哪怕只是昙花一现，这基础却动摇不得。哲学基础，说穿了就是对生活思考到一定程度所得到的思想观念，偏激也好，荒谬也好，要到达文学的深处、表现文学的力度，它们却不可缺少。

当代文学缺乏这种基础，幸好文学是往前的，文学的遗忘规律令我有些许安慰，喧哗终将远去，留下的只能是百读不厌、深入骨头的文学精髓。

只是我们应当反思，在这个时代里，我们留给后人的作品，会有多少还能在深夜里放出熠熠光辉？

木

2008 年 12 月 27—28 日

誊于 2020 年 9 月 16 日

"粗暴"的文学

我得承认，对于文学，我一直有一个自己的看法，这看法说不清，道不明，而且相当幼稚，甚至有恶劣之嫌。但就我有限的文学阅读经验来看，我一直认为，所谓的文学，必须给人以"生"的气息，而不是死气沉沉，如果非要让我给这个"生"做一个界定的话，我称其为"粗暴""粗鲁""粗粝"，或者诸如此类的词。

有时候我也会对我的这一看法产生的来源产生诸多疑惑，甚至绞尽脑汁而不得。唯一值得庆幸的是，自打它冒出的那一刻起，我从未对我的这一文学观本身产生过动摇。

我的阅读有限，思考也有限，因此当我试图对自己的阅读生涯做一个回顾的时候，我发现自己的浅薄几乎让人无法忍受，幸好这个人还不是别人，他就是我自己。当然，即便如此，我仍然想对某些观念做一些清算，所以赘文如下，以飨自己。

应该说，我首先承认并接受的文学性仍然还是它的腻腻歪歪、云遮雾罩，这是没有办法的事，所有的人在接触这个东西的时候肯定会被它的这一层面貌迷惑。文学像一个风情万种的女人，你进不进她的套，首先当然还是看她外在的身材和脸蛋怎么样。但即使在这一层，我也发现有相当一部分人不会辨别美丑，他们看到的只是这女人身上的衣服，是这衣服的质地如何上乘，花色如何繁复，这已经不是隔了一层两层的问题了。

有关这点，我可以大言不惭地说，我高中阶段所受的语文教育，就是教我如何辨别并描绘那个"女人"身上的衣服，并进而乐此不疲。然而不幸的是，当时我所钟爱的作家已经是卡夫卡和阿赫玛托娃，我和我的哥儿们每日以争夺《静静的顿河》和《务虚笔记》为活着的主要目的，我们课下看，课上看，我们上厕所时讨论《废都》里删去的文字到底是什么。但是如你所料，在那种日子里，这种学习的途径和态度是有问题的，它直接导致我们将所有考试中的所谓范文视为狗屎，并大张挞伐，后果是，我们无论如何也写不出那种狗屎倾向的文字了。老师们刚开始还能给我们的作文打分，后来直接拒绝批改，这是我们的胜利，还是老师的胜利？

当高考逼迫着我们不断去触摸那"女人"衣服的时候，我总感觉，我们——我、和我志同道合的朋友们，离这"女人"的内心已经不远了。

但我仍然茫然无措，在我焦虑的内心中我隐隐感到，文学的魅力仿佛都被一层东西遮住了，那些所有的美轮美奂，都像一个个巨大的盾牌让我无法前行。直到有一天，我的姐姐告诉我："我建议你看看王小波的杂文，但他的小说你坚决不能看！"于是我理所当然地找来了王小波同学的全部小说，并细细品读。我读过之后，感到有一种东西在纸张当中、在我所读过的书籍当中，逐渐清晰起来。它让我想起了卡门的狂野、葛利高里的反复无常嗜血成性、戈多的卑鄙、亨伯特的恋童癖以及渡边的阳具，就是这些难登大雅之堂的东西让我对"文学"这一事物有了重新的认识。文学不是要"美"，"美"只是它的外衣；"文学"也不是要"丑"，"丑"只是它的侧面。文学要的是一种张力，是这"美""丑"之间的张力，为了这种张力，它可以反讽、嘲笑、卑贱、下流，粗暴到无以复加，它可以为所欲为，在这个广阔的天空中肆意奔跑。

但是，我突出这个但是。

但是，文学的粗暴只是对于这种"张力"而言的，文学是一个多维之体，它所蕴含的不仅仅是美丑，还有善恶、深浅，以及高低，文学的"粗暴"只是就这种维度之间的张力而言的，它没有针对任何一个侧面。所以，在这个层次上，我可以说《黄金时代》是一部好小说，因为它所显现出来的想象的张力，叙事的张力，已足以令人向往不已。而《兄弟》却巨烂无比，只是因为它的"粗暴"用错了地方——它用在了啰里啰唆的龌龊内容上，而不是彰显叙事神韵的张力之上。

那文学为什么会如此"粗暴"地强调张力呢？

原因无他，只是因为文学的深层有一颗极其温柔而敏感的内心，这颗心埋在最为漆黑的环境中，但它悲天悯人的特性却无一丝减损。这是文学生命的生机所在，它却不能简简单单地就被显露出来，它必须经过翻天覆地的历程才能显现一二，"粗暴"的张力，正是这一呈现方式的最为得力的途径。

　　仍然以那个不雅的比喻作结：这正如一个久经"沙场"的妓女，无论她多么风姿绰约，多么技巧娴熟，她对这个世界都有着深深的戒心。而在这戒心之后，却又饱含超出常人的爱之渴望，只是，想要看到这种渴望，不进行一番翻山倒海的追求，是绝不可能的，而这一追求的手段，就是一种强烈的"张力"。

　　也正是源于此，作为"女人"的文学，难得有几部显现其内心的好作品出现。

木头

2010 年 11 月 10 日

《与山巨源绝交书》的深度解读

对于这篇文章的分析，要尤其注意文本间的互文性与互释性，应以本书信为核心、以其他相关文章为参照来进行阐述与分析，在一个相对完全的历史和文化语境中来逐步展开。涉及的相关文章有《嵇康传》《与吕巽绝交书》《养生论》《声无哀乐论》《家诫》《山涛传》等。

从表面来看，《与山巨源绝交书》似乎主要有两个观点：一是嵇康与山涛的绝交；二是嵇康与入世礼教的决裂。这两个观点一眼望去十分坚固，不可动摇，但果真如此吗？

一、嵇康与山涛的绝交，很大程度上是一种表演大过于实质，或者说姿态大过于内涵的行为。

嵇康另有一封写给吕巽的绝交书，言冷意冷，秋风飒飒，毫不留余地，与《与山巨源绝交书》形成鲜明对比。若是真正的决裂，能做到如此的文采斐然、挥洒自如吗？恐怕不能。再看嵇康临终前交代给儿子的话，言谈之中从未把山涛从他的朋友中排除出去。所以，嵇康与山涛的绝交，很难看成一种纯粹的决裂，而是内涵丰富。

第一，从文中可见，嵇康也深知山涛与自己在出入世方面的态度的迥异，他的行文也主要从这一方面展开，不遗余力地宣称自己不堪俗务的烦扰，讽刺山涛美芹之献的行为。言谈之中我们实不难看出洒脱、不羁背后的一丝恐慌，这一恐慌是自然而然的反应，因为太怕为世俗所累，怕牵连到官场，所以嵇康必须让山涛知道自己决绝的态度。这态度如此重要，以至于可以因此结束一段友情。而这段友情，在嵇康看来，却也不是必然要结束的，只是由于迫不得已而出此下策。我们甚至可以说，嵇康似乎是惋惜于这段友情的，文中诸多语句都深含一种交心而谈的语调，凄苦难言，似乎想让山涛深知自己的苦衷。所以，就朋友之间绝交的态度而言，嵇康其实并非像表面看上去的那般洒脱。对于山涛，嵇康从未忘却，在他临终前交代儿子，只要山涛还在，嵇绍就不会没有依靠，事实也果然如此，嵇绍得到山涛极多的照顾，还被他推荐入官。

第二，还有一个层次，可能有过度阐释的嫌疑，但仍然不能不提。按照嵇康的思路，其实他在第一次山涛推荐他入仕的时候就已然知道了山涛在出入世的态度上与自己不同。其实嵇康很可能是不反对别人做官的，他主要是自己不想做官，这与他的老庄思想有关，更与他的姻亲关系有关。他在文中曾提及，他对老庄柳下惠的贱居卑位也是敬佩的，因为这也是生活所迫，所以嵇康反对入仕，想来主要是自己的立世法则，而非对他人之要求，与山涛决裂，主要是山涛触及了他的立世底线。所以应该说，他对山涛的这种做法还是有心理准备的，只是这一次让嵇康感到，必须有所回应，才能让山涛彻底知道自己的态度。这是前文所说的，而在另一层，我认为，还有一种潜在的目的，即在表明自己立场的同时也保护山涛。在当时的环境中，嵇康的姻亲关系与处世姿态都是与司马政权相对立的，他的朋友们，要么周旋于朝野江湖，如阮籍；要么纯粹与嵇康一样，寄意于山林，如吕安、向秀。但山涛不同，山涛是想有所为的，是入世式的人物，他与嵇康的交往，很大程度上是一种政治上的失策，但这种交往却是山涛十分看重的，从这一点来看，山涛确实也非凡人可比，山涛有他理想主义的一面，有他出世的一面。但二人的交往却无疑是一枚政治炸弹，不一定什么时候就可以把山涛的仕途炸得粉碎。我一厢情愿地认为，嵇康肯定是考虑过这一点的，所以，嵇康与山涛的绝交，还可以看作对山涛的一种潜在的保护。"因为你是我的朋友，所以我要和你绝交。"我想，古往今来，没有哪一段友情会如此催人泪下。

二、再看第二个论断，嵇康真的是在与礼教彻底决裂吗？恐怕也不尽然。

众所周知，嵇康是一个信奉庄老的人，按照罗宗强先生的说法，是把庄老思想审美化诗性化了。但是作为一个传统文人，他对于传统的儒家礼教也必然是有其自己的看法的，这种看法也绝非一味地否定。我们看他写给儿子的《家诫》就可知道，他是深知入世之法的，他对儒家礼教也没有一味贬低。相反，他表达出他对礼教的看法。关于这一点，说得最为透彻的还是鲁迅先生，先生说：

> 魏晋时代，崇尚礼教的看来似乎很不错，而实在是毁坏礼教，不信礼教的。表面上毁坏礼教者，实则倒是承认礼教，太相信礼教。……老实人以为如此利用，亵渎了礼教，不平之极，无计可施，激而变成不谈礼教，不信礼教，甚至于反对礼教。但其实不过是态度，至于他们的本心，恐怕倒是相信礼教，当作宝贝，比曹操司马懿们要迂执得多。(《魏晋风度及文章与药及酒之关系》)

这段话也无须多加解释，透彻之至。所以从这个角度看去，嵇康对于礼教其实也并非真正的彻底决裂，他所摒弃所厌恶的不过是当世存在的假礼教、伪礼教，而不是真正的儒家礼教。但在这里，我隐约觉着鲁迅先生说得有些过头，就嵇康而言，对于真正的礼教他也只是承认，却并非特别相信，并非"当作宝贝"，嵇康骨子里毕竟还是庄老思想，他在《家诫》里所表达的意思我更愿意相信是实践意义大于思想意义的，既为家训，必然首先要以保全子孙性命保全家族完整为目的，而他到底在多大程度上相信礼教，虽不可知，但想必也不会特别多吧。

木

2019 年 1 月 20 日

有关隐喻和换喻

问题：散文算不算诗？

答：一点浅薄之见。

相似是隐喻，一切形似、意似、重复、对立、象征、音响（押韵）都可视为隐喻；相近是换喻，尤其包含时间或者空间的相近。

诗之所以为诗，是因为隐喻和换喻的运用比其他文体要多得多，尤其在形式方面。散文无论如何作，逻辑性还是一个内在的行文元素；小说更为复杂，情节、人物、结构都有容量极大的分析可能，想必这也是结构主义将分析重点放在小说文体的原因之一。

回过来说诗。若从发生机制来说，诗的形成或多或少都会有一种类似"兴会"或"即景会心"的瞬间感发的触点，然后以此为基点形成诗歌全貌。我的浅薄之见是，一般来说，诗是丰富感性的抽象式表达。这种抽象的过程，依据的就是雅各布森的隐喻和换喻原则。

钱翰老师曾有一个说法，诗歌最为显著的特征就是隐喻和换喻的并置性存在。换句话说，诗歌中，隐喻换喻并存，诗歌或以隐喻转移到换喻，或由换喻转移到隐喻，总之形成一种内在的张力。这是经典诗歌的典型特点。我国古代诗歌的"味外之旨""言外之意"大都是这种隐喻换喻互相作用的结果。

举个简单的例子，比如李商隐的《巴山夜雨》："君问归期未有期，巴山夜雨涨秋池。何当共剪西窗烛，却话巴山夜雨时。"这首诗的结构特点是明显的换喻，即时空的转移——虽然是想象中的时空转移。从夜雨的巴山到西窗，是空间转移；从巴山夜雨凄凉的今夜到共话巴山的温馨的（将来）某个夜晚，是时间的转移。这都是实打实的换喻手法。但是这里面却又有着众多隐喻特征。押韵首先是一个，但更重要的是"巴山夜雨"一词的重复出现，两个词在形式层面上的这种重复使得时空交错中存在着一个至关重要的连接点，即通过隐喻来实现换喻的复杂内涵，隐喻与换喻形成一种交互关系。经典诗歌中这种例子还是较为常见的。

　　散文与诗的区别大可以从这个角度去分析一下。

木

2012 年 2 月 24 日

"隐喻/换喻" 视域下的《巴山夜雨》

一般的古典诗歌，是以隐喻作为主要手法的。但有些诗歌则是以换喻作为其主要结构，通过巧妙的隐喻设定，达到了精妙的效果。

如果说《静夜思》是空间换喻的话，《巴山夜雨》就是时间换喻。

时间换喻要更难把握。

此外，两诗都用到了诗歌中一般避免用到的"重复"。如果说李白诗中的重复，是诗歌流传的产物，那么李商隐诗中的重复显然是有意为之。

为何有意为之？一个最主要的原因是：

时间换喻的用法，有相当的难度，而此诗实际上使用的是一个时间上的叙述往复。时间的叙述往复，是很难把握的，写好不容易。

偏题插一句，古典诗词中最常见的时间换喻是今夕对比，如《生查子·元夕》：去年元夜时，花市灯如昼，月上柳梢头，人约黄昏后。今年元夜时，花与灯依旧，不见去年人，泪满春衫袖。再如崔护的七言绝句《题都城南庄》，也出现了今夕对比，今夕之连接点在于"桃花"的重复式联结。"人面"虽然在诗歌中的今夕状况是差异性的，但亦形成了一种"虽不在而在"的"虚重复"效果。这里是比较单纯的叙述对比，不涉及叙述往复。

那么李商隐如何实现这种往复呢？如果说空间的联结，只需一个相似物联结即可，那么时间的联结，尤其是这种时间的往复联结，要更好地实现，特别需要一个强有力的隐喻。重复，可以说是最好的选择。

举个例子，如果我们把最后一句"却话巴山夜雨时"，改成"却话巴山忆尔时"或"却话前年夜雨时"，都没有如此好的效果。"巴山夜雨"四字在构成一个自足意象的同时，实际上也以一种"四字重复"的方式，加强了一种隐喻联系。

一方面，"巴山夜雨"，是一个空间场景或者说空间意象，但在此时中，它却被拿来当作一种时间（过去）的代指物；另一方面，处于时间交织中的这个空间意象，却又因其重复，而成为一个极具冲击力和联结力的隐喻。

由此，我们不难发现李商隐此诗的匠心所在。

叙述往复的背后形成了不同的心理色差，前一个巴山夜雨是冷色调的，后一个巴山夜雨则是暖色调的。之所以能形成暖色调，"西窗烛"的映照，显然是一个原因，但另一个原因是，"巴山夜雨"四个字在"共话"的想象中，通过预忆（未来追忆）的两重时间穿梭，赋予了"巴山夜雨"强烈的诗意。第三个原因是诗人主动转换的态度，"何当"二字，既有开启新的时间维度的作用，同时也有心态转折的意思——从沮丧转向乐观。

亦即，虽然"巴山夜雨"四个字，只是隐喻的手段，但是这四个字在时间的换喻中，内涵却是不同的，在第二次出现时，第一个"巴山夜雨"已然脱胎换骨，可以说是形似而神迁。这也是时间换喻不同于空间换喻的地方，时间换喻本身因涉及记忆的问题，往往具有更为深刻、深邃的表意内涵。

最后一个空间换喻：李商隐寄出此诗时，差不多也是其妻身亡之时，共同的相思，是连接异地两人的唯一联结点。而此后，两人由各处一地转向阴阳两隔（时间的非终结与终结），空间换喻转向时间换喻，但却是一个无法连接的时间换喻，因为隐喻已然消失了。

此诗涉及现在、过去、将来三个时间维度，但与《百年孤独》的开头"多年以后，面对行刑队，奥雷里亚诺·布恩迪亚上校将会想起父亲带他见识冰块的那个遥远的下午"不同。

《百年孤独》中的现在、过去、将来是相互独立的。

《巴山夜雨》则是交缠的：

1. 现在：第一句和第二句中的"君问""巴山夜雨"均指向现在。

2. 诗中的第三、四两句却指向将来。

3. 第四句中的"巴山夜雨"却又指向一种过去。

因此，基本的时间线是，在当下，遥想未来的某个时候回忆这个当下。

因此，"巴山夜雨"出现在了三个时空当中：

现在的处地——当下；

将来的某段话语中——将来；

这段话语中所回忆的现在，即未来回忆中的此刻——过去。

2018 年 7 月 11 日

有关白居易

向来不太喜欢白居易，首先是从他的朋友元稹开始的。

元稹当过宰相，但人品似乎并不怎么好，至少从《莺莺传》中所透露出的态度来看，这不是一个重情重义的人。这个写出"曾经沧海难为水"的信誓旦旦的诗人，妻亡不久却照样纳妾并乐在其中，也许在当时，这种做法实在无评论的必要，就像现在实在没必要去痛骂一个老板包女人一样，这太平常，几乎每天都在上演的滑稽戏，时间长了，也成为可以忽略的事。

于是元稹可以照样在政府上班，在私下玩女人，并以一副风流倜傥的模样独步文坛。一如《霍小玉传》中的李益。

就是这样一个人，他最好的朋友是白居易。

差不多十年之前，我深夜持灯读《与元九书》，也潸然泪下，并挥笔在眉边写到：叔夜以后，一人而已。

我这一生最喜读信，喜欢的也就两篇，一篇嵇康的，一篇他的。然而对这两封信的认识却在成长的过程中逐渐发生变化：嵇康的绝交书，是表面上的极冷，是骨子里的极热，是对朋友交心交命的嘱托，只为活着；白居易的这封诉苦信却逐渐看出假来，人在困境，总是孤独处多，飞扬处少，白氏之信却是以孤独之笔写飞扬之情，得意处不无表露，"仆是何者，窃时之名已多"，飘飘之意总在似有似无间。此信一路诉苦，一路骂来，顿挫抑扬，很有美感，尤其达情深沉婉转，十曲九折，深得书信要旨，但层层剥开去，却总是显得不那么坦荡，一股牢骚味、"天下舍我其谁"味、"颐指气使"味、"高高在上"味充斥其间，使人读此信四遍后，便感觉信意大变，无法复原。

白居易身上似乎有某种两面性，这从他写的诗就可以看出来，他自己给自己的诗分类极多，但在我看来就是两种：一是迎合潮流的畅销作品，以《长恨歌》《琵琶行》为代表；二是主要凭此在圈内混的所谓"纯文学"，以

《秦中吟》《新乐府》为代表。这两类作品，前者为他赚得了普通大众的赞赏，即现在所谓的市场感，而后者则使其在文坛内部立足了脚跟，得到了圈子内部的认可。这一点我们不能不佩服，他做得如此之好，以至于不论在江湖还是在朝野，不论是在圈内还是在圈外，都拥有大量的拥护者。诸君不要小看了这种本事，要做到这一步，放在今天也是相当有难度的，想想看，当今的哪个纯文学作家能在市场上大获全胜？在市场上在大众这边卖座的作家又有哪一个能顺利闯到圈内并得到认可呢？前者如贾平凹，圈子里最活跃的作家，却总是在新作出来之时，在文学这个后院里折腾得鸡飞狗跳，后者如郭敬明，商人兼作家的身份使得他想进入作协也多遭非议。市场与文坛，这二者正如鱼与熊掌，不可兼得，至少不好兼得，但在1200多年前的白居易那里，这却不是个问题，他解决得如此之好，如此漂亮，使我们不得不去猜想，白居易，他到底有什么魅力？

白居易最大的魅力就在于他知道如何运用自己的才能。

大部分人往往看不到自己的长处，用不好自己的长处，自身容易像一个局，我们一直在里面，出来不易，所以我们一般都是普通人。白居易之所以不普通，就是因为他不仅能走出自己，更重要的是能时刻保持清醒，对自身的清醒。白居易的过人之处不在诗才，而在于识己，并通过认识自己来认识世界。

前面我们说，我们看白居易写的诗，似乎显示出他有某种两面性，其实不然，诸君仔细想想，哪个人身上又没有两面性或者多面性呢？关键不在这里，关键在于，白居易能把握到当时文风的两面性。

白居易知道怎样使力，知道朝哪个方向使力。《与元九书》尝言："仆常痛诗道崩坏，忽忽愤发，或废食辍寝，不量才力，欲扶起之。"真有第二个孟夫子的气魄！白居易说："我的理想是什么？我的理想就是振兴失落了的诗道，杜甫没有找回来，我去找回来！"但莫要着急，对于具有市场感的作品，后面写道，"日者闻亲友间说，礼、吏部举选人，多以仆私试赋判为准的。其余诗句，亦往往在人口中。仆恧然自愧，不之信也。及再来长安，又闻有军使高霞寓者，欲聘倡妓，妓大夸曰：'我诵得白学士《长恨歌》，岂同他哉？'由是增价……自长安抵江西三四千里，凡乡校、佛寺、逆旅、行舟之中，往往有题仆诗者；士庶、僧徒、孀妇、处女之口，每有咏仆诗者。"白居易对这种文名不置可否，对这种倾向的作品也未多言，只是在文中表示："此诚雕篆之戏，不足为多，然今时俗所重，正在此耳。"并给自己找了个台阶下，说，即使像颜渊、扬雄这样的贤人，像李白、杜甫这样的前辈，也会流连于这种作品。潜台词应是：何况我呢？

白居易是有理想的，他的理想是振兴诗道；白居易又是清醒的，他知道写什么样的诗能博得喝彩，并为此找到了根据。面对这矛盾的两者，白居易一直都在调整着步伐，寻求二者的平衡点。而那最后的平衡点，我们也都知道了：乐府式的讽喻诗在后期白居易那里消失得无影无踪，我们看到的只有吟花弄月的风情而已。

杜牧不喜欢白居易。这个年轻才俊奋马扬鞭的时候白居易已经垂垂老矣。

但这时的白居易却把持着整个文坛，他的影响力覆盖整个大唐文学界。也不奇怪，毕竟死得晚嘛！在当代，这种事情也似乎不难见到。前面我们说，白居易最大的优点就是自知之明，他懂得如何运用自己，而这句话的前提是，他十分清楚那些对他有威胁的人。

杜牧之所以会对白居易有成见，就是因为白居易小肚鸡肠地利用自己的权力排挤掉了一位优秀的、至少在宫体诗方面盖过白氏的青年诗人——张祜。后人常说，张祜无缘科举，是因为他性情太过乖张、太过狷介，不会处理人际关系。而李国文先生在 2005 年第 12 期《人民文学》上发表的《谁人得似张公子》一文中却认为，张祜之所以会被排挤，主要原因就是他的"故国三千里"盖过了白居易的任何宫体诗，此为白的报复。

先不论对与不对，我们看白居易清醒的谋事手段就会明白，这种推断放在他身上，并不冤枉。白居易晚年之所以选择完全转向娱乐化诗歌创作道路，我想至少有几个原因：其一，恢复诗道实在有难度，而且在当时的环境下，做这件事出力不讨好；其二，功已成名已就，没必要再瞎折腾；其三，白居易本身就是一个爱享乐的人，当年浔阳把酒、庐山读书都是不得已而为之，若有条件他还是喜欢过得舒服一点的。有两个传说，一则说，白居易晚年出行即用辇，奢侈得很；一则说，白居易家里养了众多的漂亮侍妾，所谓

浮光集 下 \ FU GUANG JI XIA ⋯⋯ 散文集

"杨柳小蛮腰，樱桃樊素口"是也。由以上可知，白居易是一个极为识时务的人，是一个绝对的"现实主义"诗人，这种人的最大特点就是极为强烈的利己主义，因为懂得自己，所以珍惜自己。而有时候的珍惜自己是要以谋害他人为前提的。不幸的是，张祜可能被白居易看成了一个有威胁的人。

最后想说的是，很多时候我们去看待诗人、文人之时，总是拿一个高尚的套子劈头盖脸地套过去，殊不知诗人必须首先是一个人，然后才成其为诗人，我们不必把他们看得过高，也不必把他们想象得过低，诗人的性情在诗里面，也在诗与诗的关系之中。

贴近他们，试着了解他们，我想，这是一件多么好玩的事情！

木头

2010 年 9 月 4 日

从周进、范进到孔乙己

悲剧意识在中国的觉醒始于近代，虽然在此之前，中国伟大的极具悲剧意识的作品《红楼梦》已经诞生，但是对于悲剧意识的准确认知，仍然要推迟 100 多年。广义上的悲剧是美学领域的审美范畴之一。鲁迅先生第一个将价值观引入悲剧领域，他说："悲剧就是将有价值的东西撕裂了给人看。"从某种角度说，这道出了悲剧的本质。

单就这一点来说，在中国传统文学作品中，我们很难找到一部纯粹意义上的悲剧作品，但是不能排除，在一些作品中蕴含着一些悲剧意识，比如，前面提到的《红楼梦》，以及我们以下将要涉及的《儒林外史》。

《儒林外史》大约完成于乾隆年间，在这一时期，它与《红楼梦》一起构成了中国文学史上现实主义文学的两大高峰。

鲁迅先生在《中国小说史略》中对《儒林外史》的评价是很高的。他说，《儒林外史》诞生以后，"于是说部中乃始有足称讽刺之书"。又说，"讽刺小说从《儒林外史》而后，就可以谓之绝响。"他概括这部作品的特点："戚而能谐，婉而多讽。"

在各个版本的中国文学史中，关于《儒林外史》，人们讨论最多的仍然是它精湛独到的讽刺艺术，对于这一点是应该有足够的重视。但是也应该看到，所谓的讽刺只不过是吴敬梓所运用的一种艺术手法，它必然要将读者引入一个更高的层次，而这个层次即本文中将要讲到的悲剧意识。这种悲剧意识，体现在诸多方面，如道德悲剧意识、人物悲剧意识、价值悲剧意识以及根深蒂固的社会悲剧意识。

鉴于篇幅，在本文中我们所涉及的悲剧意识会从一个较小的突破口进入，选取一两个典型人物作具体分析。

鲁迅先生说《儒林外史》"戚而能谐"，我们若将它翻译成现代汉语，即一种大家比较熟悉的艺术手法"含泪的笑"，在一些西方作品中此类手法颇常见，如莫里哀的喜剧作品，塞万提斯的《唐·吉诃德》。在《儒林外史》中同样运用了这种"戚"与"谐"共存的表现手法，在周进、范进这两个人物身上我们可以体会得很清楚。

周、范分别在第二、三回出场，他们的形象与作品后半部中杜少卿等人的形象是对立的。以此说，作者当用一种贬抑手法来写才是，但是在现实主义手法中，作者还人物以真性情、真面目，活生生的人正是人性中善与恶的对立才更显生动，也更具反面的讽刺意味。

周进是山东汶上一个花白胡子的老童生，年届60仍然没有中秀才，他为生计谋得一个教书先生的职位，但在这里他受到了新进秀才梅玖和举人王惠的羞辱与调谑，到最后由于他不懂得讨好上级而被解了职位，于是跟随亲戚到省城做些生意，也正是在省城参观贡院的时候，周进一生的屈辱与悔恨之情瞬时发泄出来，他号啕大哭，以致昏死过去。在这里，作者并没有费笔墨描绘周进的心理，但是在这栩栩如生的外在动作刻画中我们已经感受到周进内心翻江倒海的斗争。之后，出于同情，与周进共赴省城的商人们捐了几百两银子资助他赴会试，结果考上了，此后一路亨通，直做到司库。

范进与周进在经历上颇类似，他是广东人，考到54岁仍然是个秀才，受尽丈人胡屠户的辱骂，此时适逢周进到广东主持科考，当他看到范进时，便想起了自己的过去，萌生了提携寒素之心。范进是作者否定的人物，但作品中写范进为人极为老实，在面试的时候，周进问他年龄多大，范进如实回答，说填的是30多岁，实际是54岁，可见其人之老实，这就是所谓"受而知其恶，憎而知其善"。范进因受到周进的赏识，命运得以转变，由举人而进士，进而受得官爵。

可以说，作者在刻画这两个人物时，有意识地突出了他们生命中两个阶段的对比，以达到对他们这种人生的讽刺。但是，在这种讽刺的背后，又隐隐透露出一股悲凉之气。

先从人物的悲剧意识说起，周进年近六旬，在科考路上可谓饱经沧桑，他在贡院号哭之时，哭出了对自己命运不公的控诉，哭出了一种人生的无望。在这个场景中，就明显感到一种遭到压抑、遭到扭曲的人生所透露出的悲凉：周进当初被赶的学堂，在他高中进士以后，也将他以前所写的对联恭恭敬敬地收藏起来，而曾经取笑过他的梅玖则冒称他的学生，在这对比之中，世态炎凉之感也就显露出来。

在范进身上同样如此，未中举之时，丈人胡屠户骂得他狗血喷头，而他竟一声不吭。在发榜之日，因家中无米，母亲饥饿，"便吩咐范进道：'我有一只生蛋的鸡，你快拿到集上卖了，买几升米煮餐粥吃。我已是饿得两眼都看不见了。'范进慌忙抱了鸡，走出门……"在这里范进老实厚道，孝敬母亲，他走后，即有人传捷报来说他高中，范母即让邻居去集市上找范进，"那邻居飞奔到集上，到处找不到，直寻到集东头，见范进抱着鸡，手里插个草标，一步一踱的，东张西望，在那里寻人买，邻居道：'范相公快些回去！恭喜你中了举人，报喜人挤了一屋哩。'范进道是哄他，只装听不见，低着头往前走。邻居见他不理，走上来就要夺他手里的鸡。范进道：'你夺我的鸡怎的？你又不买。'邻居道：'你中了举人，叫你回家去打报子哩。'范进道：'高邻，你晓得我今日没有米，要卖这只鸡去救命，为什么拿这话哄我？我又不同你玩，你自己回去吧，莫误了我卖鸡。'邻居见他不信，劈手把鸡夺了，掼在地下，一把拉了回来"。

这是范进中举前的生活状态，在这个片段中，我们看到了一个有些呆傻，被科举损害了的人物形象，但是他的这种呆傻与忠厚善良是并存的，而范进中举之后则再也不是本来的模样，虽然他的变化并不如匡超人明显，但是已经不是那个酸腐的书生，而成了讲究的老爷。在这个范进中举前的描写中，我们一方面感受到了来自生活深处的无奈的悲凉，另一方面则感到了一种被制度扭曲的悲哀。

另外，周进与范进都有一次"疯"的经历。周进是由于痛苦得不能自已，突然决堤地发泄，而范进则是由于承受不住突飞而来的惊喜的"打击"。两个人从不同角度说明了一个事实——他们成了一种制度下的受害者与畸形儿，这就将悲剧的意味从人物的高度提高到了社会的高度，我们在感到这两个人物悲哀的同时，也感受到了这悲凉的根源所在。

吴敬梓借人物描述告诉我们，是八股取士的科举制度造成了读书人的堕落。作者不是把读者的憎恨引向某个人，而是把这种憎恨引向那个社会，引向那个八股制度。所以，在整个的描写当中，吴敬梓对周、范的讽刺中是带着同情和谅解的，是一种"含泪的笑"。

160年后，当鲁迅先生写下《孔乙己》时，与吴敬梓讽刺艺术类似的作品出现了，但是，鲁迅先生进一步强化了悲剧意识。孔乙己是尚未中举的周进和范进，他同样是花白胡子，同样是迂腐不堪。只是在他身上有了更多末路英雄的意味，整个封建社会的制度压在了他的身上。但不论他们如何迂腐，在他们身上我们总能感到还有一丝人性的光辉在闪耀，他们身上的善良品性是由于制度的扭曲而变得怪异。

悲剧的本质就是"恶"战胜了"善"，以激起人们愤怒的审美效果——悲剧给人以触动。

在周、范、孔的身上我们感受到了这种效果，从他们残存的人性上我们感受到了他们遭到扭曲的全过程，在他们悲凉命运的背后我们看到了摧残人性的八股制度的横行霸道。这就是本文的核心所在，制度摧残了真与善的人性，这对冲突隐藏在作品背后，所谓悲剧意识，也正是在这对矛盾的背后源源不断地显现出来。

阿木

原载《陀螺》杂志 2007 年 9 月

从唐传奇到《聊斋》

引子（一）

我妈不识字，我上大学那会儿，每到寒假就要坐在火炉旁给我妈讲故事。我妈说："你小时候我没少给你讲，你长大了，该给我讲了。"我说："我不会讲，就会念。"我妈说："那你就念吧。"

于是我东翻西摸地掏我的书橱，可实在没什么给老妈讲的，最后翻出来一本卷了角的、泛了黄的，还少了一半的《聊斋志异》。我说："这个行吧，《聊斋》。"我妈很高兴，说："就念它吧。"于是我一句一句用我们的方言翻译出来讲给她听。

有一天讲到一篇，叫"侠女"。

这个故事说：金陵有个顾生，家里穷得叮当响，母亲年纪又大了，日子很不好过，25岁了还没娶上媳妇。恰好这时有一对母女租了他家对门的房子，那姑娘十七八岁，美得不得了，但却自愿照顾顾生的娘，照顾得无微不至。顾生打她的主意，和她上床，她也不拒绝，但说，就这一次。果然，以后再怎么骚扰，那姑娘都不搭理，冷若冰霜。顾生还是个同性恋，有个相好的小青年。有一天那姑娘告诫顾生："离那小子远点，你要是还想要命的话。"结果那小子却纠缠不放，最后被姑娘一刀宰了，他竟然是只白狐狸。第二天姑娘又一改往日的态度自愿献身，俩人缠绵悱恻不细说。顾生想娶她，姑娘说："都这个样了，娶不娶还有什么两样。"姑娘又说，"做爱这件事，不能太过频繁，该来的时候我自然会来，不该来的时候怎么样我也不会来。"平时帮顾生家烧火做饭，但就是老躲着顾生。过了几个月，姑娘的妈死了，此后姑娘开始行踪不定。有一天顾生忽然遇到她，已经怀孕八个月了，姑娘说："这孩子我能为你生，却不能为你养，你快先找个奶妈去吧。"又过了一个多月，顾生他娘去探望姑娘，姑娘蓬头垢面地从里屋出来，说："我生了三天了，你抱回去吧"。悄无声息地又过了几天，一天半夜时分，姑娘拎着装有仇人头的大包裹笑嘻嘻地到了顾生家，对顾生说："我的事忙完了，就此别过。跟你好是因为你比较孝顺，因为你穷娶不上媳妇，所以我帮你留个种。本来想着只做一次就怀上的，没想到后来月经来了，所以又和你做了一次。现在你的德行得到了好报，我的大仇也已了，我该走了。最后可以告诉你，我是浙江人，我爸是司马，被人害死了，我背着母亲逃出来，隐姓埋名近三年，刚开始不去报仇是因为老母健在，后来又怀孕，因此拖延了很久。现在才报成。"姑娘临走前又嘱咐说，"好好照顾你儿子，你这个人短命，你儿子却可以光耀门楣。"说完姑娘像闪电一般，瞬间就不见了。过了三年，顾生死了，他儿子18岁考上进士，孝顺得很，侍奉祖母直至终老。

听了这个故事，我妈说过一句话，这句话成为我这篇文章一个重要的论点之一。所以我称这一部分为引子。我妈说，这里面的男人怎么娘娘们们的。这句话所隐含的另外一层意思是，这里面的男人远远不如女人，即在《聊斋》里，男人很弱，而女人很强。其实这也正是我对整部《聊斋》情节特点的基本看法。

引子（二）

关于唐传奇，我也有一点要说的，这个和我奶奶有关。我们家的女性基本上都属于文盲阶层，但我发现她们的思考方式独特，只言片语就可以给我极大启发。这也不能不说是咄咄怪事。我向来不认为读书很多年是一件光荣的事，相反，我认为，在相当多的时候，我感到书的禁锢力与感染力基本持平，不管别人如何看，这条对我适用。

有一次我和奶奶聊起了《定婚店》。诸位可能知道，这是唐传奇里的名篇，出自李复言《续玄怪录》。我把大致情节给她讲了讲，奶奶说："这个我知道啊，不就是'月老儿'吗?"她给我讲了讲她小时候听过的，我一听，还真差不多，说明这个故事流传久远，已成为较有名气的民间故事。

故事大致是这样的：韦固年轻的时侯，有天夜晚在宋城的旅馆中遇到一个老头儿，这老头儿坐在月光下正在看书，韦固很奇怪，就问他看的什么书，老头儿回答说是鸳鸯谱——天下人的婚书。韦固来了兴致，就问自己的姻缘。老头儿说："你媳妇儿现在才三岁，是店北卖菜的陈老太婆的女儿。"实地考察了一番，韦固嫌那女孩年幼鄙陋，就想派人去把那女孩干掉，结果只伤到了她的额头。之后韦固一直没找到合适的对象，一直到14年后，刺史王泰愿意把女儿嫁给他，结婚一年，韦固发现自己的妻子正是当年的小女孩，眉间留有疤痕，真是唏嘘不已。宋城的县宰知道这件事后，把那间客栈定名为"定婚店"。那个老头儿，就被称为"月下老人"。

我记得奶奶说完这个故事之后，紧接着说的一句话是："那男人太霸道，老天注定的你能改得了吗？"

而奶奶所谓的"霸道"也正是我所理解的唐传奇。这是我对整个唐传奇的基本看法。

因为受到奶奶和母亲的极大启发，我觉得有必要对唐传奇和《聊斋志异》稍微谈谈。

正　文

我们总说大唐盛世，但我总觉得很多时候这不仅仅是在对这个朝代的社会经济做出评价，这个时代的人更适合这个"盛"字。此盛不是财盛，而是气盛。

唐传奇可以为这批人做一个很好的注脚。

看王小波的《青铜时代》，酣畅淋漓，但总觉戏谑太过，在味道方面已不能和原汁的唐传奇同日而语。我们现在再去看那些故事，总会感到一股生龙活虎的气息扑面而来。

1. 男人

以爱情传奇为例，这里面的男人都有相当的霸气，偶有一两个示弱的出来也是占少数。

柳毅是这里面的代表性人物，这个人最大的特点就是侠气凛然，路见不平，拔刀相助。且不为任何强势力所动，我就是我，我只做我所认为对的。这是霸气中的一个类型，我称之为"侠类"。

另外一种，是偏坏的类型，为达到自己的目的不择手段，表面柔弱，而实际狼心狗肺，狠得下心，下得去手。此以张生为代表。张生绝不是情圣，他只是个淫棍。在《莺莺传》里，他一展男性"刚毅决绝"的魅力，为了追求莺莺他绞尽脑汁，决不放弃，一旦得手又将这女子干脆利落地扔到身后。可以说，张生的所作所为勾勒出了一个坏男人的特质，他如此之坏，坏到让我们咬牙切齿，可他又如此果断，如此勇猛，又如此心狠手辣，在某个层次上说，他实在很男人。这一类型，我称之为"恶类"。

第三种类型，以《李娃传》中的荥阳生为代表。荥阳生出身世家大族，公子气盛，贵族气高，当他因为迷恋李娃而将财资耗尽走投无路的时候，谁也想不到，这位贵族公子竟然可以置之死地而后生，凭借自己的嗓子在这个萧瑟无比的世界中靠卖唱活下来。其实并不是李娃救了荥阳生，而是他自己救了自己。平心而论，对一个男人来说，在艰难的世界中活下来，应该是一种基本技能，而不能称其为优点，但在这里我还是将荥阳生列在这里，是因为他后来的同行者在这一方面实在是无法与他同日而语。我们至少看到了荥阳生的坚定不移、永不服输。这一类型，我称之为"坚毅类"。

第四种类型，以《飞烟传》中的武公业为代表。这人是飞烟的丈夫，官至河南府功曹参军，文中说他性情粗悍。飞烟与邻居公子赵象偷情，爱得你死我活，被武公业知道，赵象一走了事，飞烟却被鞭笞至死。这里的武公业霸道粗鄙，绝不手软，你负我，我就杀你，就这么一个逻辑，简单明了，干脆利落，倒也是男子汉风格。这一类型，我称之为"粗暴类"。当然，如果往深里说，这里还很有分析的必要，此暂打住，当另外专门讨论。

接下来提到的一种情况，就与前面有所不同了，不同处就在于，下面提到的这个人物已开始丧失男人的那种"霸气"，前面提到的几种类型，不论好与坏，都是敢作敢为，绝不犹豫，毫无彷徨。而有的男人却不是如此，最典型者莫过于《霍小玉传》中的李益。这个男人最大的特点是：想爱，不敢爱，爱了，又虎头蛇尾；能爱时，山盟海誓，不能爱时，借口如云；给不了任何承诺，却偏偏要许下很多承诺；犹豫不决，身不由己，完全没有一个男人的样子。可以说，伟大的《聊斋志异》里的男主人公形象绝大部分沿袭了李益的性格。

2. 女人

唐传奇中的侠女尚且不多。《虬髯客传》中的红拂可算一个。这个女人极能识人，尤其是男人，看准了下手，赌注下得又快又狠又准。她所识的两个男人，一个后来是大唐开国功臣，封魏国公；一个则横行海上，举兵十万，入扶余国，杀其主自立，成一邦霸主。后世称他们为"风尘三侠"，绝非溢美之词，而红拂之为侠女，也绝非浪得虚名。

除此之外，唐传奇中带有侠气的女性形象还有白行简笔下的李娃。这是个地地道道的娼门女子，看她耗尽荥阳生钱财这一节，拿捏适度，挥洒自如，情与不情似乎都隐约可见，这应该不是她第一笔生意，这是一个沦落风尘已久的女子，想来心的硬度与狠度应该达到了一定水平。但就是这样一个女人，只因看到"殆非人状"的荥阳生而心生愧疚，便一鼓作气地演绎了一段荡气回肠的侠行义举。

此外，还有《离魂记》中的倩娘，为爱离魂，《飞烟传》中的飞烟、《霍小玉传》中的小玉，为爱而死。有决绝的成分，但我想这世界所能感受到的，更多的是弱弱的对抗。

小说中的女性魅力要想真正发挥到极致，也得等到《聊斋志异》来完成。

2011 年 5 月 20 日

对《水浒》女性形象的一些思考

《水浒传》中的女性形象，其最大缺陷是类型化特征过于明显。

里面的女性大致可分为三类：一是孙二娘、顾大嫂、扈三娘，这是作者给予肯定的形象，最大特点是其显著的男性化趋向。

二是阎婆惜、潘金莲、王婆、潘巧云，以及清风寨知寨刘高的女人等等，这些人的最大特点是淫荡、恶毒。

三是小说中被奸人欺凌的弱小妇女，如金翠莲、桃花村刘太公之女等，最大特点是弱势、被欺凌、无反抗之力。

作者在对这三种类型的女性进行描写时，肯定是有很大漏洞的，在第一种类型中，他一味追求这些女性的男性化特征，突出她们的暴虐、嗜杀、豪放，而忽视了她们的女性柔情。

在第二种类型中又极度凸显这些女性的淫荡、残忍、恶毒，而忽略了她们凄惨的身世，对她们结局的处理也完全是从一个复仇男性的视角进行描述的，在这里作者凸显了他的敌对情绪与男权主义。

在第三种类型中，作者表现了对这些人物的同情，但就人物形象来说，小说只突出了这些人物的卑微地位与弱势形象，没有展开描述，人物立体感不强，是一种浮光掠影式的背景式的描写，在这里，女性人物只成为一种符号，其目的就是牵引及衬托出一些男主人公的形象。

总之，《水浒传》对女性的描写是类型化的，是片面的，因此存在很大的问题，有必要对其进行更为深入的分析。但不能否认的是，作者在行文中却有意无意地也暗示出当时社会中女性地位的提高，最明显的便是梁山三女性在家庭中的地位，以及一些小市民家庭中女性地位的提升。《水浒传》中对待女性的态度是有很多片面性的，但其中也不乏一些进步思想。

2011 年 3 月 12 日

薛宝钗的儒家元素

《红楼梦》第二十回，史湘云曾说："你要敢挑宝姐姐的短处，就算你是个好的。"

第三十六回，宝玉却说她："好好的一个清白女子，也学得沽名钓誉，入了国贼禄鬼之流。"

如此迥异的评价势必让人对宝钗其人投去一分复杂的目光，事实也更是如此，红楼女儿中最令人摸不透的便是宝钗。我们可以说黛玉诗意盎然，多愁善感；可以说湘云"心直口快"，酣畅不拘；可以说探春英才干练；可以说妙玉孤芳自赏；可以说迎春"二木头"；可以说惜春"孤介太过"。但是我们绝对找不出一个合适的词语来形容宝钗，与黛玉相比，宝钗显得内敛、持重、老成，很有大家风范。有前人评宝钗曰"温柔敦厚"，此意甚恰，但仍觉若有所失，不能说尽。我们眼中的宝钗，似乎永远都围裹着一层密不透风的墙，它把宝钗的女儿性围裹其中，禁其外露，在这堵墙外，我们想象不到她童年时满浸父爱的天真，想象不到她偷阅《西厢记》时的忐忑，看不到在家族产业的重担下那副单薄的肩膀。面对这堵墙，我们只能看到她持重的微笑，这笑里，或者说这墙里，浸润了太多的儒家元素，它把宝钗打造成了一个近乎完美的人，却失去了那份女儿的真实。

一、"山中高士晶莹雪"

宝钗进京时的动因，书中给出为"待选"，透过这个词，我们所能想到的是班婕妤，是左棻，甚至于贾元春，这种"待选"的事发生在宝钗身上，我们也丝毫不会感到惊讶，因为和前几位相比，宝钗丝毫不逊色，有过之而无不及。与此同时，面对这种身份我们似乎也能坦然接受，似乎它与宝钗的内在气质相当吻合。虽然事件没有下文，但这一行动也印证了宝钗积极入世

217

的行为态度，这种态度与士人考取功名的心态类似，是干预生活的一种积极有效的做法，事虽不成，我们却能从中看到宝钗那颗不甘现状的心。

曹雪芹写《红楼梦》，评价宝钗是"山中高士晶莹雪"。若从整部作品来看，贾府中的宝钗确实称得上"山中高士"。古代的隐士大致分为两类：一类隐遁山林，不问世事，很有道家的格调；一类则是以退为进，蓄势待发，极具儒家意识。宝钗在大观园中的情形颇类后者。她在其中的生活图景并不是散漫不拘的，似乎都在共指同一目的，但这一目的究竟是什么，我们也不清楚，可能宝钗自己也不清楚。真正的儒家大隐也大多并没有明确的目标或官职，但以积极的态度隐下去却终究不会错，最重要的是要把"势"蓄起来。我们看宝钗在贾府中的活动，也似乎能算得上是一个"蓄势"的过程。这种"势"说白了就是一种"人气""口碑""正面评价"，是众人的"认可"与"激赏"。

在这一过程中，宝钗的表现可圈可点，从言谈举止到处世为人各个方面都有上佳的表现，总的看来，宝钗的"蓄势"策略大致可分为两个层面：一是"修身"，若论修身功夫，大观园诸姐妹无人能与宝钗比，不论是气质还是气度，不论是针织还是文化修养她都是首屈一指的，这种修身的功夫使其极具人格魅力；二是与外界周旋的为人之道，通过这一层的作为，宝钗赢得了贾府上下的一致好评，获得了理想的效果。

宝钗虽身处贾府的小天地，但她的这些行为策略其实深合"内圣外王"的儒家理路，只不过她的"外王"范畴较为狭窄，作为一个小女子她最多能以个人幸福或家族的兴衰为其努力的根本，而她努力营造的处世哲学本质上则是一种小范围的社会规范。

宝钗的"蓄势"策略其实正是娴熟运用儒家之义的具体体现，以下将详细展开。

二、"温柔敦厚"——宝钗的修身之道

历来成大事的先贤必以修身为先，以其人格魅力来赢得上层的青睐及下层的敬仰。宝钗虽不是圣人，但修身为先的古训在她这里同样极为适用。宝钗幼时很受父亲宠爱，"令其读书识字，较之乃兄，竟高过十倍"。想来这些

书也必定是以经书居多，宝钗天资聪颖，受其影响应当较深，所以宝钗举手投足都浸透中和之美。

先看宝钗在穿着与家居布置上的审美标准，即极为明显地表现出一种朴实无华、简约淡雅的风格。第七回，薛姨妈就曾表示过，宝丫头从来不爱这些花儿粉儿的。第八回，家常打扮的宝钗穿着是"一色半新不旧，看去不觉奢华"。她所居住的环境布置也是如此，第四十回，描写蘅芜苑，"及进了房屋，雪洞一般，一色的玩器全无。案上只有一个土定瓶，瓶中供着数枝菊花，并两部书，茶奁、茶杯而已；床上只吊着青纱帐幔，衾褥也十分朴素"。如此朴素的外部格调与宝钗的内在修养和气质是极为吻合的。

宝钗"端凝持重""温柔敦厚"的气质，正是儒家所推崇的为人风格。《中庸》有"节情以中"之说，认为"喜怒哀乐之未发谓之中，发而皆中节谓之和"。中和，即要求从根本上注重性情的温良柔顺，将"允执其中"作为人格修养的要义。儒家这种节情以中的理性精神，渗透在宝钗的气质个性中，形成这一形象不愠不怒的端凝安详、温和豁达风度。对宝玉的应付和回避，她不过说一声"我是为抹骨牌来的吗"之后笑笑走开，不在意、不生气；劝导宝玉多学些仕途经济，宝玉却"咳"一声抬脚就走，她登时羞得脸通红，却能不露愠色，诸多场合，她只是"浑然不觉"。即使当她贵族大小姐的尊严受到极大伤害时，也能理智地处理自己的情绪，如第三十回，宝玉拿宝钗比作杨妃，宝钗登时大怒，却能极力克制，机带双敲，玩转戏词，不动声色地借题发挥，而且见好就收，事后全然不提。

维护上下有序的等级观念也是宝钗重要的修身内容之一。首先是以"孝"为先，表现为对长辈的既孝又顺。"晨昏定省"自不必说，生日宴上为贾母点热闹戏文其实也是"孝"的体现，而并非单纯意义上的"媚上悦贵"。其次对待同辈的兄弟姊妹，宝钗则能意气相投地身处其间，并不时地透出一股长姐之风，沁人心脾。对待身处下层的仆役阶层，宝钗能把握好一个相处的"度"，保持一个适当的身段，既不能太冷漠，也不能太亲近，这是她的原则。我们看她对待周瑞家的、对待老嬷嬷们，都是热情有加，这里面其实包含了尊老的因素，而对朝夕相处的香菱、莺儿，则又似乎缺乏一种热情，有相当的距离感。第三十回，宝钗因宝玉的讥笑怒从心起，偏"小丫头靓儿因不见了扇子，和宝钗笑道：'必是宝姑娘藏了我的，好姑娘赏我罢！'宝钗指着她厉声说道：'你要仔细！你见我和谁玩过！有和你素日嬉皮笑脸的那些姑娘们，你该问他们去！'说的靓儿跑了"。在这里，宝钗虽是迁怒莺儿，借题发挥，但依然能看出她对待下人的原则。这是由她的上下有序的观念所决定的。

最后，宝钗极力强调闺门修为，努力在"宜室宜家"上下功夫，这是大端，但同时也没有忘记诗书教义，文化修养很是渊博。《红楼梦》中说她"可叹停机德，堪怜咏絮才"便是从这两个方面对她进行评论的。相对来说，宝钗更加看重前者，第四十二回，宝钗教育黛玉"至于你我，只该做些针线纺织的事才是"。宝钗自小留心"针织家计等事"，为母亲分忧解劳，想必也不少料理家事和族中产业。第五十五、五十六回，凤姐生病，宝钗与探春、李纨共同执政大观园，即对她"宜家"修养的认可，宝钗也表现不错，赢得了"识大体"的名声。其中宝钗对朱子《不自弃》文的心神理会，对"于身不弃，于人无愧，祖父不失其贻谋，子孙不沦于困辱"的理解与运用，都相当充分地体现出了她积极用事、重视理家的观念。与此同时，宝钗虽然以诗书为末端，但她的文化修养在大观园中却是罕有匹敌，海棠诗她一举夺冠，咏絮词也屡翻新意，更有菊花诗、螃蟹咏，均是上乘之作。除此之外，宝钗博古通今，又涉猎极广，戏文之词、六祖坛经都能信手拈来，惜春作画时她对制画常识的那番讲解，更是让众人只有恍然大悟的份儿。

对修身方面的严格要求使宝钗形成了符合传统道德的理想人格，这使她在内在里就暗合了当时社会的取舍标准，成为一个既定规范下的理想女性。

三、宝钗的为人之道

在此之前，首先对要这种向外用力的处世法则做一说明。孔子曾对子夏说："女为君子儒，无为小人儒。"可见在孔子时代，儒的含义就有所不同，并有君子小人之分。"内圣外王"的儒家理路在战国后期开始分化，形成儒道合流、以修身为主的"易庸"之学和儒法结合、以"外王"为主的荀子之学。尤其是荀子之学，在经过数代的发展之后，社会规范作用逐渐式微，个人功利之心则逐渐增强，种种法则渗透在各个时代的士人身上，与儒家原有精神一道传承下来。从某种意义上说，它已经是传承之后的儒家之学的一部分，既然儒学是一种"功利"的学说（虽然这一"功利"的概念古今不同），那么争取功利的手段也开始自然而然地保留其中，及至封建末朝的清代，所谓"事功""外王"其实正是被当作一种处世手段而存在的。士人逐渐向政客的身份过渡，是这一转变的外化。种种迹象表明，当时的士人更近于"小人儒"的概念。

我们看宝钗的为人之道，其实就颇类政客的"策略"。而从本质上说，所谓"山中高士"本来就持有隐士与政客的两面，他们都处在"儒"这一大范畴下。

宝钗的"为人之道"具体说来主要有以下几个方面：

第一，"自保"策略。

宝钗与人周旋的最低底线是求得"自保"，即首先，能在特殊或者危险情境中不伤毫发、全身而退，即书中所说的"安分随时，藏愚守拙"，将锋芒收起，不多管闲事，自然不会引来祸患。关于这一点，最明显的莫过于宝钗的"沉默寡言"，王熙凤对此的评价是"拿定了主意，'不干己事不张口，一问摇头三不知'"，此评价相当准确，宝钗从来不对某事某人公开发表意见，即使在凤姐的要求下执政大观园之际，宝钗也坚持这一原则，所言多为建议，从大处着眼，绝少针对具体人事。其次，宝钗善随机应变，化险为夷，最明显的例子是第二十七回，宝钗扑蝶，误听到小红与坠儿的对话，将被发现之时便使了个"金蝉脱壳"的法子，假装追逐黛玉，落落大方地摆脱了险境，但嫌疑却落在了黛玉的头上，我们很难断定宝钗如此做法是有意还是急中生智来不及细想，但从中却能看出宝钗时时小心、提防险境的那份小心翼翼。最后，宝钗的"自保"心态还体现在她对入住大观园的态度上，宝玉、黛玉等人对入住大观园一直是兴高采烈的，独独宝钗并不如此，在她住进去之后还时常摆出随时准备脱离大观园的架势，抄检大观园之后，她立刻搬了出去。这种姿态，无意中加重了她的分量。应该说，宝钗的"自保"心态与儒家所谓"独善其身""邦无道，免于刑戮"等观点是有相近之处的。

第二，察言观色。

宝钗的安分守己，藏愚守拙并不说明她私下里对人事缺乏观察，正相反，宝钗对于身边的事是在用心体察的，她自己就说过："我来了这几年，留神看起来，二嫂子凭她怎么巧，再巧不过老太太。"在藏愚的背后正是宝钗的"留神看着"，的确，宝钗对于身边的人与事是观察入微的，正是这种细致的观察才使她能急人之所急，想人之所想。第十八回，元妃省亲夜，宝钗顷刻之间便把握住了元春的审美倾向，并在关键时刻提醒了宝玉而且给予援助，宝玉连称她是"一字师"。又如，湘云向来豪爽不拘，属乐天派，常人很难发现她的难处，独宝钗能体贴她的苦楚，并劝阻袭人把针线拿给湘云，可谓体贴入微。对于周遭的人，宝钗也多能观察细致，给出深刻的评价，如第二十一回，评价袭人"倒别错看了这个丫头，听她说话，倒有些成见"。又，第二十七回，暗暗评价小红"眼空心大，是个头等刁钻古怪的东西"。这些评价，都可谓入木三分。

第三，"迎合"策略。

前文曾经提到过，宝钗对待长辈向来既"孝"且"顺"，这是宝钗自觉遵守上下有序的道德规范的表现。但是这种"顺从"的有意为之，也确实包含有一定程度的迎合心态，但我们不能把它简单地描述成"媚上悦贵"，宝钗的"迎合"是与其内在修养紧密联系的，同时也是她赢得长辈好评的上佳策略。

宝钗有相当深厚的"体贴"功夫，面对长辈，她更是能将其发挥得游刃有余。第二十二回，宝钗生日宴上，贾母让宝钗点戏，宝钗知贾母素喜热闹，点的便是《西游记》和《山门》，果然贾母很是喜欢。更为明显的在第三十二回，金钏儿因被王夫人撵出贾府，深受屈辱跳井而死，王夫人自责之际，宝钗劝慰说："姨娘是慈善人，固然是这么想，据我看来，他并不是赌气投井，多半他下去住着，或是在井跟前憨玩，失脚掉下去的。他在上头拘束惯了，这一出去，自然要到各处去玩玩逛逛，岂有这样大气的理？纵然有这样大气，也不过是个糊涂人，也不为可惜。"站在受害人角度看，宝钗这段话，说得令人坚冷冰瑟，很没有人情味，但如果站在王夫人的角度上，则还是能起到一定的宽慰作用的，加之宝钗随后又把自己的衣服贡献出来，给金钏儿做装裹，毫不忌讳，做足了体贴劝慰功夫，王夫人对这个外甥女应该是心存安慰的。所以，宝钗的"迎合"策略，使她首先在长辈这一层面上就赢得了较高的评价。

第四，"收买"策略。

说法不太好听，但整部《红楼梦》看下来，我们不难发现，其实宝钗超好的评价，超高的人气，多半正是用这种策略来赢得的。只不过种种"收买"的实质不同，有的以各种小恩小惠的物质利益便能搞定，有的则需付出很大的感情因素。

宝钗的"收买"策略也因此大致分为两类：一类简单易行、目的明确，纯粹是一种交际手段；另一类则夹带了多多少少的感情因子，很难说是完整意义上的政治手腕，而是与她内在的涵养相融合的。

先看前者，以小实惠赚得他人的口碑是宝钗的一贯作风。第七回，周瑞家的从薛姨妈处拿到宫花散与各处，虽说这意见是由薛姨妈提出来，但肯定也少不了宝钗的主意。第六十七回，薛蟠外出带回来许多玩物，宝钗将其打点清楚，一分一分配合妥当送与他人，贾环也未曾漏下，赵姨娘见宝钗送了贾环些东西，心中欢喜，想道："怨不得别人多说那宝丫头好，会做人，很大方，如今看起来果然不错。他哥哥能带了多少东西来，她挨门儿送到，并不遗漏一处，也不露出谁厚谁薄，连我们这样没时运的，她多想到了。要是那林丫头，她把我们娘儿们正眼也不瞧，那里还肯送我们东西？"连赵姨娘之类的人物也能对宝钗如此评价，可见宝钗心思之缜密，为人之高明。

再看第二类。对于同辈的姊妹，宝钗也多能以物质实惠拉近彼此的关系，但是宝钗在这样做时更像一个体贴入微的长姐，因为在这个过程中，宝钗是在理解和同情的基础上向她们施以援手的。大观园中，最了解湘云家事及其难处的要算宝钗，湘云做诗社东主，宝钗从实际生活点出其难处，最后给予物质上的帮助。对邢岫烟生活上"暗中多体贴接济"，也不是纯物质的支持，而是也倾注真情，脂评"写宝钗岫烟相叙一段，真有英雄失路之悲，真有知己相逢之乐"。另外，宝钗对她们的帮助也十分注意方式方法，知道给她们留足脸面，所以给她们援助，多是在背人处，而且是在她们最需要的时候。

即使多疑如黛玉，宝钗也能逐渐拉近与她的关系，只不过这时她用的不再是物质利益，而是实实在在的亲情感化。第四十二回，黛玉行酒令时脱口念出《西厢记》《牡丹亭》里的唱词，过后宝钗运用巧妙的话语节奏和温婉和煦的长姐之风将黛玉收服得服服帖帖。互剖金兰语后，黛玉亲身感受到薛姨妈与宝钗带来的浓浓亲情，与宝钗的关系更是非往日可比，已将其视为自己的闺门知己。

宝钗的"收买"策略收到了良好的效果，在贾府上下尤其是在同辈姊妹中，赢得了极高的信任度和极好的口碑。

第五，"逞才"策略。

前文曾提到，宝钗具有深厚的文化修养，虽然她自己多次提到不以诗书为意，而以针织为首，但宝钗对她所具有的学识是知道如何运用的，这便是她的"逞才"策略。

宝钗的诗词都能作得不错，每每能压倒黛玉，夺得诗冠。而且学识渊博，《红楼梦》里背书的活儿都被宝钗揽了下来：第二十二回，宝玉说《鲁智深大闹五台山》是出热闹戏，宝钗马上背出戏文中的一套《寄生草》予以反驳，而且正合宝玉的口味，喜得宝玉称赏不迭；宝玉得罪了湘云和黛玉，作一偈明志，又是宝钗随口道出六祖坛经里的典故劝告他，宝玉为之叹服；惜春作画，也是宝钗给她筹划，从各色笔枝到种种颜料，从细绢粗箩到生姜和酱，一应俱全。其学识之渊博，涉猎之广泛，令众人惊叹。

宝钗的"逞才"也正是为了在诸姐妹中无形地提高自己的威望，博得更多的认可与赞赏。

总之，宝钗在为人之道上所做出的种种努力均收到了良好的效果，她所努力蓄成的"势"也逐渐形成，处世原则的熟练应用使得宝钗赢得了全府上下的一致好评。

四、宝钗诗词里的儒家元素

《红楼梦》中，宝钗的诗常与黛玉的诗平分秋色，但二人的诗风却迥然不同，黛玉的诗常寄予身世之感，风流别致，而宝钗的诗却多含蓄浑厚，很符合儒家的作诗标准。

《诗大序》中有言："发乎情，止乎礼仪。"又《论语》中子曰："《关雎》乐而不淫，哀而不伤。"这种温柔敦厚的中和诗风，在宝钗的诗歌中我们可以很容易找到。

如宝钗的《咏白海棠》："珍重芳姿尽掩门，自携手瓮灌苔盆。胭脂洗出秋阶影，冰雪招来露彻魂。淡极始知花更艳，愁多焉得玉无痕？欲偿白帝宜清洁，不语婷婷日又昏。"该诗塑造了一个"自灌苔盆"的闺中女子形象，又以花喻人，表现出了她的微微落寞与淡淡哀愁，其格调正符合"哀而不伤"的儒家审美标准。

此后宝钗的菊花诗也保持了这种诗风，如《忆菊》"念念心随归雁远，寥寥坐听晚砧痴"就很有含蓄的意境；《画菊》"淡浓神会风前影，跳脱秋生腕底香"也充盈着温婉和合的气氛。虽然《螃蟹咏》讽刺性更强，《柳絮词》外显性更明显，但大致也不脱这一风格。前者借物说人，深含"美刺"之意，后者则翻新出奇，寄托遥深，充满积极向上的磅礴之气。

总之，我们所了解到的宝钗是自觉以儒家观念作为其性格操守的主要标准的，这种自觉使得她浸润了儒家气息，从修身到处世，再到审美观，都深受其影响。传统观念熏陶下的宝钗完美得无可挑剔，这使她多了份道学气和士人气，却少了份女儿气和真实感，所以，当我们看到宝钗被哥哥气得满心委屈，被夏金桂欺负得伤心流泪时，她那份无助却让我们倍感亲切，也只有这时，我们才能看到宝钗那深藏不露的女儿特质和压制已久的真情实感，才能看到那堵高墙之后稍稍遮挡不住的天然本性。

木

2009 年 10 月

有关红楼人物：妙玉

红楼里的人物都很有张力，都是那种极有深度的人，哪怕粗鲁如薛蟠，痴呆如傻大姐，也都有他自己的深度在，其意义是多维的。

我们总说宝玉多情，黛玉敏感，宝钗精深，探春精干，其实也只是这一个人的最突出点而已。他们身上其他隐藏着的特性也极为丰富，就像黛玉的多疑背后其实隐藏着一份单纯与耿直，隐藏着一种渴望和理想，正是过于理想化，过于期待化，反而更显苛刻。

主人公们自不必多说，红楼中那些一闪而过的小人物们又何尝不是金光闪闪？我们可以试着对其中一些人做一些思考。

比如，对于妙玉这个人，你会怎么看呢？

一眼望去，妙玉首先是一个表里不一的人，换句话说，是一个比较虚假的人。

我一直坚持红楼人物有一个"真""假"之分，我所谓的"真"，是指真性情，真我，不虚伪，不做作，所谓的"假"则正与此相反。可以明显感到红楼中的"真人"至少有宝玉、黛玉、史湘云、晴雯、香菱、紫鹃等，而"假人"则有宝钗、王夫人、袭人、妙玉等，这样划分当然会遭来非议，但我仍然坚持，这个真假之分可以在一定程度上给这些人定个维度。但是需要说明的是，不是"真"就一定好，"假"就一定坏，相反地，一个真性情的人有时反而更容易让人觉得可恶，如黛玉。而一个处世得当、办事周圆、以假面目示人的人，反而更容易在表层的交往层次上让人接近，如宝钗。

真假只是就一个人的气质而言，无关其他。如果一个人可以利用自己"假"的一面练得事故圆熟，玲珑八面，但关键时刻是为了利人或者利己，而非害人，那就是好的，最明显的莫过于贾芸与小红，他们在贾家败落之际，为营救宝玉等人，发挥自己的"假"之长处，四处奔走，不遗余力。这是多么令人动容的一幕。

扯远了，其实想说的就是，真假在我这里不是个道德评价，而是个气质评价。

妙玉无疑是属于"假"的，妙玉这一辈子都在做心口不一的事。为了谋生要进入贾家，做摆设给人看，却仍要拿出一副清高的架势，这是一个饭碗与面子的矛盾，妙玉既想要面子，也想要饭碗，当然，她达到了目的，原因无他，只是因为贾家这个东家觉得实在没有必要去跟她一般见识，毕竟，当时的贾家，钟鸣鼎食，钱多得要命。另外的那个"假"则和宝玉有关。妙玉爱宝玉，这是个傻子都能看出来的事实，妙玉却总还端着架子，这很像初中时的男女关系，一个男孩喜欢一个女孩是绝不会去保护她的，相反，他要伤害她，并以听到其哭声为乐，这其实是一种未成形的感情表达方式，有一种青春期特有的变形性质。在某种程度上，妙玉对宝玉的态度就和这个有点相像，但还要复杂一些，这是和她的性格相关的，她一边爱慕他，一边还嘲讽他，但一次次的尖刻言辞背后却是把自己用的杯子给宝玉用，为了给宝玉祝寿还专门送去贺词。凡此种种，谁不知她凡心大动？只有她自己，还要维持着那份孤高的表象。

很难说清宝玉对她是什么态度，更多的时候，我们看他对她都是毕恭毕敬，不论是去谢贺词，还是去剪梅花，都是一副拜见师父的态度，对于此，不知她会作何感想。

但是话又说回来，妙玉还是一个比较有品质的女孩，大家出身的背景，孤苦无依的现状，寄人篱下的惨象，都是值得人同情的。在这几点上，她和黛玉有惊人的相似点，但是黛玉比她幸运一些，毕竟，贾母还是她的亲外祖母，她还有一半的贾家血统。而妙玉则是彻底的无依无靠，在那种世界里面，那种状况之下，一个孤傲的女子，该是多么艰难！

黛玉的心是火热的，她可以在与宝玉相处的时光中以非语言的形式（如流泪、发脾气、题帕诗）把自己的火拿出来，让宝玉知道。妙玉的心也是火热的，可是她却不能像黛玉那样坦荡，因为她特殊的身份要求她保持一份矜持，也因为她知道其中的可能性微乎其微。

所以，妙玉的"假"，更多的是一种无奈的"假"，是一种无所选择的

"假"。她只能以这种态度，给自己和宝玉之间拉开一段距离，这是欣赏的距离，也是思念的距离，更是自保的距离。

假如有一天，妙玉也能以贾家亲眷、名门小姐的身份入住大观园，我不相信她还会那么若远若近地对待宝玉。也许她没有黛玉那么高的才情，没有黛玉那么多悲咽的泪水，但她不缺乏热情与真诚，还有对宝玉的那份挚爱。

以上所述，并非对妙玉的辩护，也不是对她的正名，而只是就一个人物谈谈自己的理解。

王国维论词有"隔"与"不隔"之说，其实看看红楼人物也不难发现，所谓的"真"与"假"，在某种层面上也只是"不隔"与"隔"的区别。以"隔"论人物，最明显的莫过于宝钗，她的周围仿佛立起了一道密不透风的墙，这堵墙让她进可攻退可守，充满力量，这是她参与世界的方式。相比来说，妙玉的"隔"似乎更显力不从心，妙玉的"假"也似乎虚弱不堪，这是她迥异于一切"假之人"的地方，也是她贴近宝玉和黛玉的地方。

所以细细分析起来，妙玉其实是处于真假之间的人，也正因为徘徊于"真""假"的边缘，所以妙玉身上有一种神奇的张力，她的假清高会遭致一些人的谩骂，她的惨遭遇会得到一些人的同情，但只有看懂她的人，才会明白妙玉身上真正的张力所在。

2011 年

有关红楼人物：惜春

金陵十二钗里，惜春是戏份很少的一个。如果给众多红楼年轻女性拍张合影，瘦弱娇小的惜春应该是站在边缘角落里一个很不起眼的位置，用今天的话说，惜春，很多时候似乎仅仅是一个"背景"式人物。她神情落寞，郁郁寡欢，她站在那里，却又仿佛没在那里。她离每个人都很远，似乎正与这个现实世界遥遥相望，那是一种不可名说的精神上的距离，也是她人格中最为独特的表征所在。

惜春首次亮相，就被曹雪芹很不以为然地一笔掠过。这固然与不拘格套的笔法有关，与人物年龄的设定有关，但深层里应该还是与人物重要程度的关系更为密切。换句话说，人物在登台出场的一刹那，就已经暗示了他以后的某种地位，这种地位既指府中的地位，也指书中的地位。当然，这种观点是公认的常识，也无须赘言。

需要多说两句的是冷子兴演说荣国府时所提到的三位小姐的身世。如其所言："二小姐乃赦老爹之妾所出，名迎春；三小姐乃政老爹之庶出，名探春；四小姐乃宁府珍爷之胞妹，名唤惜春。因史老夫人极爱孙女，都跟在祖母这边一处读书，听得各个不错。"相比之下，迎、探二人均为庶出，而惜春作为贾珍胞妹（同父同母），很有些正出的可能，就这一点来讲，惜春的出身不比迎、探差。但读过红楼的人都知道，荣宁二府在日落黄昏的下坡路中，其糜烂程度还是有些不同的，宁国府的种种，多为荣国府所不齿，荣国府再溃败，贾政僵化的儒气尚存，贾母残余的威严尚在，因此，荣国府的风气在表层上大约还是好些的，荣府的人骨子里应该是瞧不上宁府的，这从荣府上下对待尤氏的态度即可见出一二。《红楼梦》第六十六回，柳湘莲曾言："你们东府里除了那两个石头狮子干净，只怕连猫儿狗儿都不干净。"这话说得相当直白，但宝玉听了也只是红了脸，并不辩驳。由此可见，宁府的糜烂是人所共知的，这不仅是府外之人的看法，同时也是以宝玉为代表的荣府人的看法，更可能是宁府人自己已接受了的看法。在这种观念下，不论男女，不论老幼，宁府出身的人首先在人品道德上就低人一等，宁府成为一个极为卑贱的人格标签。这个标签，贾珍、贾蓉等人可以无所谓，乌烟瘴气对他们而言是最好的居住氛围，但对"身量尚小"的惜春而言，却不啻为一个永远摆脱不掉的噩梦。如果说宝玉一出生就因为那块玉而身价倍增，那么惜春则恰好相反，她在出生的一刹那，就已经被一股挥之不去的戾气打上了污浊的烙印，这烙印不在她身上，而在她心里。这是造成惜春极端精神洁癖这一反常性格的最重要的因素。

另外，冷子兴所提到的"史老夫人极爱孙女，都跟在祖母这边一处读书"一说，也可做另解。通读《红楼梦》我们并未发现贾母对这三个孙女有多怜爱，对探春好感多些也只是因为探春伶俐过人。贾母让孙女们在自己身边一起读书，一是出于一种基本的修养理念，大家小姐总是要识些字的，聚拢在自己身边也便于管理；二是对府中名声的保护与宣扬；三是对元春成功经验的一种无意识推行。至于惜春，贾母则另有一层深意——宁府的污浊气氛实在不利于一个女孩的成长，作为实质上的两府族长，贾母有责任有义务让惜春这个自家的孙女清白地长大，把惜春要至身边也是无奈之举，而绝非什么疼爱。可以猜想，惜春在荣府环境中应是颇为自闭的，对他人清洁出身的艳羡，对亲情呵护的不得，应该是造成惜春逐渐走向极端精神洁癖、走向虚无的又一重要因素。

惜春在成长的过程中，不仅在空间上与宁府保持距离，在精神上与宁府的距离也更为遥远。惜春的一生，是一个不断自我洗刷、自我超脱、自我拯救的过程，在荣府这个生长环境中，她更为深刻地意识到一种类似原罪的心理体验，为摆脱这种原罪，洗刷与生俱来的污点，她一生追求的就是一种绝对的心灵洁净。所谓孤僻、不近人情，其实都是惜春心灵、道德洁癖的一种外显，而她对佛道的痴迷，则更是一种必然的、自然而然的自救手段。为对惜春有个更好的了解，我们可以对她做进一步的认识。

一般人对惜春的最深印象有三点：一是善画，二是冷漠，三是亲佛。

惜春善画，《红楼梦》第四十三回，惜春奉贾母命欲作《大观园图》，诸姐妹都来出谋划策，惜春也乐得他人指点，但她曾言："我又不会这工细楼台，又不会画人物。"黛玉也说："人物还容易，你草虫上不能。"宝钗也说："藕丫头虽会画，不过是几笔写意。"由此不难看出，惜春其实并不善画，在作画上，她谋划不及黛玉，构图、选料不及宝钗，充其量只是一个绘画爱好者而已。这一回虽说是以惜春作画为讨论中心，但重点却不在惜春身上，而是突出表现宝钗的博学、钗黛关系的良好发展，惜春反成为背景人物。但另外一层，我认为曹雪芹给予惜春一个作画的爱好，其实也是给出了她性格中的另外一面。第三十七回，李纨说过二姑娘四姑娘并不会作诗，这使得惜春少了一个感受世界的途径，但她的"写意画"在某种层面弥补了这一缺憾，而成为她看待、感受世界的一个窗口，甚至是表达她对世界看法的重要路径。如果惜春真能从写意转变到写实，完成那一幅《大观园图》的话，我相信她的世界观或多或少会有一些改变——至少她看待世界的方式会更为稳健而客观，而不是揣度或臆想，那是一种沉浸在自己幻象中的主观表达，充斥着自我的否定与偏激。然而可惜的是，我们在《红楼梦》中，也并未看到这幅画的完成。

惜春的冷漠最突出地体现在第七十四回，这一回的题目是"惑奸谗抄检大观园　矢孤介杜绝宁国府"，显而易见，在这一回中，惜春的冷漠表现是对宁国府的厌恶与"杜绝"。凤姐和王善宝家的抄检大观园，搜出惜春侍女入画私藏的银子，本来也不算多大过错，说清楚也就罢了，但惜春却绝不罢休，坚决要把入画撵出去，嫂子尤氏劝解也不管用，惜春说："不但不要入画，如今我也大了，连我也不便往你们那边去了。"又说，"我一个姑娘家，只有躲是非的，我反去寻是非，成个什么人了！"由此可见，惜春最在乎的是自己的清白与否，不论何人，只要玷污了自己的清白，就一定要让他离得远远的，入画是，宁府更是！惜春说："我清清白白的一个人，为什么叫你们带累坏了我！"这句话应该是惜春最为掏心的话，在惜春看来，清白面前，主仆之情、哥嫂亲情，全是不堪一击的俗物，因为在她心里，永远存在着那个脱离原罪的精神洁癖。

惜春的喜佛、近佛，也正是在精神洁癖症状下的自然反应。《红楼梦》

中离佛道较近的女性有智能儿等小尼姑、迎春、妙玉、惜春，甚至邢岫烟也较有造诣。比较来看，智能儿等人属凡心未死的小孩儿，不足论，邢岫烟则是因为早年与妙玉的交好而略懂佛理，也不予讨论，这样，我们可以在迎春、妙玉、惜春三人间做个对比。迎春爱抄诵佛典，但她的这一倾向明显是一种逃避行为，迎春生性懦弱，遇事常常躲避，在迎春看来，唯一能得清静、得太平、与世无争的地方便是佛典，因此她常常沉浸其中，可以说，迎春的喜佛近佛纯粹是一种自我逃避，而不是真正的沉迷其中。相对而言，作为"科班"出身的妙玉，理论上则要高深纯粹得多了，但她入佛的动机却又复杂得很，我曾撰文认为，"妙玉是为了谋生而进入贾家，作用是做摆设给人看，却仍要拿出一副清高的架势"，但由此也可知道，妙玉出家实乃不得已的做法，并不是她真的看破了红尘，而是为了谋生。因此，妙玉是一个并未忘却世俗的佛门中人，她外冷内热，并有着许多世俗的希望在。

而惜春则与以上二位完全不同，她既不同于迎春的躲避，也不同于妙玉的无奈，惜春的喜佛、近佛乃至最后的入佛都是一种自然而然的心灵选择。尤氏曾骂惜春是个"心冷口冷心狠意狠的人"，此言不虚，但往深里想，这其实也正是惜春极度精神洁癖的必然表现。因为过于追求一尘不染的清明世界、追求真正的自我救赎，她对一切有污于其人格的人和事都极为厌恶，越往后发展，惜春的彼岸情结越浓。我甚至怀疑她在幼年时就已经有了一种模糊的超脱意识，正是这种意识，使得她与每个人都保持有一定的距离，这个距离随着她年纪的增长也逐渐加大逐渐清晰，这使她拥有一种贾府人少有的隔岸观火式的清醒头脑。许多人认为惜春是由于前面三位姐姐悲惨遭遇的打击而变得心灰意冷，我则认为，惜春的冷心透悟乃至遁入佛门其实是她性格发展的必然结果。

从来到世俗，到超脱世俗，有时候并不需要一个多么漫长的过程。现在看来，在当年贾母把惜春接到荣国府的那一时刻，在惜春努力诵读"四书"的那一阶段，在惜春彷徨四顾无人依靠的那个瞬间，她那颗幼小的心灵里应该早已埋下了一颗孤独的种子。

2011 年 10 月 24 日

有关徐志摩

没有人不知道徐志摩，但也就是知道而已，除此无他。

他有几首脍炙人口的诗歌流传下来，四五岁的小孩子可能也会背一两首诗歌。作为一个诗人，似乎，足矣。

辛弃疾说，"赢得生前身后名"。徐志摩仿佛已做到了这一步。但是在我们这些凡人看来，徐志摩的一生似乎要比他的诗精彩得多，也热闹得多。真的是这样吗？确实是这样吗？

我在图书馆查找有关徐志摩的著作的时候，我发现充斥我眼球的几乎全是他的生平研究，那些以 K 开头的书一排排地躺在那里，我找不到一本研究徐诗的专著，哪怕是港台的，也没有。

徐志摩生得热闹，死得热闹，死后也不被人放过。

可是我却在这些热热闹闹的的书里看到越来越多的苦。不知为何，我在那些穿插其中的诗中嗅到了黄连和胆汁的味道。我所看到的徐志摩，不是风流倜傥，而是凄风苦雨；不是才华横溢，而是呕心沥血。这是一个悲剧性的人物，生亦悲、死亦悲、爱亦悲、恨亦悲。

他可能真是一个天生的诗人，太过理想，太过燃烧，太过热情，也太过不计后果。他是想拿着自己的心捧给爱人的，可惜他的爱太过理想，那是一个不食人间烟火的地方，林徽因会因此躲之不及，这是一个务实的女子，虽然小，却比徐志摩成熟得多。

后来的陆小曼却又复杂得多，徐志摩和她的感情是以惺惺相惜开始的，这段艰难的感情让徐志摩倾其所有，不为别的，只为这个烟熏火燎的女子身上的那股子灵气，还有爱之理想。这绝对不是桩好姻缘，却可以让徐志摩心存零星的念想。

至少，这段缥缈的感情还可以陪着他死。

于是我想到这对悖论：徐志摩不是个情种，因为他太过笨拙。徐志摩也不能算是个诗人，因为他太过呕心沥血。徐志摩就是个情种，因为他那么笨拙；徐志摩可以算是个好诗人，因为他那么呕心沥血。

所以，不要太看轻他吧！至少，这些诗的凄清里，饱含着他的生命。

木头

2010 年 10 月 7 日

有关"动"——从郭沫若说起

我想首先从闻一多所讲到的一个字说起，即"动"。

闻一多说："二十世纪是个动的世纪，这种的精神映射于《女神》中最为明显。"（《〈女神〉之时代精神》）

我觉得这个词概括得非常准确，尤其于郭诗而言，是一语中的。有关这个词，我有以下三点要说。

（一）动与动的不同：郭、徐比较

曾有人指出，20世纪的诗人只有两位，一是郭沫若，一是徐志摩。这种说法肯定不全面，但自有其道理在。从某个层面来说，这两个人是有相似点的，这个相似点就是动。两个人都是求动的人物，是那种热情似火、呼之欲出的人物，但就深里说，两个人的动又是极不相同的。

徐志摩的诗里有一股饱满的诗气，但这诗气的传达却不是无节制的，里面总有一种节奏感，因此表现出来就是回环婉转，轻歌曼妙，至少他的代表作都具有这种美感。如果以性别做喻的话，他的诗里稍具有一些女性的特质。

而郭沫若便不同了，郭诗里的气息是生龙活虎的，是一气而下、贯穿千里的，这里面呈现出一种男性的霸气，强壮、有力，而且极具爆发力。

（二）静与动

闻一多的第二篇文章（《〈女神〉之地方色彩》）似乎在讲郭诗缺乏一种古典的或者说传统诗的韵味，一味西化，缺乏传统的气息。但仔细看来，这仍然是在讲动与静的问题。

如他说："《女神》底作者既这样富于西方的激动底精神，他对于东方的恬静底美当然不大能领略。"他用激动来形容西方，而用恬静来形容东方。

下面又说："东方的文化是绝对的美的，是韵雅的……我们不要被叫嚣狂野的西人吓倒了！"

因此可见，闻一多是倾向于恬静之美的。

（三）格律与自由

接着上面继续向下引申的一个问题便是格律与自由的问题。闻一多、徐志摩等人所提倡的正是一种类似于古代格律的新格律诗，这种格律的法则其实正是通向恬静之美的一条极为关键的路。我们古代的律诗很少有言辞激荡、感情激烈的作品（像鲍照、李白那些雄激的歌行在古代其实是少数），关键一点就是用格律的框子框住了放肆无忌的情感，因此古诗都是偏静的，因为这个笼子禁锢了张牙舞爪的情感，化动为静了，因此形成了含蓄之美。

其实徐诗与郭诗的发源是有一致性的，二人都是火山一般的人物，只是前者有意识地加入了格律的套套，因此气息被分割、重新组合，形成了回环婉转的另一种美。而郭沫若则一路自由地写下来，无拘无束，情感宣泄得回肠荡气，也正因此，他被讲求诗法、追求恬静的闻一多指责也就可以理解了，这其实是两种不同的作诗理念的一次交锋。

木

2010 年 10 月 15 日

有关萧红

　　其实接触萧红的文字，应该很久了。小学三年级学过一篇课文叫《火烧云》，读的时候感觉像一个半大孩子写的。过了十来年看《呼兰河传》，才知道是萧红写的，十分诧异。以前的课文，常喜欢把作者的名字缩成小字号，放到不起眼的脚注里，摆明了是不想让小孩子记住的。可见作者的地位有多低——直至今天。

　　萧红像个谜，每当被人谈起，必定是从文字转移到情爱上去。先是说，萧红的作品，真是纯净可爱，然后又说，可惜萧红这个人啊，真是……不知道这是萧红的悲哀，还是所谓读者的悲哀。女性作家大概可分为三种：一种是极具中国特色的，主要表现是，尽量把性别抹了去，我猜这种写法可能连女权主义者也看不上吧。另外两种，一种是聪明过头，冷眼观世，似乎看透了一切表象。另一种则是毫无心机地站在世界中央，像一个眼泪汪汪的小女孩。但不管聪明还是幼稚，到头来似乎都活得不好，死得也不好。这是没有办法的事——作家的身份与写作的天赋，让她们太过出类拔萃，一切恶运从此开始。当然，某些拿文字做调情工具的"女作家"是不在此列的。

　　早年的萧红，荒唐事不少，如果除去她的作家身份，她的做事风格，和现在动不动就要跑去见网友的少女们没有什么区别。蠢，而且无厘头，无逻辑。萧军找到她的时候，她已经和两个男人鬼混过，挺着大肚子缩在冰冷的小旅馆里写小说写散文。我一直觉得，是"文学"救了她，"文学"这个修饰词，让她臃肿的身躯有了某种光彩，不然，粗鲁莽撞，连自己都养不活的萧军，怎么会冲动到要去收养这样一个女人。只可惜文学的光彩有时可以吸引人，有时也可以拒斥人。萧红经历一个个男人，最后仍孑然一身。

　　　　　　　　　　　　　　　　　　　　　　　　　2018 年 7 月

有关汪曾祺

　　我对汪曾祺的文字向来青睐有加，从那篇《受戒》开始，就惊叹其小说可以如此清新脱俗。随后看他的《大淖记事》《故里三陈》《异秉》等，俨然是一副世外高人的模样。尤其在左冲右突、飞扬跋扈的 20 世纪 80 年代文坛上，汪曾祺的轻盈，让他迥异于一个时代，也自成一个时代。

　　如今对汪曾祺的研究与日俱增，其经典性的地位也似乎要逐渐确立，但我却感到一种难以言说的况味。若简单来说，就是单薄。

　　研究者们往往愿意把汪曾祺归到三四十年代以来的京派传统上去，这不能说是错，毕竟因了沈从文的关系，汪曾祺曾与京派过从甚密，其作品风格也多多少少有一些京派的影子。但若要深入其内部去看，却不难发现其中的差异。

　　汪曾祺前期的作品（即中华人民共和国成立前的作品）多有实验色彩，颇有晦涩之感，习作的意味很浓。70 年代末他重拾小说之笔，出手就轻盈透彻，一改前期风貌，并将此风格相对统一地延续了下来。写故乡山水人情，这首先在题材上就与当年的京派有了呼应。其笔法又精致错落，与乃师沈从文更有三分相似。但比较来看，汪曾祺的笔，有些浮，有些浅。他追求诗性，但似乎也只想止于诗性。诗性既是他的标志，某种程度上，也成了他的短板。这种深度上的刻意节制，成为他与京派的最大不同。

　　他更愿意停留在人间烟火的表层，不论人物多么鲜活，描写多么生活，始终不愿意去触碰人性的难题。从这个角度说，诗化的修辞，反成为一种逃避。俗世万象，人间百态，清新笔触，一旦越过时代的反衬，反倒成为浅薄的浮雕。

弋多

2020 年 7 月 3 日

有关《山楂树之恋》

看了张艺谋拍的《山楂树之恋》，总的感觉是，太淡了，而且有点使错了力。

片子把最能赚人眼泪的场景进行了突出、提纯甚至于改编，线索明朗，叙述清楚，而且据我观察，每个动情的场面还带有了某种意象化倾向，以独有的画面感将事件突出得很有氛围。

但是，我要说的不是这个。

《山楂树之恋》的魅力，或者说书中老三与静秋之间的爱情魅力，就在于细节，这细节是与每一个不起眼的小惊喜、小冲突、小猜忌挂钩的，是与周围瞬息变化的环境息息相关的，甚至与周围的每一个人物都关系密切。

老三就是这样一个活在细节里的人，至少在静秋这里，他是一个啰里啰唆的细节男，而他送给静秋的爱情也是这样一个细节式的爱情，无声无息，潜滋暗长，然后在不知不觉中完成一次无比厚重的生死之爱。

但是电影有它的时间限制，所以只能将这些不可胜数的小细节不断压缩提炼，最后只剩下了几个场景。但是这样一来，整个爱情就显得单薄了，而且只突出了老三有点疯狂的举动，为了接静秋，可以等好几个小时，为了让她去医院把自己也割一刀，为了和她说句话，直接从已划到河心的船上跳下跑到岸边。但是老三对静秋的爱真正的本质还在于一个"傻"字，他总是不嫌山高水远偷偷地跑到静秋那里，暗地里看她做这做那，看着她的点点滴滴，然后想尽一切办法去帮她。

其实，爱一个人，不是看他们在一起的时候如何甜蜜，而是看他们不在一起的时候如何为了对方付出。

老三所给予静秋的，更多的是静秋所不知道的。就是这样，不能见静秋的时候，老三就托付所有能托的人去帮她，能见她的时候就躲在一个隐秘的角落里看她所有的一举一动。他给她买球衣，给她买靴子，看着她的脚哭，为了她打架，在没人的地方帮她干活儿。最重要的是，那是一个清苦弥漫的年代，所有人都是节衣缩食地过，而老三就像一个大神仙，就像一个金刚罩，他护着静秋，疼着静秋，还不能让她发现。我们所看到的老三，他差不多是想把自己所有有价值的东西都拿出来送给她了。如果有一天静秋说，"我想吃了你"。我们会毫不犹豫地相信，老三不但会一脸幸福地满口答应，还会把自己剁碎，把自己扔进锅里，然后还不忘对静秋说，别忘了，多放点盐，可以多吃几天。

但即使这样，似乎还不能表述清楚老三的那份爱。这份爱那么厚，那么美，那么琐碎，那么真挚，又那么平淡而深沉。

但我们甚至替老三感到痛苦，因为他为静秋所付出的，都不能光明正大，只能躲在暗处。可是，老三却仿佛是满足的，老三为静秋的付出总是毫无保留，老三所希望得到的却总是那么简单。我甚至觉得，老三躲在暗处时投向静秋的目光该是多么心疼和哀伤。那是雨天里出太阳的味道，静秋是那一场雨，而老三就是那个圆润温暖的太阳。

老三不在乎别人怎么看，老三也不在乎这个社会怎么样，老三只在乎静秋这个人，老三只在乎静秋所在乎的。静秋说："我妈不让我25岁之前谈恋爱"，老三就说："那就等你到25岁"；静秋说："不要让别人看见我们在一起"，老三就一直默默地跟在她身后。

远远地看着静秋的老三，为了疼自己的女人躲在角落里并随时准备冲上去保护她的老三，可能这就是爱情的最深处吧。

因为我感到，真正的爱，可能都是躲在暗处的吧。

木头

2010 年 9 月 16 日

《千与千寻》：疾病的隐喻

人生有两种非常态的常态：一是拐入岔路，二是突然中断。《千与千寻》展现的恰是如此。

当千寻手捧鲜花满腹牢骚时，她所经历的正是拐入人生新路时的各种不适。结束一段时光，一头扎进另一段时光，这种无缝的衔接仅仅是一闪而过。而更具象征意味的则是父亲一脸自负地驾驶着四轮驱动车进入那条荒芜的土路。绿丛飞逝，石像闪现，这条歧路充满神秘和不确定，爸妈之所以从疑惑到信心十足，是因为已然看到了那个确定的终点——他们的新家。然而事情也从此发生变化——叙事已经从"岔路"过渡到了"断裂"。

断裂，就是毫无延续性，暴力地摧毁了一切可以继续的可能。很多时候甚至直接迈入终点，即使不是终点，之后的一切也已经换了人间。那些无法治愈的疾病，正是如此。如果我们不避讳把汤婆婆的"油屋"视作冥界，那么千寻的遭遇也完全可以看成是一种疾病乃至死亡的隐喻。

虽然到处是充满人情味的妖怪与神明，但毕竟不再是人世，千寻在这个世界上想要生存，第一件要做的事，是消除"人味"。冥界自有冥界的法则，就像一个广袤的疾病的世界，你要想离开它，第一步不是别的，正是"认可"。认可自己的处境，与一切妖魔鬼怪共舞。

接下来是自食其力。在非人的世界，一切都是孤独的。正如在重病中，能依靠的唯有自己，能救赎的也唯有自己。有很多的磨难，有漫长的考验。诸多好心人给予千寻援助，但依然挡不住一种浸入骨髓的孤独。一个人去锅炉房，一个人去和汤婆婆签合同，一个人哭泣，一个人走在长长的铁轨上。天云一线，身影孑孑。

但作为一个童话，千寻的自我拯救是成功的。这是一个未完成的断裂。

这个过程也短得惊人，叙事流畅的背后，隐含的更像是一种不自信。一切都恰到好处，点到即止。但冥界果真如此吗？进一步说，即使不存在冥界，单单作为疾病，漫长的时间消耗也是如此轻盈吗？事实上，从汤屋的细节来说，那些煤灰精灵，那些青蛙怪，才是这世界的本色吧。那些擦不完的大殿，洗不尽的浴池，才是千寻现实的归宿吧。

最终还是大病初愈，生活继续，生命依然。自我拯救，拯救了一切断裂的关节。但我们心里都清楚，在生命当中，更常见的情形是，一旦断开了，就再也没有延续的可能。

从这角度来说，《千与千寻》与《枕中记》，与《南柯太守传》，其实是血脉相连的。

发表于豆瓣影评，2018 年 3 月 10 日

《千与千寻》：锅炉爷爷

宫崎骏的动画中，老人的形象并不少见。《哈尔的移动城堡》《天空之城》《风之谷》《千与千寻》，都能看到老人的身影。但以《天空之城》和《千与千寻》最让人印象深刻。一个很有意思的现象是，老太太们的形象都十分强悍霸道，不论是身形、语言还是动作，都暴烈得一塌糊涂。相比之下，老爷爷的形象则比较沉闷，技艺高超，但寡言少语。

《千与千寻》中，锅炉爷爷的形象可以说是妥妥的技术男形象。他是整个汤屋的技术中枢，精通蒸汽机械技术与草药学，与《天空之城》中的强盗老爷爷一样，都处于"底仓"的位置，他们大部分时间都埋首于繁杂琐碎的技术工作中，偶尔喘口气，也是满身的污渍。但这种技术性的忙碌也使他们与纷纷扰扰的外部世界隔离开来，具有一种置身事外的边缘属性。重要，但是边缘；忙碌，但是宁静。这大概就是这类老爷爷的特质。

不过锅炉爷爷的内涵显然要丰富得多。从某些细节颇能看出这个老头儿的另一面。比如他对白龙与千寻间"爱"的定义（虽然很难断定这个"爱"具体是哪一种），就显露出某种过来人的意味。再比如他保存了40年的车票，所暗含的意思就更神秘深厚。这使得锅炉爷爷与汤屋中其他一味追逐各类欲望的怪物形成了鲜明区别。

虽然代表技术主义的锅炉爷爷只能在资本追逐者汤婆婆手下谋生，但从内里看，他显然与素朴的钱婆婆更为相通。廖伟棠最近专写一文，不仅大致勾勒出锅炉爷爷神秘的往事轨迹，同时也为其抉择与行为表现赋予了社会内涵。技术理性总归会走到自然的对立面——走向资本，走向无尽的扩张。技术往往会成为罪恶的帮凶。这是无法阻挡的一个趋势。但在有良知的技术主义者那里，对自然的愧疚与向往，却是永远无法抹去的一个印记，所以他对自然而然的纯洁之物有保护之心。

在钱婆婆这里，没有丝毫能对应锅炉爷爷的痕迹，若真要寻找，或许那句"有些事是不可能忘记的，只是暂时想不起来了而已"，是有所指的吧。

一个引申：

在这个神妖共处的世界中，绝大多数都对人类带有深深的敌意。在他们的评价系统中，人类是臭的、是贪吃的、是懒惰的。一旦跨入这个世界，他们要么变成猪，要么变成煤灰（千寻大概是唯一一个能正式成为汤屋员工的一位）。一句话概括就是，在这个世界的基本认知中，人类是一无是处的一个物种。

另外，我们也不难看到，似乎只应当存在于人类身上的"人情味"，却在这个神妖世界中实实在在地存在着。白龙、锅炉爷爷、小玲、钱婆婆、坊宝，都具备一颗善良的心，甚至于万恶的汤婆婆也会对自己的宝贝儿子宠爱有加。这些非人的神怪，反倒更具有人情味。反过来看千寻的父母，他们除了贪吃就是健忘，确实和一只猪并没有什么区别。当千寻找到已被解放的父母时，他们没有一丝一毫的变化，依然自负、冷漠、不耐烦。千寻完成了一个女儿的责任，而父母远远不及格。

技术与自然，可以说是宫崎骏作品中最重要的对立两极。《幽灵公主》《风之谷》《天空之城》都直接以此二者的冲突作为表现主题。《千与千寻》虽并不以此为主干，但也透露出更加耐人寻味的思考。

影片中的人物，汤婆婆代表的是奢靡的资本追逐者，钱婆婆正相反，是素朴主义的坚守者，锅炉爷爷是纯粹的技术主义者。

这三个维度，其实构成了整个作品的基本结构。其间所发生的所有事，都是在这三者间的往来冲突中完成的。只是锅炉爷爷这条线要更隐晦一些。

影片中不乏各类欲望的追逐者，千寻父母以及所有变成猪的人无疑是食欲的代表，青蛙怪等底层员工则是拜金奴的缩影。

弋多

2019 年 6 月 26 日

《土拨鼠之日》：内部世界的平衡再造

评论视角有些老套。

这部电影，如果从精神分析的角度来看，接近于本我与超我之间从不平衡到平衡的变化过程。

本我不信奉任何价值观念，也不遵守任何规则，更不尊重常识和逻辑。它是纯粹的占有欲。与本我相比，超我这种动能具有更为强烈的社会取向，但它同样自私透顶，并以毫不妥协的方式追求伦理完善。两种动能各有局限，二者只有在某种程度上达到平衡，才能使人以健康的自我面目表现出来。

但这部影片一开始，主人公菲尔的内在精神就出现了问题，他不喜欢自己的电视报道工作，也不喜欢自己的生活，更不喜欢周围的人，甚至对自己也没有什么好感。其实菲尔是一个"欲望型"的人物，其突出特点就是自以为是、自高自大，由于身处的环境不能满足自己的愿望便提不起精神，他以其自我为中心，对身边的人和事都不以为然。这种状态从一开始就暗示出菲尔的内部精神世界的平衡状态已渐失平衡。至少在"本我—超我"这一维度上，本我占据了上风，而超我则处境危险。

影片接下来匠心独具所设计的情节，即似乎永远过不完的土拨鼠日，其实正是为菲尔提供了一个寻回内部世界平衡的机会。在这个看似荒诞的世界中，当菲尔意识到自己所处的处境时，他首先的反应是慌乱，但接着便是兴奋。他说："I'm not gonna live by their rules anymore."（我不要再照他们的规则生活了）在这种心态之下，菲尔原本旺盛的本我欲望得到更进一步的放纵，如他故意撞坏邮筒，酒后驾车，与警察飙车，在铁轨上开车，之后被逮捕，被拘留，都是这种纵欲心态的表现。接下来的几天，菲尔继续延续本我的膨胀，他花费心思去和一个叫南茜泰勒的漂亮女人交往并发生关系，之后又换另一个，他还钻运钞车的空子，拿走一袋钞票。这使他的本我欲望发展到极致，但接着便感到空虚，因为太容易得到，他反而得不到满足。

他因此进入另一个阶段，即与同事丽塔的交往阶段。但在这一阶段，菲尔遇到了困难，不论他采取何种方法，与丽塔的交往总是以失败告终。

丽塔这个形象的设置，很有一些深层意味，她与菲尔似乎完全是两个世界的人，她善良、温和、彬彬有礼、敬业、上进、富有爱心，甚至关心世界和平。可以说，这是一个超我意识很强的人，与菲尔十分不同。菲尔在她那里所遭受的挫折可以看作失了衡的本我在超我那里受到的制约。影片也确实以这一交往的失败为转折点，使菲尔重新调整了心态。

菲尔在向丽塔示爱失败后，万念俱灰，十分绝望。他自己认为："我已经快完蛋了，我没有出路了。"于是绑架了土拨鼠并开车坠崖，但在这个日复一日的世界中，寻死也是不可能的，菲尔尝试了触电、挡车、跳楼以及枪杀、毒害、冷冻、吊死、火烧等各种各样的死法，但都不成功。可以认为，这个每日重复的土拨鼠日是为了调整菲尔自身的精神平衡而设的，他不能放弃也没有机会放弃，只能不断努力，为找回自己的精神平衡而不断努力。

自此，菲尔真正的调整才正式开始，"本我—超我"之维就像一块跷跷板，本我膨胀得太快，重心失衡，在调整的过程中，菲尔起初仍然是加速本我的膨胀，只能使情形越来越坏，而在自杀失败后，才逐渐加大了对超我一端的重视。

在这一阶段中，菲尔完全摒弃了以前的恶习与不良习性，他不再对乞丐视而不见，他不仅给他钱，还千方百计想延续他的生命，虽然最终失败，但他尽了自己最大的努力。另外，他对待同事也一反常态，不再冷言冷语，自高自傲，他给他们买早餐，对待工作也态度认真；他运用这重复的一天，学习了钢琴和冰雕，且技艺精湛；他救下一个从树上掉落的孩子；帮助行人换车胎；救助被牛排噎着的巴斯特；帮助感情不和的恋人重归于好并顺利结婚。通过这种种努力，菲尔的"跷跷板"逐渐稳定并找到了平衡，他本人受到了镇上居民的尊重和爱戴。

至少从这一维度可以发现，菲尔的土拨鼠日不是一个劫难，而是一个"调节场"，在这一重复的过程中，菲尔的内心世界由失衡走到重新平衡，达到了一种平衡再造。

阿木

2018 年 3 月 10 日

《雾中风景》：除了痛哭，我们还能说些什么？

一直在路上，天地茫茫。

乌拉说，它就要死了。它死了。亚历山大失声大哭。在漫天的雪地中，人们寂静不动，新娘哭哭啼啼地跑出来。在马死去的时候，他们载歌载舞穿行而过。幸福和死亡都是让人伤心的事。

除了这一次痛哭，亚历山大一直都非常冷静。一路狂奔，或收拾桌子，没有一句怨言。

他最常说的一句话是，"我昨晚又梦到爸爸了"。而乌拉，却始终没有梦到过。

她一直心事重重，她寻找方向，照顾弟弟，一路前行。她写给爸爸的两封信，迷茫又深刻，孤单又深情，精彩得不得了。

这个世界始终是模糊的。它教人说谎，装傻，隐忍，收住眼泪。它就是一场妥协的大雾。当乌拉对警察说"找舅舅"的时候、当乌拉把鲜血抹在车壁上的时候、当乌拉垂头跪在大海边的时候、当乌拉离开奥列斯特斯背起背包头也不回的时候、当乌拉打算用自己换取车费的时候。这世界模糊得不成样子。

所以她会怕。当姐弟俩接近岸边，走进大雾时，乌拉说"我害怕"。而亚历山大则说："别怕。一开始有些混沌。"这句创世纪里的话，乌拉对弟弟说起时，还未走进雾中。亚历山大说起时，却正是大雾弥漫。

一路都是破败。突出的三个隐喻，都令人压抑，却又在压抑中给出一股冷风。死去的马，残破又落水的手，影影绰绰虚无缥缈的树，都是现实。马之死，神之灭，树之幻，都是铁打的现实。穿过浓雾，我们遇到的，没有父亲，没有新生，唯有残破不堪的密不透风的现实。

所以那个演出希腊悲剧的巡回剧团，必然要破产。一切都在向下走。漫山遍野，铁路、公路、车站、旅馆、舞厅，哪里都是弥漫的悲剧。还用演吗？每一个人，都涂满了黑白的色调。那些随风舞动的演出服，其实早已穿在了你我的身上。

阿木

2019 年 4 月 11 日

编后记

　　为宁宁整理文集这个事情，是在今年 2 月底他还在世的时候就开始做了。

　　那时我刚从他山东老家回到扬州开始新学期的备课上课工作，而他在医院里已处于不能吃饭不能说话的弥留状态。我在扬州待了大概 10 天，就匆匆忙忙赶了回去。返回之前我为他的诗集调整格式目录，制作封面，并打印了两个版本。这就是现在大家看到的诗集内编，它是宁宁生前于 2020 年 5 月自己编订的。那时他曾经试图找出版社出版，后来由于治疗比较频繁，就放弃了。但我知道他心里一直都惦记着这个事情。今年 1 月他神志清醒时还曾让我把诗集的电子版拿给他看，跟我说有空找个打印店打印出来。在泗水这个小县城，我人生地不熟，加之当时他状态还行，就没有及时去打印。

　　3 月 2 日，我到家时他尚有意识，我告诉他："诗集打印好了，你要不要看？"他轻轻点了点头。但当我把诗集拿到他面前的时候，发现他虽然大睁着两只眼睛，却什么都看不到。我知道是癌细胞侵袭到了他的视神经。我很后悔没在去年 11 月回老家前打印好，就这样让他带着遗憾离开了。

　　3 月 8 日晚，宁宁走了之后，我彻夜难眠，翻看着他的手机备忘录，里面有写给我们每个亲人的告别信，还有许多文章，写完的、尚未写完的、拟好题目一字未写的，都和他一样，静静地躺在那里。这些都是他在治病的间隙一字一句记录下来的。宁宁在豆瓣的签名处引用王家新的诗："为什么不能变得安然一点，以我们的写作，把这逼近的死，再一次地推迟下去？"2018 年生病以后，他很少再写学术论文，却发展了很多之前未来得及实现的爱好，比如画画、吉他和写作。或许，对他而言，这些才是最后时光中可以用来救赎自己的方式吧。

　　之后的几个月里，我又翻看了他的电脑。我一直都知道其中有一个命名为"阿木文章集"的文件夹，里面保存了这些年（从大学时期到现在）他写作的诗歌、小说、散文等文学作品。只是我从来不知道这个文件夹里的具体内容究竟是什么。以前宁宁只是告诉我他有很多写作计划，说的时候眼睛亮晶晶的，还带着一点难言的羞涩。他很在意自己的文学作品。除了直接写给我的诗歌以外，他很少给我看他写的其他东西（论文除外），偶尔给我看了，也总是很紧张我的评价，即使我当面夸赞了，他也是一副不可置信的模样。宁宁思维敏锐，内心细腻，是一个特别善于起标题、列框架的人，当我看到那些尚未写完的文章和已经拟好的题目、构思框架时，内心除了伤痛以外更多的是惋惜，假若上天能多给他些时间，假若命运不在他最好的年华给他致命的一击，他一定能拥有更多的可能性吧！

　　整理宁宁的文集从技术上来讲，并不困难，我却做了近4个月。我曾经无数次打开他的电脑和手机，没看几篇，泪水就模糊了双眼。我俩曾经交流过这样一种阅读体验：读相识人写的文章，无论是学术论文还是文学作品，耳边总会响起这个人的声音，眼前甚至还会浮现这个人讲话的表情。当时的我就是这样，在阅读时我总是感觉他就在我的耳边说话，我会无可救药地陷入追忆和哀伤当中。所以，直到7月放暑假，我才有大段时间鼓足勇气，将这项工作完成。

　　现在摆在大家面前的《浮光集》，书名取自宁宁自拟的诗集名。按文体分为"诗集""小说集""童话集"和"散文集"四种，收录的都是他已经完成的全稿，至于那些尚未完成的残篇与存目只能成为永远的遗憾了。本书分上、下两册排印：

　　上册为诗歌卷。共收录诗歌159首，分内编与外编两种。其中，"内编"是宁宁自己编订的，共80首诗，按主题分列为"元诗""故土""情歌""万物""思友""自语""冷眼""姿态"八辑。"外编"是从宁宁的电脑、手机备忘录、豆瓣整理出来的诗歌，共包括63首现代诗和16首古体诗词。所收诗歌基本按照时间先后顺序进行排列。自序一是宁宁专门为诗集撰写的序言，自序二《诗的"形态"》是宁宁写的一篇散文，其中有对自我诗歌的清晰认知，录入以作参考。

　　下册为小说、童话、散文卷。"小说集"中，按时间顺序排列，收入8

篇小说。另有"那果的村庄"是宁宁自己编撰的故乡题材系列的小说集，收入 7 篇小说，顺序依其文件夹中的文档序号排列。"童话集"亦大致按照时间顺序编排，收入 7 篇童话。"散文集"共收录 47 篇散文，按主题分为"热眼·冷眼"与"阅读·评论"两类，前者有对故乡人事的怀念、对师友的回忆、对社会现状的沉思和对个体生命的记录。后者主要是包含书评、影评在内的学术随笔。

以上所有文本尽量保持原貌，仅就错别字与标点符号给予修正。文本的时间标注，首先以宁宁自己在文末备注的时间为准，缺少备注的以电脑、手机文档的修改时间为依据。其中一些文章曾在期刊和豆瓣上发表，文中已加说明。之所以列这个时间，是想呈现宁宁作为一个写作者成长的过程，也想用这个时间为他的一生作注脚。我很庆幸，他还留下了这些文字。那是他曾经活过、爱过、思考过、挣扎过的人生证明。

作为编者，我不想对宁宁的文集作太多主观的评价。阅读是自由的，一切感受皆交给读者。

作为家人，我不想历数我们之间的点点滴滴。回忆是痛苦的，也是甜蜜的，请原谅我想保留对他全部的爱。

他这短暂的一生，是如此热爱文字，那么就以文字的记录出版，作为对他最好的悼念与礼物吧！

秋风起，寒露至。我再次回到了北京，这个我们初次相识的城市。路还是原来的路，楼也是原来的楼，只是，人却再也回不来了。

或许时光可以淡化一切，但文字永恒！愿我们在阅读中可以再次相遇！

感谢一路上帮助过我们的所有师长亲友，感谢你们所给予的每一份温暖。

文爽　记于北京中关村

2022 年 10 月 8 日初记

2022 年 11 月 3 日改定